समर शेष है

[उपन्यास]

समर शेष है

अब्दुल बिस्मिल्लाह

राजकमल प्रकाशन

ISBN-978-81-267-2941-8

मूल्य : ₹350

पहला संस्करण : 1984
पहला राजकमल संस्करण : 2017

प्रकाशक : राजकमल प्रकाशन प्रा. लि.
1-बी, नेताजी सुभाष मार्ग, दरियागंज
नई दिल्ली-110 002

शाखाएँ : अशोक राजपथ, साइंस कॉलेज के सामने, पटना-800 006
पहली मंज़िल, दरबारी बिल्डिंग, महात्मा गांधी मार्ग, इलाहाबाद-211 001
36 ए, शेक्सपियर सरणी, कोलकाता-700 017

वेबसाइट : www.rajkamalprakashan.com
ई-मेल : info@rajkamalprakashan.com

मुद्रक : बी.के. ऑफ़सेट
नवीन शाहदरा, दिल्ली-110 032

SAMAR SHESH HAI
Novel by Abdul Bismillah

समर शेष है

इक्का पीली धूल-भरे मार्ग पर हचकता हुआ बढ़ा जा रहा था। जगह-जगह कँटीली झाड़ियाँ उगी थीं और दूर-दूर तक बगीचों के झुंड दिखाई पड़ रहे थे। हम इक्के की डंडियों को मजबूती से पकड़कर बैठे थे और चिलचिलाती हुई धूप से दो-चार हो रहे थे।

हम इलाहाबाद से पहले नैनी के रेलवे स्टेशन पर ही उतर गए थे और अब हमारा इक्का बलापुर की ओर जा रहा था। अपने जन्म-स्थान को देखने की स्वाभाविक उत्कंठा मेरे मन में भरी थी, पर कहीं कुछ ऐसा था जो मुझे भीतर-ही-भीतर छील रहा था। शायद वह ननिहाल छूटने का दुख था या हो सकता है, माँ की मृत्यु का विषाद रहा हो! नौकरी और फिर व्यापार के सिलसिले में अब्बा बाहर-बाहर ही रहे, अब माँ की मृत्यु के बाद हम वहाँ का सारा कारोबार खत्म करके अपने पैतृक देश को लौट रहे थे। लेकिन मध्य प्रदेश का वह रमणीय जंगली इलाका मुझे रह-रहकर याद आ रहा था और मेरा मन ग्रीष्म की शाम की भाँति शुष्क तथा उदास हो रहा था।

अब्बा ने शायद मेरी दशा का अनुमान कर लिया, अत: उन्होंने जी बहलाने के लिए बलापुर का इतिहास छेड़ दिया। इस पूरे इलाके में पहले सिर्फ एक छोटा-सा गाँव था, जिसमें दादूराम और बालाराम नाम के दो भाई रहते थे। कहा जाता है कि दादूराम बड़े वीर व्यक्ति थे। उस जमाने में कोई मुसलमान बादशाह इस क्षेत्र में आया तो उसने कहा कि अगर दादूराम मेरे जिस्म को तलवार से छू दें तो उन्हें मैं कुछ गाँव बसाने की इजाजत दे दूँगा। दादूराम ने वह शर्त पूरी कर दी और फलस्वरूप छः गाँव बसाए गए। उनमें से तीन दादूराम ने बसाए और तीन बालाराम ने। कहा जाता है कि बादशाह का पान खाने के कारण दादूराम तो मुसलमान हो गए, पर बालाराम हिन्दू बने रहे। बालाराम ने जो तीन गाँव बसाए, उनमें प्रमुख था बालापुर, जो बिगड़कर अब बलापुर हो गया है।

इतनी कथा सुनाकर अब्बा चुप हो गए। उनके पाँव शायद दुखने लगे थे, इसलिए उन्होंने उन्हें ऊपर सिकोड़ लिया और ट्रेन में चकनाचूर हो गए बक्से को एक हाथ से पकड़ लिया, ताकि वह इक्के के पीछे से गिर न जाए। मैं बलापुर के नए अर्थ-बोध से उलझ गया। कहीं ऐसा तो नहीं है कि गाँव में विभिन्न प्रकार की बलाएँ भरी हों इसलिए उसका नाम बलापुर रखा गया हो!

''वह बगीचा दिखाई पड़ रहा है न, वह हमारा बगीचा है!''

अब्बा ने उँगली से संकेत करके मेरा ध्यान एक बगीचे में केन्द्रित करने की चेष्टा की और मैं अब उसके वृक्षों को ख़ाली आँखों में भर लेने के लिए आतुर हो उठा। तब तक गाँव का तालाब समीप आ गया था और अब्बा का इतिहास फिर शुरू हो गया था।

यह तालाब लगभग दो सौ वर्ष पुराना है। इसे राजा नाम के एक कायस्थ ने बनवाया था इसलिए इसका नाम पड़ गया : 'राजा का तालाब'। बालाराम ने इस गाँव में विभिन्न जातियाँ बसाईं : ब्राह्मण, लाला, अहीर, लुहार, चमार, मुसलमान, पासी, ठाकुर, भुँजवा, बरई, भाट आदि, लेकिन वेश्या के लिए अनुमति नहीं दी। इसलिए कि नवयुवकों का वीर्य कमजोर हो जाएगा और चरित्रहीनता बढ़ेगी। अब सभी जातियाँ तो ज्यों-की-त्यों हैं, पर ठाकुर ने चूँकि एक पासिन को रख लिया था और फलस्वरूप वह पासी हो गया था, इसलिए ठाकुरों के रूप में उसका वंश नहीं चला।

''और वह क्या है?''

मैंने एक खँडहर की ओर इशारा किया तो अब्बा के प्रवचन ने दूसरा स्वर अपना लिया।

''वह सुबाला का मन्दिर है।''

उन्होंने शीघ्रता से कहा और इक्के से कूद गए।

''उतर जाओ, आगे रास्ता खराब है। दरवाजे तक इक्का पहुँचने में दिक्कत होती है। कहीं गिर न पड़ो।''

और उन्होंने स्वयं मुझे उतार लिया। तब मैंने देखा, पीपल और नीम के निहायत मरियल से जुड़वें दरख्त के पास बने उस मन्दिर में हनुमान तथा शंकर की मूर्तियाँ रखी थीं। और मैं पुनः उलझ गया। बाद में, कुछ दिनों के उपरांत समझ में आया कि वह मन्दिर सुबाला का नहीं है, बल्कि इसे लोग शिवालय

कहते रहे होंगे और पहले यहाँ केवल शिवजी का ही वास रहा होगा। बाद में शिवालय का शिवाला हो गया और यह शब्द मन्दिर के अर्थ में रूढ़ हो गया। तब इसे बिगाड़कर सुबाला किया गया और शिवजी के साथ अन्य देवताओं को भी इसमें प्रवेश करने का मौका मिल गया।

गाँव में किसी नए जीव के आ जाने पर बालकों द्वारा जो उत्साह दिखाया जाता है, उसी परंपरा का आंशिक निर्वाह बलापुर के बालकों ने भी किया और हमारे घर की निशानी के रूप में बचे भैया-भाभी ने दूर ही से हमारा स्वागत किया। दरअसल किसी जमाने में हमारा एक लम्बा परिवार था, जिसमें मेरे पिता अपनी पाँच बहनों और दो भाइयों के साथ रहा करते थे। अब बहन तो एक ही बची थी, भाई सब खत्म हो गए थे। बड़े भाई के एकलौते पुत्र बचपन से ही गायब थे और पिता मुझे लेकर परदेश चले गए थे नौकरी पर। मँझले भाई के पुत्र अपने परिवार के साथ घर पर रहते थे। मैंने अपने चचेरे भाई को गौर से देखा। नाटा, साँवला, लम्बे-लम्बे बालों से ढँका तन्दुरुस्त शरीर! लुंगी और कमीज पहने, पान दबाए। चेहरे पर रोब, लेकिन आँखों में उदासी। भाभी छरहरे कद की गोरी-सी एक दृढ़ महिला लगीं। चेहरे पर मुस्कान और कठोरता का विचित्र संगम था और उनके चौड़े ललाट को देखकर लगता था कि ये इस घर में न होतीं तो कहीं महारानी होतीं। वे हमारे भोजन के प्रबन्ध में जुट गईं।

अब्बा ने दूसरे दिन बताया, यह हमारे हिस्से की दालान है, यह कोठा है, यह बावर्चीखाना है और यह आँगन है।

"अरे नजीर, आँगन पक्का कब हुआ?"

अब्बा का ध्यान अचानक ही घर की बदली स्थिति पर गया और एक-एक करके कई सवाल वे पूछ गए भैया से। भाभी अपने भव्य मुखमंडल पर पत्थर का भाव चिपकाए अब्बा का निरीक्षण करती रहीं। मैं उस विराट मकान को अपने और पराये के बीच में स्थापित कर सकने के द्वंद्व में फँसा रहा। लेकिन अब्बा अपने हिस्से की सफाई में व्यस्त हो गए।

इस हिस्से का सिर्फ बावर्चीखाना इस्तेमाल में लाया जाता था, शेष में या तो अल्लम-गल्लम सामान भरा था या कूड़ा। नरदा बुरी तरह फँसा हुआ था। हम लोगों ने दिन-भर में दालान, कोठे और नरदे की सफाई पूरी कर ली।

"अब हम अपने हिस्से में रहेंगे, है न अब्बा!" बाँस की फर्री से नरदे का कीचड़ निकालते हुए मैंने अब्बा से एक प्रश्न किया तो वे थोड़ी देर तक खामोश रहे, फिर बोले, "सब्र करो! अभी तो सौ रुपया नजीर को देना होगा। इस हिस्से के बदले हम सौ रुपया लेकर दक्खिन गए थे। उसे अदा करने के बाद किसी कारोबार का जुगाड़ बैठाना होगा। तब तक साथ ही में रहेंगे।"

मैं बुझ गया। पता नहीं क्यों, उस स्थिति से मैं ऊब रहा था। मैं चाह रहा था कि जल्दी से एक अलग व्यवस्था हो जाए, जिसमें मुझे पूरी स्वतंत्रता हो। मैंने मन-ही-मन कल्पना कर ली थी कि कोठे में हमारा बिस्तर रहेगा और दालान को मैं अध्ययन की जगह बनाऊँगा। वर्षा के दिनों में अटारी पर रहा जाएगा। फिर मैंने यह सोचा था कि हम अभी से अलग रहना शुरू कर दें। दक्खिन से जो सामान आया है, उसमें जरूरी बर्तनों के अलावा कुछ दाल-चावल भी तो हैं, तब तक उसी से काम चलाया जाएगा। लेकिन मेरे सुझाव को अब्बा ने नजरअन्दाज कर दिया था। तब मेरा ध्यान अपनी पढ़ाई की ओर चला गया था।

"मेरा नाम कहाँ लिखाएँगे?"

अब्बा चौंके। मुझे लगा, शायद वे भी किसी कल्पना में डूबे हुए थे।

"कहीं भी लिखा देंगे : चाहे बगबना, चाहे छीतूपुर। लेकिन छीतूपुर ही ठीक रहेगा। नजदीक भी है और बाजार के रास्ते में है। जरूरत पड़ने पर, बढ़कर बाजार तक जाया जा सकता है।"

लेकिन उधर दूसरी बातें हो रही थीं।

"ये लोग अब यहीं रहेंगे क्या?" भाभी भैया से पूछ रही थीं।

"लगता तो यही है।"

"लेकिन यह नहीं हो सकता। याद है न, इसी बुढ़वा ने हमारी कुल गत कर दी थी?"

"छोड़ो भी, चच्चा हैं, बुढ़ापे में कहाँ जाएँगे?"

"तब तुम्हीं रहो यहाँ, हम नहीं रहेंगे। कल को फिर अपना हक-हिस्सा भी माँगेंगे!"

"वह तो है ही उनका, इसमें माँगने या न माँगने का क्या सवाल है?"

"तो क्या दे दोगे सब उन्हें? तब तुम्हारे जो चार ठे हैं, ये कहाँ रहेंगे?"

"तो क्या किसी का हक मार लोगी? बहुत करोगी, सौ ठे रुपया लोगी!"

"अरे वाह! सौ रुपया में उन्हें घर मिल जाएगा, और जो इतने बरस छवाया-तोपाया, मर-मरम्मत कराया, सो कौन देगा?"

"अरे पगली, यह सब नहीं सोचा जाता। छवाया-तोपाया तो इस्तेमाल भी तो किया। फिर यह क्यों नहीं सोचती कि एक लड़का है, पढ़-लिख लेगा तो हमारे लड़कों के लिए भी कुछ सोचेगा या नहीं?"

"अच्छा-अच्छा, देखा है, बहुत सोचने वाले हैं, मैं कहे देती हूँ! पढ़ाई-लिखाई का झंझट पाला तो ठीक नहीं होगा!"

भाभी ने यह बात तनिक जोर से कही और भैया इसका जवाब देते कि पहले ही उन्हें दमे का दौरा पड़ गया। वे उस ताक की ओर बढ़ गए जिस पर वायु-प्रक्षेपण-यंत्र रखा था और मुँह में पम्प करने लगे। हम आँगन में बुत की तरह खड़े थे।

अगले दिन अब्बा ने अपने दामाद को चिट्ठी लिखी :

'अजतरफ वली मुहम्मद, बलापुर
मोरखा/ ...जून 1963

नूरचश्म लख्ते जिगर राहते जान अजीज
मोहम्मद!

दुआ!

बाद दुआ के मालूम हो कि हम लोग यहाँ पर खैरियत से रहकर तुम लोगों की खैरियत खुदावंद तआला से सबो-रोज नेक चाहते हैं। दीगर अहवाल ये है कि हम लोग दक्खिन से लौट आए हैं। तुम लोगों को इस बात का इल्म तो होगा ही कि तुम्हारी चच्ची अब इस दुनियाए-फानी में नहीं रहीं। मेरी आँखें बहुत कमजोर हो गई हैं और लड़के की पढ़ाई का मसला है। तुम खत पाते ही फौरन चले आओ और अपनी राय से आगाह कराओ। अगर हो सके

तो वहीं लालगंज में इसका नाम लिखाओ और पढ़ाने का इन्तजाम करो। फत्तम को दुआ और बच्चों को प्यार!

तुम्हारे,
चाचा'

और खत पाते ही मोहम्मद भैया बलापुर आ गए थे। दूसरे दिन शाम को हम लोग लालगंज में थे।

मिर्जापुर के दक्षिणांचल का वह कस्बा मुझे अपेक्षाकृत अधिक अच्छा लगा था। कल-कल करते झरनों और हरे-भरे जंगलों में रहने का मेरा मन आदी हो गया था। अतः बलापुर का वह मैदानी भाग वाकई मुझे रास नहीं आ रहा था। यहाँ हरा-भरा एक छोटा-सा जंगल भी था और एक छोटी-सी नदी भी थी जिसके पार पलाश के दरख्तों से खेला जा सकता था। लगा कि मेरा मन यहाँ रम जाएगा।

लेकिन एक महीना भी नहीं बीतने पाया था कि उस घर में एक ऐसी स्त्री का प्रवेश हो गया जिसने मेरी उम्मीदों पर एक सिरे से पानी फेर दिया। दरअसल अपनी जिस बहन के यहाँ मैं रह रहा था, वे मेरी सौतेली बहन थीं और अब्बा ने उनकी माँ को त्याग दिया था। वह मध्यप्रदेश के किसी गाँव में रहकर बनी-मजूरी करती थीं और अपना पेट पालती थीं। इधर कुछ दिनों से वह अस्वस्थ रहने लगी थीं और सहारे के लिए अपनी बेटी के यहाँ आ गई थीं।

''मैं इन लोगों की सूरत भी नहीं देखना चाहती।''

उन्होंने आते ही अपना बयान जारी किया और फिर शुरू हो गया मेरे साथ दुर्व्यवहारों का एक लम्बा सिलसिला।

उन दिनों अब्बा अपनी बहन के यहाँ भोपतपुर गए हुए थे और मैं अपनी सौतेली बहन के यहाँ अकेलेपन का दर्द झेल रहा था। दिन-भर मैं उदास रहता और रात में मुझे नींद न आती। अपनी छोटी-से-छोटी इच्छा भी मैं किसी के सामने व्यक्त नहीं कर सकता था। बहन के बच्चे जब बाजार से खाने की कोई चीज लेकर आते और मेरे सामने खड़े होकर खूब देर लगा-लगाकर खाते तो मन करता कि मैं भी जाकर बहन या भैया से पैसे माँगूँ पर संकोच और डर के कारण मैं ऐसा न कर सकता और भीतर-ही-भीतर घुटकर रह जाता।

स्थितियाँ असह्य होती जा रही थीं। मन की इच्छा को दबा लेना मेरे लिए उतना कठिन नहीं था, पर वाक्बाणों का प्रहार मैं नहीं सह सकता था। मुझसे

कहा जाता कि मैं कुएँ से पानी खींचकर ले आया करूँ और शाम को स्कूल से आकर जंगल जाया करूँ—लकड़ियाँ ढोने के लिए। यह स्थिति कष्टकारक अवश्य थी, पर मैंने काफी प्रयत्न करके स्वयं को जूझने के लिए तैयार कर लिया था। फिर भी, मुझे जब कटूक्तियाँ सुननी पड़ीं तो मेरा हृदय विदीर्ण हो गया। एक दिन तो मैं बुरी तरह टूट गया जब नहाने के लिए देर से पानी लाने पर बहन की अम्मा ने कहा, ''मैं तुम्हारा खून पी जाऊँगी।''

और अब्बा के आते ही मैंने पहला प्रस्ताव यही रखा कि मैं यहाँ नहीं पढ़ूँगा। वे मान भी गए मेरी बात। हालाँकि वे किसी बात को इतनी जल्दी मान लें, यह एक अनहोनी बात ही थी, पर पता चला कि भोपतपुर में उनकी बहन के पोतों ने यह इच्छा प्रकट की है कि अगर मैं उनके पास रहकर पढ़ूँ तो बेहतर होगा।

अब्बा मुझे लेकर भोपतपुर चले गए। यहाँ किसी ने किसी प्रकार का प्रतिवाद नहीं किया।

इलाहाबाद जिले में सहसों बाजार से थोड़े फासले पर भोपतपुर गाँव है, जहाँ मेरी बुआ ब्याही थीं। फूफा यासीन साहब उस इलाके के माने हुए पहलवान थे। घर में बीड़ी का कारखाना था और फूफा साहब खाने-पीने के शौकीन थे। घर में उनका रोब भी काफी था। घुटनों तक लुंगी और लम्बा चीकट कुर्ता पहनकर जब वे पान की पीक टपकाते हुए चलते तो मानो धरती काँपती थी। बड़ों को वे व्यापारी बनाना चाहते थे और बच्चों को धार्मिक। अत: घर के सभी बड़े लोग कारखाने में जुटे रहते थे और बच्चे सुबह होते ही चौकी पर बैठकर झूमते हुए कुरान शरीफ पढ़ने में अतिरिक्त गर्व का अनुभव करते थे। जुमा के दिन सब लोगों का नमाज पढ़ना जरूरी था। कुरान पढ़नेवाले लड़कों को कभी-कभी वे उच्चारण गलत होने पर ठोंक भी देते थे। स्त्रियाँ उनके भय से चाहकर भी आपस में युद्ध नहीं कर पाती थीं और किसी भी बात के लिए उन्हें फुसफुसाहट का सहारा लेना पड़ता था।

ऐसे विचित्र माहौल में जब मेरा प्रवेश हुआ तो मुझे लगा कि मैं किसी चूहेदानी में फँस गया हूँ। लेकिन कोई दूसरा उपाय नहीं था। सहसों के एक स्कूल में मेरा नाम लिखा दिया गया था और मैं बेमन से अपनी पढ़ाई में व्यस्त हो गया था।

मैंने अपनी पढ़ाई जारी रखने के लिए उस स्थिति से समझौता कर लिया था—बावजूद इसके कि यहाँ भी मुझे कुएँ से पानी भरना पड़ता था। लेकिन फूफा साहब की शर्त मुझे नहीं मंजूर हुई। एक दिन उन्होंने कहा, ''तुम दोनों में से एक ही आदमी यहाँ रह सकता है। तुम यहाँ रहकर पढ़ रहे हो तो अपने बाप को बलापुर भेज दो। महँगाई बहुत बढ़ गई है, हम दो-दो आदमियों का खर्च नहीं उठा सकते।''

यह एक ऐसी शर्त थी जिसे न मैं मान सकता था, न अब्बा। न वे अकेले रह सकते थे, न मैं। अनेक त्रासद स्थितियों के बीच मुझे जब टुकड़े-भर प्यार की जरूरत होती थी तो वह अब्बा के पास ही मिल पाता था। और अब्बा की आँखें इतनी कमजोर हो चुकी थीं कि सहारे के लिए मेरा उनके साथ होना बेहद जरूरी था। लेकिन तुरन्त उन्होंने कोई प्रतिक्रिया नहीं व्यक्त की थी।

शाम को, जब मैं उन्हें टहलाने के लिए सहसों की ओर ला रहा था, खेत की मेंड़ पर चलते हुए मैंने ही कहा था, ''अब्बा जी, मैं आपको नहीं छोड़ना चाहता।''

इस पर उनकी आँखें भर आई थीं। रुँधे गले से उन्होंने उत्तर दिया था, ''बेटे, मैं भी तुम्हें नहीं छोड़ सकता।''

और अगले दिन हम दोनों ही वहाँ से बलापुर के लिए रवाना हो गए थे। लेकिन बलापुर की परिस्थितियाँ पूर्ववत् थीं। भाभी नहीं चाहती थीं कि हम लोग इस घर में स्थायी रूप से रहें और भैया के भीतर उनका विरोध करने की क्षमता नहीं थी। अतः उन्होंने सलाह दी थी कि हम लोग पुनः लालगंज चले जाएँ।

यह सलाह विचित्र थी और अब्बा के स्वाभिमान को इससे चोट भी पहुँचती थी, पर मेरी शिक्षा के लिए वे कुछ भी कर सकते थे। अगले दिन ही वे लालगंज चलने के लिए तैयार हो गए थे।

सितम्बर महीने की वह एक स्वच्छ शाम थी। अब्बा बैठक में पड़ी चारपाई पर लेटे थे और मैं भीतर आँगनवाले दरवाजे पर उकड़ूँ बैठा था। बहन अपने काम में लगी हुई थीं और उनकी अम्मा सोई हुई थीं। लड़के

बाहर थे। बड़ी लड़की आँगन में रखे सिल पर मसाला पीस रही थी। मुझसे कोई बोल नहीं रहा था। मैंने एकाध बार कोशिश की कि कोई काम करूँ लेकिन मुझे रोक दिया गया, और मैं मार खाए बच्चे की तरह पुनः अपने स्थान पर बैठ गया। अब मैं सोच ही रहा था कि वहाँ से उठकर अब्बा के पास चलूँ कि मोहम्मद भैया टपक पड़े। आते ही वे आपे से बाहर हो गए :

''तुम लोग क्यों आए यहाँ?''

मैं चुप। मुझे रुलाई आने लगी। मैं खड़ा हो गया। वे पुनः गरजे :

''तुम लोगों के लिए यहाँ कोई जगह नहीं है। कल यहाँ से तुम लोग रवाना हो जाओ।''

और मैं सुबकता हुआ बैठक में अब्बा के पास पहुँच गया। उन्होंने अपने दामाद की सारी बातें सुन ली थीं। पता नहीं, वे कुछ बोलना चाहते थे या नहीं, पर उस वक्त वे एकदम खामोश ही रहे। मुझे उन्होंने अपने पास बिठा लिया और अपने बूढ़े हाथों से हौले-हौले मेरी आँखें पोंछने लगे। मैंने देखा, आँसू उनके नेत्रों से भी बह चले थे।

रात-भर हम एक-दूसरे से लिपटे यह तय करते रहे थे कि हमें क्या करना चाहिए। यहाँ से जाते हैं तो पढ़ाई नष्ट होती है और रहते हैं तो स्वाभिमान की हत्या होती है। शिक्षा जरूरी है या स्वाभिमान? यह प्रश्न बार-बार हमारे दिमागों से टकराने लगा। और अन्ततः अब्बा ने यह फैसला लिया कि शिक्षा जरूरी है।

और हम निहायत बेहया बनकर वहाँ रहने लगे।

अब मैं अपनी पढ़ाई पर कम ध्यान देता और घर के काम पर अधिक। स्कूल से प्रायः मैं जल्दी ही चला आता ताकि लकड़ियों के लिए जंगल जाया जा सके और पानी भरा जा सके। लेकिन उन लोगों के व्यवहार में बजाय उदारता आने के और अधिक कठोरता आने लगी थी और अत्याचार की सीमाएँ काफी बढ़ गई थीं।

उनके घर से सटा हुआ एक और खँडहरनुमा मकान था जो प्रायः बन्द ही रहता था। वह एक लम्बा हॉल-सा था जिसे पहले किसी चक्कीवाले को किराए पर दिया गया था। मकान जब गिरने लगा और उसकी मरम्मत नहीं

हो सकी तो वह चला गया वहाँ से। लेकिन चक्की की मशीन जंग खाई हालत में अब भी वहाँ विद्यमान थी और शेष भाग में मनों कूड़ा भरा हुआ था। खपड़ैला बुरी तरह टूट-फूट गया था और जगह-जगह से आसमान के नीले टुकड़े झाँकते हुए-से दिखाई पड़ते थे। कुछ ही दिनों बाद हमें आदेश दिया गया कि हम उसी में अपने रहने-सोने की व्यवस्था कर लें।

मुझे यह बात कुछ जँची नहीं, पर अब्बा तैयार हो गए। हमने इतवारवाले दिन खूब मेहनत करके उस खँडहर के एक हिस्से को साफ किया और बड़ी मुश्किल से उसे रहने लायक बनाने में सफल हुए। वहाँ अब्बा के लिए एक चारपाई डाल दी गई और मैंने अपनी व्यवस्था पास ही में बने उस चबूतरे पर की, जो कभी शायद गद्दी के काम आता रहा होगा और उसके सामने एक बड़ा-सा तराजू लटकता रहा होगा। आमने-सामने की दीवारों पर खूटियाँ गाड़कर हमने रस्सी का एक डोरा बाँध लिया था, जिस पर हम अपने कपड़े टाँग सकें। हालाँकि इस कार्य में हमें काफी दिक्कत पेश आई थी, क्योंकि दीवारें इस कदर सड़ी हुई थीं कि खूँटियाँ प्रायः पूरी-की-पूरी धँस जाती थीं और वे तुरन्त ही ढीली हो जाती थीं।

बहरहाल, अब वह चक्कीवाला घर हमारा स्थायी निवास बन चुका था और हम अपना सारा वक्त उसी में गुजारा करते थे। मैं जब घरेलू कामों में फँसा होता या विद्यालय गया होता तो अब्बा अपनी झूलेनुमा चारपाई में धँसे अपनी ज्योतिविहीन आँखों से क्षत-विक्षत खपड़ैलों को ताका करते और कभी-कभी किसी पक्षी की शरारत से जब उनकी आँखों में कचरे के कण गिर जाते तो आँखें मलते हुए वे उठ बैठते और अपनी बेटी के बच्चों को पुकार उठते, लेकिन वे लोग उनकी आवाज सुनकर खिस-से हँस दिया करते और फिर अपने खेल में डूब जाते थे।

बच्चों को पुकारने के मूल में कभी-कभी अब्बा के दो और उद्देश्य होते थे : या तो वे बीड़ी के लिए अपनी बेटी से पैसा मँगाना चाहते थे या फिर उन्हें भूख लगी होती तो आहिस्ता से यह बात प्रकट करना चाहते थे। लेकिन यह सब मेरे आने पर ही सम्भव हो पाता। वैसे बीड़ीवाली माँग धीरे-धीरे ठुकराई जाने लगी थी और खाने में भी रोटियों के साथ दाल या सब्जी के स्थान पर पाँच पैसे के मट्ठे को प्राथमिकता मिलने लगी थी। दोपहर को हम प्रायः मट्ठा-रोटी ही खाते और रात में थोड़ी दाल के साथ चावल भी हमें मिल

जाया करता था। लेकिन भोजन से ज्यादा जरूरी बीड़ी थी अब्बा के लिए। और एक दिन उन्होंने बेटी को बुलाकर अपनी प्रार्थना रखी थी उनके सामने, लेकिन उन्होंने एक अच्छी-सी नसीहत उन्हें दी थी, 'बीड़ी बहुत नुकसानदेह होती है, आप इसे बन्द कर दीजिए।' और अपने बच्चे को मुझे सौंपती हुई बाहर चली गई थीं।

अब्बा की आँखों में ढेर सारी बूँदें भर आई थीं। वे उन्हें छिपाने के लिए मुँह ढँककर सो गए थे।

उस घर में मेहमानों का आगमन बहुत होता था और परम्परा के अनुसार उनके सामने घर की सही स्थिति को छिपाना पड़ता था। इसी नियम के अनुसार एक रोज जब बैठक में कुछ मेहमान बैठे थे तो मुझसे कहा गया कि मैं अब्बा का खाना पिछवाड़े की ओर से ले जाऊँ। लेकिन इसी बीच मुझे कोई अन्य काम करने के लिए कह दिया गया और खाना ले जाते वक्त मैं बहन का निर्देश भूल गया। जाहिर है कि मेहमानों के लिए अच्छा खाना बना था और अब्बा के लिए मैं मट्ठा-रोटी ही ले गया था, जिसे मेहमानों ने शायद देख लिया था। सम्भव है, उन्होंने कुछ टीका-टिप्पणी भी की हो! दूसरे रोज हमारी पेशी हुई और साफ-साफ कह दिया गया कि इस घर में हमारे लिए अब कोई जगह नहीं है। हमारे ऊपर आरोप लगाया गया कि हम घर की इज्जत को नष्ट करना चाहते हैं। इस आरोप का एक प्रमाण यह भी था कि अब्बा ने मुहल्ले के किसी व्यक्ति से एक बीड़ी माँगकर पी ली थी।

खैर, हमने लालगंज को निहायत अदब के साथ सलाम कर लिया।

"देखो नजीर, इसे अपना भाई समझो या लड़का समझो, इसकी जिन्दगी अब तुम्हारे हवाले है।"

बलापुर पहुँचकर अब्बा ने अत्यन्त आर्द्र शब्दों में भैया से जब यह बात कही तो उनकी आँखें भी डबडबा आईं।

"तुम चाहे इसे पढ़ाओ और चाहे इससे मजूरी कराओ, यह अब तुम्हारी जिम्मेदारी है।" अब्बा ने अपनी बात को आगे बढ़ाते हुए कहा और लेट गए।

मैं गुमसुम उनके पैताने बैठा रहा। भैया थोड़ी देर तक दीवार से सटे खड़े रहे, फिर भीतर चले गए। शायद भाभी ने उन्हें बुलवा लिया था।

वह ऐसा क्षण था जिसमें मेरी जिन्दगी का लगभग अन्तिम फैसला हो गया था। मैं जानता था कि मुझे पढ़ाया नहीं जाएगा, मुझसे मजूरी ही कराई जाएगी। और इस स्थिति को चुपचाप स्वीकार कर लेने के अलावा मेरे सामने दूसरा कोई विकल्प नहीं था। भाग्य जिसे कहते हैं, वह यही है और खुदा जिसे कहते हैं, वह बस यही कर सकता है। अब आदमी के भीतर अगर दम हो तो लड़े इनसे।

देर तक मैं बुत की भाँति बैठा रहा, फिर नींद ने मुझे दबोच लिया और मैं अब्बा की बगल में पसर गया।

दूसरे दिन सुबह-सवेरे मुझे जगा दिया गया और कहा गया, ''जाओ, पानी लाओ।'' मैं बड़ी फुर्ती से उठा और रस्सी-बाल्टी लेकर कुएँ की ओर चल पड़ा। दरअसल, कुएँ से पानी खींचने में अब मैं माहिर हो गया था और यह काम मुझे ज्यादा कठिन नहीं लगता था।

लेकिन उसी रोज मुझे मालूम हुआ कि घर में जो एक नौकर आता था बाहरी काम करने के लिए, उसे भगा दिया गया है और पानी भरने के अलावा अन्य बहुत सारे कार्य भी अब मुझे ही करने होंगे। उनमें सबसे महत्त्वपूर्ण कार्य था बकरियाँ चराना।

हालाँकि सर्दियों की शुरुआत हो चुकी थी और मेरे पास एक भी स्वेटर नहीं था, इसलिए ठंड से मैं हरदम सिकुड़ा करता था, लेकिन भैया ने मेरे लिए बाजार से सिर्फ़ एक मारकीन की कमीज खरीदी थी। मैं उसी को पहनकर सिकुड़ी मारे इधर से उधर नाचता रहता और घर के सारे काम किया करता था। भाभी के लड़कों को अब पूरी स्वतंत्रता मिल गई थी और वे लोग स्कूल से आने के बाद टोले में खेलने चले जाते थे। भाभी दिन-भर घर के काम में लगी रहतीं और अपनी एकमात्र लड़की को बात-बेबात घुड़कती रहती थीं। भैया सामनेवाले हिस्से में अपनी चारपाई डाले लेटे रहते और बगलवाली दालान में अब्बा किसी मुर्दा जानवर की भाँति गुमसुम पड़े रहते थे।

मैं दिन-भर प्रायः बाहर ही रहता। मेरे साथ बकरियाँ होती थीं और बगीचों के पेड़ होते थे। मैं उन्हीं के बीच खुद को बहलाया करता। कभी-

कभी जब मैं ऊबने लगता तो अपनी पुरानी किताब से याद की गई कोई कविता गुनगुनाने लगता या ढेलों से कैथ के फल तोड़कर अपनी जबान का जायका बदला करता। मैं किसी महुवे के पेड़ से कुछ पत्तियाँ तोड़ दिया करता था और बकरियाँ उन्हें चाव से खाया करती थीं। इस प्रकार मैं धीरे-धीरे अपने हालात से समझौता करना सीख रहा था।

लेकिन एक रोज मुझसे एक भयंकर अपराध हो गया। दरअसल वह शबे-बारात नामक त्यौहार की सुबह थी और भाभी कहीं गई हुई थीं। भैया भी कहीं गए हुए थे। उनके लड़के हलवा निकाल-निकालकर खा रहे थे। मेरे भीतर न जाने कौन-सा पाप जागा कि हलवे में मेरी नीयत लग गई और अब्बा के सामने जाकर मैंने अपनी इच्छा प्रकट कर दी। अब्बा ने भाभी की बिटिया को बुलाया और कहा कि इसे भी थोड़ा-सा हलवा दे दो। मैंने कहा, ''मैं चने का हलवा खाऊँगा।'' और अब्बा ने कहा, ''इसे चने का ही हलवा दे दो।'' हालाँकि वह बेचारी बहुत हिचकिचाई, पर अब्बा ने-सान्त्वना दी कि उसकी माँ को यह बात नहीं मालूम होगी और हलवा उसने मुझे दे दिया।

लेकिन चने का हलवा शायद कम बना था और मुझे खाते देखकर भाभी के अन्य बच्चों ने भी अपनी बहन को तंग कर वही हलवा लिया। इससे वह बहुत कम हो गया और भाभी को यह बात मालूम हो गई।

किसी भी दुर्घटना के लिए इतना कारण तो काफी था। पहले तो उन्होंने अपनी लड़की की जम कर पिटाई की, फिर वे भैया से उलझ गईं।

''ऐसे खब्बू लोगों को हम यहाँ नहीं रखेंगे।''

यह उनके भाषण का सारांश था और भैया जानते थे कि उनका कोई वाक्य मात्र एक वाक्य नहीं होता; बल्कि वह ठोस निर्णय होता है।

अगले दिन हम अपना सामान एक बोरे में भर रहे थे, पीतल और अल्यूमिनियम के चन्द बर्तन, टिन के डिब्बे, चाकू, ढिबरी, ताला—जो कुछ भी उस टूटे हुए बक्से में था, जिसे हम देश लौटते समय अपने साथ ले आए थे। बक्सा चूँकि बुरी तरह टूट गया था इसलिए उसकी कोई सार्थकता अब नहीं रह गई थी। कपड़े भी हमारे पास वही थे, जो हमने पहन रखे थे। ओढ़ने के लिए एक पुरानी-सी रजाई थी जिसे हमने दरी के साथ लपेट लिया था। अम्मा की मृत्यु के बाद यही इतनी गृहस्थी हमारे पास बची थी, बाकी सब इधर-उधर हो गया था।

“आप लोग न हो तो फिर दक्खिन चले जाइए। वहीं कोई कारोबार कीजिए।”

भैया ने अब्बा को सलाह दी तो वे खामोश रहे। सिर्फ अपनी अन्धी आँखों से एकटक सामने ताकते रहे।

इक्का आ गया तो मैंने उन्हें सँभालकर उठाया और मय साजोसामान के हम बाहर आ गए।

अब्बा अब बहुत ज्यादा दुर्बल हो गए थे और आँखें भी लगभग पूरी तरह नष्ट हो चुकी थीं। जिस्म में ताकत नहीं रह गई थी और अब वे खामोश भी रहने लगे थे। उन्हें देखकर लगता था कि कोई जाँबाज योद्धा असमय में ही परास्त हो गया है।

हमारा इक्का अभी पच्छिम टोलेवाली कच्ची सड़क तक ही पहुँचा था कि मैंने देखा, भैया की जीर्ण-शीर्ण साइकिल टुनटुनाती चली आ रही है। साइकिल पर वे इस प्रकार बैठे हुए थे, जैसे कोई पुराना टीला आगे की ओर झुका हो! उस रूप में अत्यन्त हताश और दुखी प्रतीत हो रहे थे वे।

“एबे बच्चनवा, घूरपुर नहीं, उभारी ले जा इन्हें।”

उन्होंने आगे बढ़कर इक्केवाले को आदेश दिया और खुद करमा बाजार की ओर मुड़ गए।

इधर हाल में ही भैया ने बलापुर से सटे हुए उभारी नामक गाँव में भी एक मकान खरीद लिया था और अपने होनेवाले समधी को उसमें बसा दिया था। उन्होंने हमारा जुगाड़ भी वहीं बैठाया और दक्खिन जाने से हमें रोक दिया। दरअसल भैया नहीं चाहते थे कि हम अब उनकी आँखों से दूर हों। अब्बा को वे पितावत् मानते थे और मुझ पर उनका इतना स्नेह था कि हमारा बिछुड़ना उन्हें अखर रहा था। सिर्फ वे अपनी घरवाली से मुकाबला नहीं कर सकते थे।

वह एक पुराना-सा कच्चा मकान था, जिसकी खुली हुई दालान में हमारे रहने-सोने की व्यवस्था की गई थी। वहाँ धान का पुआल डाल दिया गया था जिस पर अपनी दरी बिछाकर हम लोग उधड़ी-पुघड़ी रजाई के भीतर दुबके रहते थे।

भोजन की व्यवस्था दो जगह थी। उसी गाँव में भोपतपुरवाली मेरी बुआ की दो बेटियाँ भी ब्याही थीं। उनमें से एक के यहाँ भेड़ के चमड़ों का व्यापार होता था और दूसरी के यहाँ बीड़ियाँ बनती थीं। एक के पति का नाम था इस्लाम और दूसरी के पति का नाम बुद्धू था। इस्लाम भाई की स्थिति बुद्धू भाई की अपेक्षा काफी सुदृढ़ थी। इस्लाम भाई व्यापारी थे और बुद्धू भाई मामूली से बीड़ी मजदूर। अत: दोनों घरों के भोजन में भी काफी अन्तर था। इस्लाम भाई के यहाँ गेहूँ की रोटियाँ पकती थीं तो बुद्धू भाई के यहाँ प्राय: बाजरे के टिक्कड़ बनते। वहाँ अक्सर गोश्त बनता रहता था और यहाँ दाल-सब्जी पर दिन कटते। इस प्रकार जीवन में पहली बार हम दो प्रकार का खाना खाने के लिए मजबूर हुए थे। मैं बुद्धू भाई के यहाँ खाता था और अब्बा का खाना इस्लाम भाई के घर से आता था। बाप और बेटे का यह आहार-विभाजन अद्‌भुत था।

लेकिन बेटा टिक्कड़-सब्जी खाए और बाप गोश्त-रोटी चखे, यह शायद असम्भव था। खाना लेकर जैसे ही मैं पहुँचता, अब्बा पहला सवाल करते, "तुमने क्या खाया?" और अन्त में थोड़ा-सा खाना वे जरूर छोड़ देते। "ले, इतना तू खा ले।"

खाने के एवज में मैं दोनों जगह काम किया करता था। उनमें से कुछ काम तो कॉमन थे। जैसे पानी भरना, आटा पिसाना, लड़का खेलाना आदि। लेकिन भैया की चूँकि हिदायत थी कि मुझे बीड़ी बनाना सिखाया जाए, इसलिए बुद्धू भाई के यहाँ मैं उनके चेले के रूप में भी काम करता था। दिनचर्या शाम से शुरू होती थी। सूर्यास्त होते ही गड़ही में जाकर मैं तेंदू की पत्तियाँ भिगोता और घर लाकर एक किनारे करीने से उन्हें सजा देता। सुबह टिन के बने फर्मे के अनुसार कैंची से उनकी कटिंग शुरू होती थी। एक पत्ती में अगर दो या दो से ज्यादा टुकड़े काम के निकल आएँ तो यह बहुत बड़ा कमाल माना जाता था। इसके लिए कई-कई तरीके अपनाए जाते थे। कटिंग के बाद धागे की भराई शुरू होती। लाल रंग का धागा लकड़ी की छोटी-छोटी गड़ारियों में इसलिए लपेट लिया जाता था कि वह हमेशा सुलझा हुआ रहे। फिर हम सूप में पत्ती-सुर्ती लेकर बैठ जाते थे।

सबसे पहले मुझे पुल्ली बनाना सिखाया गया। पुल्ली अर्थात् खुली हुई बीड़ी। ऐसी कई पुल्लियाँ मैं बनाया करता और उनके मुँहों को बुद्धू भाई अपने

लम्बे नाखून से टोप देते। उनकी अनुपस्थिति में उनकी बीवी लकड़ी के एक छोटे-से टोपने से पुल्लियाँ टोपा करती थीं। उन दिनों स्त्रियों में शायद नाखून बढ़ाने का रिवाज नहीं था। या रहा भी हो तो गाँव की मजदूर स्त्रियाँ उससे कोसों दूर थीं।

मंगल और जुमे के रोज मुझे इस्लाम भाई का काम करना होता था। वहाँ मैं भेड़ के चमड़ों में नमक लगाता था। दरअसल वे भेड़ के नहीं, बल्कि उनके बच्चों के नन्हे-नन्हे चमड़े होते थे जिनका भीतरी हिस्सा ताजा और लिसलिसा हुआ करता था। उसी पर मैं पिसा हुआ नमक घिसता रहता और अपने भविष्य के बारे में सोचता रहता।

कभी तो मैं यह सोचता कि भविष्य में जब मैं दिन-भर के हजार-दो हजार बीड़ियाँ बना लेने में समर्थ हो जाऊँगा तब अपने रहने के लिए कोई अलग व्यवस्था कर लूँगा और किसी सुन्दर लड़की से शादी करके चैन की जिन्दगी गुजारूँगा। और कभी स्वयं को चमड़ों के व्यापारी के रूप में कल्पित करके तरह-तरह की व्यापारिक योजनाओं के निर्माण में संलग्न हो जाता।

लेकिन हठात् मेरे दिमाग को एक झटका लगता और मैं महसूस करता कि जहाँ मैं बैठा हूँ, वह मेरी जगह नहीं है। मुझे अपनी पढ़ाई के बारे में सोचना चाहिए। और मैं भीतर-ही-भीतर बिखरने लगता। मुझे अम्माँ की याद आ जाती और मैं रोआँधा हो जाता। मुझे अपनी पुस्तकें याद आतीं जिन्हें मैं लालगंज के चक्कीवाले घर में भूल आया था और मैं शिथिल होने लगता।

"अमा, कइसा नमक लगाय रहे हो तुम?"

इस्लाम भाई मेरी शिथिलता से खीजकर सुपारी काटते हुए मुझे टोकते और मेरी रफ्तार फिर ठीक हो जाती। मैं नमक और चमड़े के बीच अपने अस्तित्व को समो देता।

अब्बा अब और ज्यादा कमजोर हो गए थे और उनकी आँखें तो बिलकुल ही खत्म हो चुकी थीं। प्रतिदिन सुबह और शाम को मैं उनका हाथ पकड़कर किसी प्रकार उन्हें खेत में ले जाता—नित्य-क्रिया के लिए। रास्ते में वे कई-कई बार गिरने से बचते। मैं इतना छोटा और मरियल था कि उन्हें सँभाल न पाता और वे खीज उठते। इस तरह धीरे-धीरे उनमें चिड़चिड़ापन

आने लगा था और मेरी पढ़ाई की चिन्ता करते-करते वे अपनी जिन्दगी की चिन्ता में ज्यादा घुलने लगे थे।

हालाँकि उनकी छोटी-छोटी जरूरतें अब पूरी हो जातीं, पर उतने से ही वे सन्तुष्ट नहीं थे। बीड़ियों की उन्हें पूरी आजादी मिल गई थी। मैं खुद अपनी बनाई हुई बीड़ियाँ जेब में भरकर ले आता और जुमे को जब साबुन की एकाध पुरानी बट्टी कहीं से मिलती तो उनके कपड़े भी धो देता। लेकिन अब्बा इससे बेहतर जीवन की कल्पना किया करते थे और यह कल्पना चिन्ता के रूप में बदलती चली गई थी...धीरे-धीरे वे पंगु-जैसे हो गए थे।

तब खबर सुनकर भैया आए थे और अब्बा ने लगभग रोते हुए कहा था, ''बेटा, जिन्दगी तो मेरी बाहर-बाहर ही कटी, कम-से-कम मौत तो अपनी देहरी पर हो। इसके अलावा मेरी अब कोई मुराद नहीं है।''

और हम पुनः बलापुर ले आए गए।

जीवन एक रहस्य के रूप में मेरे सामने फैला हुआ था और उसे मैं जान लेने का जितना ही प्रयत्न करता उतना ही असफल होता। मुझे लगता कि नियति के साथ हमारे सम्बन्ध कहीं-न-कहीं अवश्य उलझे हुए हैं। सम्भवतः यही वह ग्रन्थि है जो अस्तित्व की लड़ाई में किसी बहुत बड़ी बाधा के रूप में खड़ी है और किसी के पास इस बाधा का कोई हल नहीं है, सिवा इसके कि हम स्वयं उसे उसी के गर्भ में तलाश करें।

जिन्दगी में अब्बा ने जो लड़ाई लड़ी थी, उसे मैंने देखा था और उसे भी, जो लड़ाई मेरी अम्माँ ने अपनी अबला हैसियत से लड़ी थी। अम्माँ अपनी लड़ाई हार गई थीं, अब्बा लड़ रहे थे और मैं अपनी लड़ाई की योजना बना रहा था।

इस योजना में ढेर सारी कल्पनाएँ थीं, राशि-राशि सपने थे और उन सबसे अलग हटकर एक अदद चट्टानी यथार्थ था...उस क्षण मैं उसी यथार्थ में जी रहा था।

मेरी पुरानी दिनचर्या पुनः आरम्भ हो गई थी। सुबह उठकर पानी भरना, झाड़ू देना, सौदा लाना और फिर बकरियों को लेकर बगिया की ओर निकल जाना। वहाँ फसल से उन्हें बचाते हुए चराना और गाने गाना...।

लेकिन एक अन्य महत्त्वपूर्ण कार्य भी उन दिनों मुझसे जुड़ गया था। अब्बा अब एकदम कमजोर हो गए थे और चलना-फिरना उनके लिए

मुश्किल हो गया था। ऐसी स्थिति में दालान के एक कोने में दो ईंटें रख दी गई थीं और वहीं पर वे फरागत के लिए बैठ जाया करते थे। हालाँकि जनाना खुड्ढी के लिए गाँव की हेलिन लगी हुई थी, लेकिन भाभी का आदेश था कि अब्बा का पाखाना मैं स्वयं फेंक दिया करूँ।

और उनका आदेश मैंने मान लिया था। बदले में सिर्फ एक प्रार्थना मैंने की थी कि मेरे लिए सोने की अलग व्यवस्था कर दी जाए, क्योंकि मेरी जाँघों में बड़ी भयंकर खुजली हो गई थी और मैं नहीं चाहता था कि अब्बा को भी वह पकड़ ले। मेरी प्रार्थना मान ली गई और मुझे एक खटोला दे दिया गया था। अब मैं एक कथरी ओढ़कर उसी पर सोया करता और रात-भर अपनी खुजली को खुजलाता रहता। ऐसा करने से मैं सुबह को चलने-फिरने लायक नहीं रहता था लेकिन इलाज का कोई माकूल इन्तजाम वहाँ हो भी कैसे सकता था?

बहरहाल जिन्दगी एक रुटीन की तरह चल रही थी और उस रुटीन को अपना लेने के सिवा दूसरा कोई विकल्प नहीं था।

सम्भवत: जनवरी की वह एक कोहरेवाली सुबह थी जब मैं बकरियों को उनकी खूँटियों से खोल रहा था और अब्बा मुझे पुकार रहे थे। मैं उन्हें यथास्थान बाँधकर अब्बा के पास चला गया।

''बैठो।'' उन्होंने बहुत प्यार से कहा और मैं बैठ गया था।

''आज तुम कहीं मत जाओ, मेरे पास बैठो।'' यह भी उन्होंने बेहद लाड़ के साथ कहा था और मैं खामोश था।

''बेटा, थोड़ा दूध मुझे पिला सकते हो?'' उन्होंने अत्यन्त दयनीय होकर यह सवाल किया, लेकिन इसका कोई निश्चयात्मक उत्तर मेरे पास नहीं था।

और ठीक उसी क्षण भीतरी दरवाजे से भाभी वहाँ पहुँच गईं—अपने तने हुए चेहरे के साथ। मैं उठ गया।

उस रोज बकरियों के साथ मेरा मन नहीं लगा। न जाने क्यों बार-बार मुझे लगता कि कहीं कोई बहुत बड़ा गुनाह मुझसे हो रहा है।

हालाँकि जिन बकरियों को मैं चराया करता था, उनमें से एक बकरी काफी दूध देती थी, लेकिन अब्बा के लिए दूध की व्यवस्था मैं नहीं कर सका। सच तो यह है कि मेरी हिम्मत ही नहीं पड़ी किसी से कहने की।

लेकिन बात सिर्फ दूध की ही नहीं थी शायद! बात थी उस छोटी-सी इच्छा की, जो कितनी मुद्दत के बाद उस बूढ़े मुँह से फूटी थी और उसकी सन्तान के पास उसका कोई समाधान नहीं था।

मैं एक खेत की मेंड़ पर बैठा आकाश पर बनते-बिगड़ते चित्रों को देख रहा था। घोंसलों में धीरे-धीरे संध्या के सुनहरे पंख सिमटने लगे थे।

घर आकर मैंने बकरियों को बाँध दिया और अब्बा के पास जाने की सोच ही रहा था कि आदेश हुआ, 'जाकर जरा बच्चों की पढ़ाई देख लो।' और मैं पड़ोस के उस घर में चला गया जहाँ घर के बड़े बच्चे रात की पढ़ाई करते थे।

वहाँ से हम काफी रात गए लौटे और आते ही बावर्चीखाने में घुस गए थे। उस रोज बाजार का दिन था और घर में गोश्त आया हुआ था। हमारे नथुने कल्पना में ही उसकी गन्ध को महसूस कर रहे थे।

लेकिन अचानक ही वहाँ भैया का प्रवेश हो गया और उन्होंने सूचना दी कि थोड़ी देर पहले अब्बा मुझे पुकार रहे थे।

मैं तुरन्त दालान की ओर चला गया।

लेकिन वहाँ अब्बा नहीं थे। मात्र एक जर्जर शरीर था, जिसका सिर चारपाई से नीचे लुढ़का हुआ था और टाँगें टेढ़ी हो गई थीं। पूरा आकार किसी टूटे हुए अस्त्र की भाँति विखंडित पड़ा था। अब्बा मर चुके थे।

एक भरा-पूरा जीवन हार गया था।

उस हार के एहसास से मैं चिल्ला उठा।

मेरी आवाज के टुकड़े इधर-उधर टकरा रहे थे और मैं था कि सिर्फ चिल्लाए जा रहा था।

अकेलापन क्या होता है, इसका ज्ञान मुझे कब्रिस्तान से लौटने के बाद हुआ। मुर्दे में भी सम्बन्ध की कशिश होती है, यह मैं नहीं जानता था और यह भी मुझे नहीं मालूम था कि अकेलापन एक ऐसी मनःस्थिति का नाम है जो आदमी की चेतना को कुन्द कर देती है।

मेरे सामने अब कोई मार्ग नहीं था। मेरी योजनाएँ धराशायी हो गई थीं और सपने उस पिता की लाश के साथ दफन हो गए थे, जिसकी कल्पनाएँ बेहद रंगीन और मोहक थीं। कल्पनाएँ, जिनका तअल्लुक उस पुत्र से था जो धरती पर एक गेंद की भाँति ठहरा हुआ था और अनेकानेक पाँव उसे घूर रहे थे...।

शायद मेरा गम गलत करने के उद्देश्य से भैया के बड़े दामाद मुझे अपने साथ लेते गए। लेकिन वहाँ पहुँचकर मालूम हुआ कि अब मुझे वहीं रहना होगा। दरअसल वे पानी के जहाज पर काम करते थे और बच्चे उनके छोटे-छोटे थे। घर में उन्हें एक ऐसे आदमी की जरूरत थी जो उनकी अनुपस्थिति में बुरा-भला कुछ देख-समझ ले।

वहाँ भी कोई ज्यादा काम नहीं था—बस, पानी भरना और बकरियों के लिए घास छीलना। इसके अलावा खाना भी वहाँ बढ़िया मिलता था और डाँटनेवाला भी कोई नहीं था। लेकिन सपनों ने चूँकि फिर से परेशान करना शुरू कर दिया था, अतः वह वातावरण मुझे रास नहीं आ रहा था।

और एक रोज जब भोपतपुर से यासीन फूफा के पोते मुमताज मियाँ मुझे लेने आए तो खाने-पीने के उस सुख को मैंने तिलांजलि दे दी।

लेकिन भोपतपुर में एक नए आदमी का वास हो गया था। वह था मेरे पिता के सबसे बड़े भाई का वह लड़का, जो कभी गायब हो गया था। वह काफी दुनिया घूमकर लौटा था और बहुत अधिक चालाक हो गया था। मेरे वहाँ पहुँचते ही उसने मुझे अपना दोस्त बना लिया और अनेक ऐसी कहानियाँ सुनाईं जिनसे सिद्ध हुआ कि वह निहायत भ्रष्ट चरित्र का और गन्दा आदमी है। उसके पास स्त्रियों के ढेर सारे किस्से थे और योजनाएँ बनाने में वह माहिर था। मैंने उसके सामने प्रस्ताव रखा कि मेरी पढ़ाई के बारे में वह कोई योजना बनाए, और यह देखकर मुझे आश्चर्य हुआ कि उसने चटपट एक योजना बना डाली। उस योजना का मूल रूप यह था कि हम यहाँ से उभारी चलें और वहाँ जो बर्तन आदि रखे हुए हैं, उन्हें किसी बहाने से ले लें। फिर उन्हें बेचकर हम दक्खिन चले जाएँ। वहाँ पढ़ाई की कोई-न-कोई व्यवस्था हो जाएगी। उसकी यह राय मुझे जँच गई और हम यहाँ से भाग निकलने की तरकीब सोचने लगे।

पैसा न उसके पास था और न मेरे पास। लेकिन हम कोई जुगाड़ बैठाने की जी-तोड़ कोशिश करते रहे।

तभी बलापुर में एक भयंकर दुर्घटना हो गई। भैया की लड़की बुरी तरह जल गई थी और उसे बचाया नहीं जा सका था। यह दुःखद समाचार पाकर भोपतपुर के प्रायः सभी लोग वहाँ जाने को तैयार हो गए। उसी भीड़ में हम लोग भी तैयार हुए और बलापुर पहुँचकर स्थायी रूप से वहीं रहने लगे।

उन दिनों बाग में महुवे चू रहे थे और हमारी ड्यूटी वहीं लगी थी। हम दोनों जने बाग में जाकर महुवे चुनते और भविष्य की योजनाएँ बनाते। मेरी योजना में पढ़ाई की समस्या थी और उसकी योजना में शादी की बातें थीं। कभी-कभी वह बलापुरवाले घर को बँटवाने की बातें भी किया करता था। लेकिन मैं स्वार्थी था। मैं चाहता था कि सिर्फ पढ़ाई की बातें हों। बाकी समस्याएँ अपने-आप हल हो जाएँगी।

और बगीचे में बनी योजना के अनुसार एक रोज मैं उभारी जाकर पीतल के कुछ बर्तन माँग लाया, यह बहाना करके कि भैया ने मँगाए हैं। लेकिन मैं बलापुर न आकर सीधे करछना रेलवे स्टेशन की ओर भागा और इधर से गुलाम हुसैन स्टेशन की ओर चले। लेकिन भैया को हमारी योजना का पता चल गया था और अपनी साइकिल के सहारे उन्होंने मुझे पकड़ लिया।

बर्तन तो खैर छिने ही, मुझे खरी-खोटी भी सुनने को मिली। और सबसे बड़ी बात यह कि मैं एक चोर के रूप में पकड़ा गया था। मुझे लगा कि लड़ाई की शुरुआत ही गलत ढंग से हो रही है।

खैर, मैं पीछे नहीं लौटा। गुलाम हुसैन की प्रतीक्षा करता स्टेशन की तरफ बढ़ता गया। लेकिन गुलाम हुसैन न जाने कहाँ गायब हो गए थे। मुझे बहुत गुस्सा आया। दुःख भी हुआ, पर समाधान कुछ नहीं था। सामने सिर्फ प्रश्न-ही-प्रश्न थे।

गाड़ी आई तो मैं बगैर टिकट के ही उसमें घुस गया। डर के मारे मेरी घिग्घी बँधी हुई थी और मैं पाखाने के पास दुबका हुआ था। जब कोई घूरकर मुझे ताकता तो मैं बाहर की ओर देखने लगता। मन-ही-मन मैं कुछ संवाद बनाने में भी जुटा हुआ था ताकि पूछताछ होने पर अपनी योग्यता और विवशता का परिचय दिया जा सके। लेकिन ऐसी नौबत आई नहीं। मैं माँडा

रोड स्टेशन पर उतर गया और लालगंज की ओर जानेवाले लगभग दस–बारह मील लम्बे जंगली रास्ते पर चल पड़ा।

लालगंज गुलाम हुसैन भी पहुँचे, लेकिन चार–पाँच रोज बाद। उन्होंने वहाँ दूसरी योजना बनाई और उसके अनुसार मेरी सुरक्षित पड़ी किताबों को बेच दिया। फिर समझाने लगे कि दरी भी बेच दी जाए। इसी पैसे से दक्खिन अर्थात् मध्यप्रदेश चला जाए, जहाँ उनके बहुत–से मित्र रहते हैं। लेकिन इस योजना का पता वहाँ मोहम्मद भैया को लग गया और चूँकि अब वे मेरे प्रति काफी हमदर्द हो गए थे इसलिए गुलाम हुसैन को उन्होंने ऐसी डाँट पिलाई कि वे तो दूसरे ही दिन गधे के सींग की भाँति गायब हो गए और मैं फिर अपने सपनों को सँजोने–बटोरने में नए सिरे से जुट गया।

जून का महीना था और दिन–भर गर्म लू बहा करती थी। मैं उस लू भरे मौसम में कोठे पर लेटा रहता और जुलाई की प्रतीक्षा में डूबा रहता। मुझे अपनी रुकी हुई शिक्षा को जारी करने की इजाजत मिल गई थी।

मेरी पढ़ाई इतने अनपेक्षित और नाटकीय ढंग से शरू हो जाएगी, यह मैंने सोचा भी नहीं था। मोहम्मद भैया के व्यवहार–परिवर्तन की कल्पना भी मैंने नहीं की थी। अत: इस तरह की चीज मेरे लिए अत्यन्त सुखद और रोमांचकारी थी। और इसका असर यह हुआ कि अत्यन्त कठिन शर्तों पर भी मैंने अपनी पढ़ाई शरू कर दी।

शर्तें लगभग इस प्रकार थीं कि घर से मुझे सिर्फ खाना मिलेगा और साल में एक जोड़ा कपड़ा; फीस या किताब–कॉपी की सहायता नहीं मिल सकेगी। इसके अलावा यह भी कहा गया था कि मुझे घर के सब जरूरी कामों को पूरी मुस्तैदी से करना होगा।

मैंने मोहम्मद भैया की सारी शर्तें मान लीं। किताब–कॉपी की व्यवस्था कुछ पुराने छात्रों और पड़ोस के एक दुकानदार की कृपा से हो गई थी और फीस के बारे में प्रिंसिपल साहब को सारी स्थिति बता दी थी। कुछ पुस्तकें मुझे लाइब्रेरी से भी मिल गई थीं। इस प्रकार मेरी शिक्षा का सिलसिला जुड़ गया।

घर का सर्वाधिक महत्त्वपूर्ण कार्य जंगल से लकड़ियाँ ले आना था। मुझे इस कार्य में खीज इसलिए होती थी कि जंगल के ज्यादातर वृक्ष काट डाले गए थे और वहाँ खेत बना दिये गए थे। जहाँ वृक्ष थे, वह स्थान कस्बे से बहुत दूर पड़ता था और वहाँ भी लकड़ियाँ बहुत मुश्किल से मिलती थीं।

लेकिन घर के वातावरण की अपेक्षा मुझे जंगल का वातावरण अधिक सुखद लगता था और मैं अपना ज्यादा-से-ज्यादा वक्त जंगल में ही गुजारना चाहता था। उन्हीं दिनों जंगल में बसे झोंपड़ों में रहनेवाली एक लड़की से मेरी दोस्ती हो गई और न जाने क्यों मैं उससे प्रतिदिन मिलना चाहने लगा। उस ओर जब मैं पहुँचता, वह या तो अपने पशुओं को चराती हुई मिलती या अपने छोटे भाई के साथ किसी पेड़ के नीचे खिलवाड़ करती हुई दिखाई पड़ती। मुझे देखकर वह किसी स्वच्छ झरने की भाँति खिलखिलाकर हँस पड़ती थी और तरह-तरह के सवाल करके मुझे परेशान कर डालती थी। फिर वह मेरे लिए लकड़ियाँ तलाशती और बोझ बाँधकर मेरे सिर पर उठा देती। मैं 'अच्छा, चलें' कहता हुआ चल देता और वह पाँव के नाखूनों से धरती खुरचती चुपचाप खड़ी रहती।

लेकिन शीघ्र ही उस दोस्ती का अन्त हो गया था। लड़की का अपहरण हो गया था...।

अब जंगल मेरे लिए वाकई जंगल हो गया था। एक ऐसी वीरानी, जिसका कोई अन्त नहीं था। चारों ओर झाड़-झंखाड़ और उजड़ी हुई कठोर धरती...!

•

सर्दियाँ आ गई थीं और सूर्यास्त जरा जल्दी ही होता था, लेकिन बजाय लकड़ियाँ तलाश करने के, किसी वृक्ष के नीचे मैं देर तक लेटा रहता और न जाने क्या-क्या ऊलजलूल सोचा करता। शाम होती तो इधर-उधर से चन्द लकड़ियाँ बाँधकर लौट आता...मेरे भीतर का रस सूख रहा था

"लकड़ियाँ नहीं मिलतीं तो गोबर लाया करो। अब उपले बनाए जाएँगे।"

एक दिन बहन ने मुझे यह नया काम बताया और मैं दूसरे रोज से ही झौवा लेकर गोबर की तलाश में निकल पड़ा।

लेकिन वहाँ भी मुझे एक गुलमैना मिल गई। यह लड़की भी नदी पार गोबर लेने जाया करती थी। इसकी सरलता पर मैं मुग्ध हो गया।

•

हालाँकि गुलमैना मुझसे बड़ी थी और सुन्दर भी, लेकिन थोड़े दिनों की मुलाकात में ही वह मेरा आदर करने लगी और कभी-कभी मुझसे चुहल भी कर लिया करती। मैं उसे गाना सुनाता तो वह ध्यानपूर्वक सुनती रहती और अन्त में सिर्फ हँस देती थी।

गोबर की उस मटमैली और गँधैली दुनिया में गुलमैना की उपस्थिति मुझे किसी चमकते हुए पत्थर की भाँति लगती थी, जो खेल-खेल में धूल के भीतर अचानक ही मिल जाता है।

लेकिन वह चमक भी क्षणिक थी। गुलमैना का ब्याह हो गया था...।

लगा कि झौवे के छिद्रों में से गोबर का पानी रिसता चला जा रहा है और एक बदबूदार समुद्र में मैं डूब-उतरा रहा हूँ। जंगल की वह लड़की कहीं नहीं है। गुलमैना कहीं नहीं है। दूर तक कोई नहीं है, जो मेरी बाँह पकड़कर मुझे उस समुद्र से निकाल ले।

मैं जड़ हो गया था...।

और एक दिन मुझसे कहा गया कि चूँकि मैं घर के कामों में दिलचस्पी नहीं लेता इसलिए मेरे लिए यहाँ कोई जगह नहीं है...।

मैं भन्ना उठा। मेरी पढ़ाई का क्या होगा?—यह प्रश्न मेरे सामने एक दीवार की तरह तन गया। और बजाय वहाँ से हट जाने के, जड़त्व को मैंने तोड़ना शुरू किया।

लेकिन इस प्रक्रिया में मुझे अनेक चीजें झेलनी पड़ीं। खुद को इतना उदार बनाना पड़ा कि बहन ने मुझे जब बच्चों की टट्टी-भरी फलिया साफ करने के लिए दी, तो मैं इनकार नहीं कर सका।

गर्मी की छुट्टियाँ असह्य ऊब लेकर आईं मेरे लिए। हालाँकि घरेलू काम कम नहीं हुए थे, लेकिन बावजूद भीषण गर्मी के मेरा मन कुछ परिवर्तन चाहता था। कुछ ऐसा बदलाव जिसमें लगे कि मैं सुखी हूँ। कुछ ऐसे क्षणों की मुझे तलाश थी जिनमें खुद को भुला देने की स्थिति पैदा हो सके। थोड़ी देर के लिए ही सही, मैं चिन्तामुक्त होकर जीना चाहता था।

तभी एक रोज मुझे ज्ञात हुआ कि कस्बे में एक नौटंकी मंडली बनी है जिसके मनीजर हैं शकूर साहब! उन्हें कुछ नए कलाकारों की आवश्यकता है। यह सूचना मुझे रहमतुल्ला नाम के एक आदमी ने दी जिसके सौतेले भाई को मैं उन दिनों कभी-कभी उर्दू सिखाया करता था।

उसी रोज शाम को मैं घर की चोरी से शकूर साहब के यहाँ पहुँच गया। उनका घर तो बहुत छोटा था, लेकिन आँगन काफी बड़ा था। वहीं बोरों और फट्टों पर मंडली जमी हुई थी। भीतर उनकी पत्नी खाना तैयार कर रही थी और लड़की गिद्धी दरवाजे पर खड़ी हँस रही थी।

''तुम भी कुछ बनोगे?''

बूढ़े शकूर साहब ने बड़े लाड़ से यह सवाल किया तो मैंने हाँ-में-हाँ मिला दिया।

''कितना बड़ा पाठ याद कर लोगे?''

''चाहे जितना बड़ा हो।''

''अच्छा, पहले छोटा पाठ ही करो, बाद में बड़ा भी देंगे। वैसे भीतर से टिप्सन (प्राम्पिटिंग) दिया जाएगा।''

और मुझे 'त्रिया चरित्र' नामक नौटंकी में खुशदिल का पाठ दिया गया।

अगले दिन से मेरी पाठ-रटाई शुरू हो गई। दिन-भर में अपनी भूमिका का काफी बड़ा हिस्सा मैंने याद कर लिया और शाम होते ही मैं उसे सुनाने के लिए रहमतुल्ला के घर पहुँच गया। शकूर साहब के यहाँ रिहर्सल के लिए एक हफ्ते बाद बुलाया गया था।

जब मैं रहमतुल्ला के यहाँ पहुँचा, वह बाहर पड़ी चारपाई पर लेटा-लेटा अपना पाठ अलाप रहा था। मुझे देखते ही उठ बैठा। चूँकि पूरी मंडली में सबसे ज्यादा पढ़ा-लिखा मैं ही था, इसलिए वह मेरा लिहाज करता था।

''तुम्हारा पाठ याद हो गया?''

''हाँ, और तुम्हारा?''

''अभी तो एक बहरत (बहरे तवील) याद हुआ है यार! और वह दोहा-चौबोला तो बहुत कठिन पड़ता है। कव्वाली या गजल हो तो जल्दी याद हो जाता है। फिर मेरे पाठ में तो ठेठर भी है और छंद भी। यह नथाराम शर्मा की किताब है बड़ी खराब। श्रीकृष्ण पहलवान की किताब अच्छी होती है। उसमें उर्दू के लफ्ज भी ज्यादा होते हैं, जिन्हें याद करना आसान होता है।''

"लेकिन मुझे तो लगता है कि यह अच्छी किताब है। फिर थोड़ी-सी मेहनत तो करनी ही होगी। और जिसे तुम बहरत कह रहे हो, यह कैसे गाया जाएगा?"

मैंने रहमतुल्ला से यह सवाल इसलिए किया कि इस छंद को मैंने पहली बार देखा था और इसकी तर्ज मुझे नहीं आती थी। लेकिन जैसे ही वह बताने के लिए तैयार हुआ, उसके लड़के ने खाना तैयार होने की सूचना दी और मुझे बुलाता हुआ वह पास बिछे पत्थर पर बैठ गया।

खाना लेकर उसकी बीवी आई। उसे मैंने पहली बार देखा था और पहली ही बार में मुझे वह अच्छी लगी थी। उसकी आयु अभी ज्यादा नहीं थी और वह सुन्दर भी थी, लेकिन परिस्थितियों की मार से स्याह हो गई थी। लालटेन की रोशनी में मैंने देखा, उसके गौरवर्णी गालों पर काली झाइयाँ पड़ी थीं और आँखें लगभग धँस गई थीं। अपनी थोड़ी-सी उम्र में ही उसने तीन बच्चे पैदा कर लिये थे, इसलिए भी उसका शरीर ढल गया था। सुर्ती खाने के कारण उसके दाँत खराब हो गए थे और दिन-दिन-भर चूड़ियों का टोकरा सिर पर रखकर गाँव-गाँव घूमने से उसकी देहयष्टि चरमरा गई थी।

"गुड्डू की अम्माँ इतनी मेहनत करती हैं, तुम कोई काम क्यों नहीं करते?"

मैंने रहमतुल्ला से प्रश्न किया तो वह खामोश रहा।

"ये कुछ नहीं करते भैया, मैं कुछ कहती हूँ तो भद्दी-भद्दी गालियाँ देते हैं और ज्यादा कुछ कहती हूँ तो डंडा खाना पड़ता है। क्या करूँ? इनके पास कभी-कभी बीड़ी तक के लिए पैसे नहीं होते। तीन-तीन लड़के हैं, सोचो, कैसे क्या हो? बस, समझ लो, किसी तरह गुजर-बसर हो रही है..."

रहमतुल्ला की बीवी बोले जा रही थी और रहमतुल्ला सुने जा रहा था। मैं भी खामोश था...।

न जाने क्यों उस क्षण मैं किसी और ही दुनिया में गुम हो गया था—एक ऐसी दुनिया में, जहाँ परिस्थितियों से लड़ता हुआ आदमी या तो मर जाता है या अकर्मण्य हो जाता है...।

नौटंकी में मेरा रोल पसन्द आया था लोगों को और मैंने चार रुपए का इनाम भी पा लिया था। लेकिन ये रुपए मनीजर साहब के पास जमा

हो गए थे। पहली बार लगा कि मुझे आज किसी रस-भरे गन्ने की तरह चूसा गया है, लेकिन आवाज उठाने की हिम्मत मेरे भीतर नहीं थी...।

और मेरे चुप रहने का काफी असर पड़ा था शकूर साहब पर। उन्होंने अब मुझे मेन रोल देने शुरू कर दिये थे। 'हरिश्चन्द्र' नौटंकी में मुझे 'रोहिताश्व' का रोल दिया गया और 'लैला-मजनू' में बावजूद व्यापक विरोध के मुझे 'मजनू' बना दिया गया। 'लैला' का रोल छोटू नामक लड़के ने किया।

छोटू ने 'त्रिया चरित्र' में भी स्त्री का रोल किया था, लेकिन 'लैला मजनू' ड्रामे के बाद एक बचकानी भावुकता के कारण हममें काफी घनिष्ठता हो गई। मैं अब चाहता कि ज्यादा-से-ज्यादा वक्त छोटू के साथ गुजारूँ, लेकिन ऐसा सम्भव नहीं था, क्योंकि वह कस्बे से दूर बसी चमरौटी में रहता और दिन-भर मजूरी के चक्कर में इधर-उधर घूमता था। फिर भी शाम को अक्सर वह बाजार आता था सौदा-सुलुफ के लिए, और हमारी भेंट हो जाया करती थी। लेकिन वह हमेशा जल्दी में रहता, क्योंकि आटा उसके झोले में होता था और आग उसके घर में होती थी। यह अलग बात है कि भूख उसके पेट में होती थी।

स्कूल खुलते ही नौटंकी की 'पाठ-रटाई' खतम हो गई और मैं कोर्स की किताबों में नए सिरे से डूब गया था। लेकिन चन्द दिनों बाद ही मुझे पेचिश पड़ने लगी जिससे पढ़ाई का क्रम प्रायः टूट गया।

चौबीस घंटे में लगभग बीस-पच्चीस बार मुझे खेत की तरफ दौड़ना पड़ता था, लेकिन ऐंठन के साथ जो थोड़ा-सा लिसलिसा पदार्थ निकलता, वह मेरी पीड़ा को शान्त करने के लिए नाकाफी होता था। हालाँकि कस्बे में इलाज की समुचित व्यवस्था थी, लेकिन पैसे के अभाव में उस व्यवस्था का लाभ मैं नहीं उठा सकता था। नतीजतन देसी दवाओं से ही खुद को बहलाना पड़ता।

किसी ने कहा, "इमली पत्तियों का काढ़ा पियो।"

और मैं इमली की तलाश में निकल पड़ा। एक चरवाहे के सहयोग से उसकी पत्तियाँ तो मैंने उपलब्ध कर लीं, पर काढ़ा बनाने को कोई राजी न हुआ। उल्टे एक हल्की-सी भुनभुनाहट सुनाई पड़ी, "काम न करने का बहाना है, और कुछ नहीं। घर में कितने दिन से लकड़ी नहीं है, पर आँख सबकी

फूटी हुई है।" और आँगन में कंडे सुलगाकर मैंने खुद ही काढ़ा तैयार किया। लेकिन उससे कोई लाभ नहीं हुआ।

किसी ने कहा, "इसबगोल की भूसी खाओ।"

मैंने बहन से कहा, "मुझे दस पैसे दे दीजिए, भूसी के लिए।"

उन्होंने मुँह बिचका लिया। मैं खामोश रहा।

किसी ने कहा, "मदार की जड़ पियो।"

मैं किसी तरह चलकर मदार की जड़ के लिए जंगल की तरफ गया, लेकिन उसका रस पीने से लाभ तो कोई नहीं हुआ। हाँ, बेहोश जरूर रहा कुछ घंटों तक। बाद में लोगों ने बताया कि मदार की जड़ हानिकारक होती है।

किसी ने कहा, "दही-चावल खाओ।" और मैंने इस सम्बन्ध में भी बहन से बात की, पर उनका रुख पहले-जैसा ही रहा।

फिर कुछ दिनों बाद किसी ने कहा, "पोस्ते के फूल पियो।" और इस बार मैंने बहन से कोई बात नहीं की। सेठ मिश्रीलाल के यहाँ गया और पोस्ते के थोड़े से फूल माँग लाया। उसका काढ़ा भी मैंने खुद ही बनाया और अत्यन्त अविश्वसनीय रूप से मैं ठीक हो गया।

लेकिन लगभग चालीस रोज की इस बीमारी में मैं इतना टूट गया था कि किसी लायक नहीं रह गया था। फिर भी अच्छा होते ही मैं स्कूल जाने लगा और शेष समय में बदस्तूर घरेलू कार्य करने लगा। चूँकि कमजोरी ज्यादा थी इसलिए जंगली रास्तों पर नंगे पाँव चलने में तकलीफ होती थी, लेकिन अपने पाँवों की सुरक्षा का मेरे पास कोई साधन नहीं था। स्थितियों से हारकर मैंने एक आदमी से अपनी पीड़ा कही तो उसने मुझे अपने पुराने जूते दे दिये, लेकिन वे मुझे बड़े होते थे। तब मैंने भैया से अपनी तकलीफ बताई और कई बार टरकाने के बाद मेरे लिए मोटर के पुराने टायर से बनी चप्पलें ख़रीदी गईं।

बीमारी ने मेरे भीतर एक बड़ी क्रान्ति पैदा की थी। मुझे भूख अब ज्यादा लगने लगी थी। लेकिन एक बार में जितना मिल जाता था, उससे मैं सन्तोष कर लेता था। और ज्यादा माँगने की हिम्मत ही नहीं थी मुझमें। एक बार शायद मैंने दाल दुबारा माँग ली थी तो चौके में बैठी बहन की लड़की ने मुझे इस प्रकार घूरकर देखा था कि मेरे सारे हौसले पस्त हो गए थे।

इस दौरान घर में एक दुकान भी खुल गई थी। उसमें साइकिलों की मरम्मत हुआ करती थी। और मुझे अब हवा भरने से लेकर पंक्चर बनाने तक

का काम भी सीखना पड़ा था, जिसमें भैया के अलावा उनके बेटे की झिड़कियाँ भी मुझे सुननी पड़ती थीं। हालाँकि उनके बच्चे आयु में मुझसे छोटे थे, लेकिन चूँकि वे 'स्वामी वर्ग' में थे और मैं 'शरणार्थी वर्ग' में था, इसलिए यदा-कदा मुझे डाँट-फटकार लेने का उन्हें पूरा हक बनता था...।

और इसी तरह एक दिन ऐसा हुआ कि मुझे नोटिस मिल गई कि मैं अपना कोई दूसरा इन्तजाम कर लूँ...।

लेकिन मैं हताश नहीं हुआ। मैं पास-पड़ोस के लोगों से मिला और उन्होंने तय किया कि रहने की व्यवस्था फलाँ शख्स के घर हो जाएगी और कस्बे में जितने भी मुसलमान हैं, सब एक-एक रोज मुझे खाना खिलाएँगे; या एक-एक रोटी भी लोग देंगे तो मेरे लिए काफी हो जाएगा...।

यह एक ऐसा समाधान था जो मेरे स्वाभिमान से सीधे-सीधे टकरा रहा था। मेरी आत्मा पूरी तरह दाँव पर लग चुकी थी और सवाल था शिक्षा को जारी रखने का। लिहाजा खुद को मैंने चट्टान बना लिया था।

लेकिन वह नौबत नहीं आई और भैया ने सबको समझा-बुझाकर मामला शान्त कर दिया। मुझे हिदायत दी गई कि भविष्य में मैं किसी भी प्रकार की शिकायत का मौका न दूँ किसी को।

और खुद को मैंने इस हद तक कुचल लिया कि कुछ दिनों बाद जब रोजे आए तो दिन-भर रोजा रखने के बाद भी रात में जो कुछ उल्टा-सीधा खाने को मिल जाता था, उसी से मैं अपने मन को सन्तुष्ट कर लेता था। पढ़ने के लिए ढिबरी की माँग भी अब मैंने दिल-ही-दिल में वापस ले ली थी, क्योंकि मेरी बहन को शिकायत थी कि मैं देर रात तक ढिबरी जलाकर तेल का अपव्यय करता हूँ। हालाँकि उन दिनों मिट्टी तेल का उतना संकट नहीं था और न ही वह उतना महँगा था, फिर भी...।

मैंने नौटंकीबाजी भी लगभग छोड़ दी थी। यदा-कदा रहमतुल्ला के घर चला जाता तो उस पर भी घर में कोहराम मचता, इसलिए अन्य सांस्कृतिक गतिविधियों से भी मैं लगभग कटा ही रहता था।

कुछ ही दिनों बाद भैया ने जब पेंट का काम शुरू किया तो मुझे एक कच्ची सड़क पर मील के पत्थरों को रँगने के लिए जाना पड़ा और उसके लिए मुझे साइकिल भी सीखनी पड़ी। हालाँकि शुरू-शुरू में मैं साइकिल ठीक से नहीं चला पाता था, पर भैया की पुरानी जर्जर साइकिल के कैरियर पर

बैठकर किसी प्रकार उसे चलाते हुए मैं सड़क तक पहुँचता और रंग-ब्रश लेकर पेटिंग में जुट जाता।

सड़क चूँकि जंगल में से गुजरती थी, इसलिए मार्ग का दृश्य प्रायः सुहाना होता था और उन दिनों जंगल में झरबेरी के बेर और मकोय के काले पके फल भी मिला करते थे। मैं उन्हीं से अपनी भूख शान्त करता हुआ दिन-भर मीलों की पेटिंग में जुटा रहता और रात में लौटकर जब ताड़पीन के तेल से अपने पेंट-सने हाथों को धोता तो मुझे रोना आ जाता। मेरी जिन्दगी का क्या यही मकसद है? उसका स्वरूप क्या यही है? उसका यथार्थ क्या यही है? ये सारे-के-सारे प्रश्न मेरे इर्द-गिर्द खड़े हो जाते और मैं कोठे पर जाकर अपनी कथरी में दुबक बिलखने लगता। उस कथरी के सिवा मेरे आँसुओं का हमदर्द कोई नहीं था।

पेंटिंग का काम कई रोज चला और मेरा कोर्स बुरी तरह पिछड़ गया। बीमारी के दौरान ही वह इतना पिछड़ चुका था कि उसे पूरा करना मेरे वश में नहीं था। और अब तो हालत और भी बदतर हो गई थी। मुझे लगा कि मैं फेल हो जाऊँगा।

मैं थोड़ा और सख्त हो गया।

लेकिन एक बार जब किसी महत्त्वपूर्ण कार्य के लिए छुट्टी लेने से मैंने इनकार कर दिया तो बहन मेरी इस प्रकार आग-बबूला हो गईं, जैसे बहुत बड़ा अपमान कर दिया हो मैंने!

"तुम्हारी ये हिम्मत कि मेरी बात काटोगे तुम! खाने का ठिकाना नहीं था और हमने तुम्हें सहारा दिया, लिखाने-पढ़ाने का इन्तजाम किया और तुम एक काम नहीं कर सकते हमारा? ऐसा ही है तो अपना कोई दूसरा इन्तजाम कर लो! यहाँ रहने की कोई जरूरत नहीं है।"

वे बोले जा रही थीं और मैं सिर झुकाए सुने जा रहा था। बहन गोरे रंग की नाटी महिला थीं, जिनके दाँत मिस्सी लगाने से प्रायः काले हो गए थे और हाथों-पाँवों के नाखून सदा ही बड़े रहते थे। वे देहाती ढंग से साड़ी बाँधती थीं और देहाती में ही बोलती थीं। ऊपर जो बातें कही गई हैं, वे भी देहाती जुबान में ही उच्चरित की गई थीं। बोलते वक्त उनके नथुने फड़कने लगते और ऐसा प्रतीत होता कि सामनेवाले को वे फाड़ खाएँगी।

मैंने एक लड़के से क्लास टीचर को अर्जी तो भिजवा दी, लेकिन मामला बहुत गम्भीर हो गया था। भैया भी घर में नहीं थे, कहीं रिश्तेदारी में गए हुए थे, अतः समझौता करानेवाला भी कोई नहीं था। मैंने लाख कोशिश की कि बहन का गुस्सा ठंडा हो जाए, लेकिन मैं असफल रहा। और दिन-भर भूखे-प्यासे कोठे पर पड़े रहने के बाद जब रात को भी कोई अच्छी प्रतिक्रिया नहीं हुई तो उठकर मैं बाहर की ओर निकल पड़ा—निरुद्देश्य।

उस रोज पहली बार मुझे लगा कि मेरे जीवित रहने की कोई सार्थकता नहीं है। संसार को आखिर मेरी आवश्यकता ही क्या है? मुझे लगा कि संसार पत्थर से भी कठोर और मृत्यु से भी अधिक निर्मम है। जीवन विषम भिन्न के सवाल की भाँति जटिल और जल्लाद की भाँति क्रूर है। प्रकृति की सम्पूर्ण सुन्दरता एक मजेदार छल से अधिक नहीं है।

मैं चलता जा रहा था और सोचता जा रहा था। उस रोज रह-रहकर मुझे अम्माँ की याद आ रही थी और आँखें भीगते-भीगते रुक जाती थीं। गले से लेकर पेट तक ऐसा लग रहा था मानो कोई सख्त चीज फँसी हुई है जिसे बाहर निकालने की हिम्मत मेरे पास नहीं है।

सहसा मैं नदी किनारे के उस स्थान पर पहुँच गया जहाँ मुर्दे जलाए जाते थे। आसपास खड़े पलाश के झाड़ उस क्षण प्रेतों की भाँति लग रहे थे और आकाश पर चमकनेवाला अर्द्धचन्द्र किसी भयंकर देवता के हथियार की भाँति प्रतीत हो रहा था। जहाँ मैं खड़ा था, उससे थोड़ी दूर पर ही एक नर-कपाल इस तरह पड़ा हुआ था मानो शरीर की सार्थकता का विवेचन कर रहा हो! मैं वहीं एक झाड़ के पास बैठ गया।

मुझे अब क्या करना चाहिए? यह एक ऐसा प्रश्न था जिसके कई उत्तर निकाले जा सकते थे। लेकिन वे सारे उत्तर भी प्रश्नसूचक ही थे। जैसे, क्या मुझे आत्महत्या कर लेनी चाहिए? क्या मुझे लौट चलना चाहिए? क्या मुझे भाग जाना चाहिए?

लेकिन तय मैंने यह किया कि मुझे सो जाना चाहिए। और मैं लेट गया। हालाँकि भय और भूख के कारण मुझे नींद नहीं आई और भोर होते ही मैंने तय किया कि मुझे लौट चलना चाहिए।

गर्मी की शुरुआत हो चुकी थी और लोग अलस्सुबह मैदान की ओर निकलने लगे थे। नदी का पानी हालाँकि सूख चुका था, पर कहीं-कहीं काई-मिश्रित जल बचा हुआ था और उसी से लोग मुँह-हाथ धो लेते थे। मैंने भी एक जगह बैठकर मुँह धोया और बस्ती की तरफ चल पड़ा, लेकिन घर जाने के बजाय मैं रहमतुल्ला के यहाँ गया।

"आज सुबह-सुबह चल पड़े! खैरियत तो है?"

मुझे चारपाई पर बैठने का संकेत करते हुए रहमतुल्ला ने अत्यन्त आश्चर्य के साथ यह सवाल किया तो मैं क्षुब्ध हो गया। लेकिन मैं खामोश रहा।

"लगता है, बहन की मुहब्बत ज्यादा तेज हो गई है।"

भीतर से रहमतुल्ला की बीवी ने तब तक चुटकी ली और अपनी सहज मुस्कान के साथ बाहर आ गई। मैंने देखा, उसके हाथ में लाल चाय का गिलास था और उसकी स्नेहिल दृष्टि मुझ पर टिकी थी।

"हम लोगों की याद तो आती न होगी अब?"

उसने एक और शरारत की और चाय का गिलास मेरे सामने रखकर खड़ी हो गई। मैंने सोचा, अब वह भीतर चली जाएगी, लेकिन वह डोरी पर पड़े गीले कपड़ों को उलटने लगी। इस क्रिया में उसका ब्लाउज ऊपर तन गया और वक्ष का काफी हिस्सा दिखाई पड़ने लगा। मैं घबरा गया। मुझे अनायास ही शर्मिंदगी महसूस होने लगी और मैंने सारा ध्यान अपनी रामकहानी पर केन्द्रित कर दिया।

"क्या कहा? तुम्हें निकाल दिया है उन लोगों ने?" रहमतुल्ला चौंक उठा।

"हाँ। मेरे लिए अब कोई जगह नहीं है। लेकिन मैं पढ़ना चाहता हूँ। क्या मेरे रहने की व्यवस्था कहीं हो सकती है?"

यह सवाल मैंने उतावलेपन के साथ किया और जवाब के लिए मुझे काफी इन्तजार करना पड़ा। कुछ देर बाद उसकी बीवी ने कहा, "रहने को तो तुम यहीं रह सकते थे, लेकिन महमद-बउ से बहुत डर लगता है, इसलिए हम मजबूर हैं।"

और अगले क्षण मैं सड़क पर था।

मैं सड़क को चल रहा था और सड़क मुझे चल रही थी। हालाँकि सड़क पर काफी चहल-पहल थी, लोगों की भी और वाहनों की भी, लेकिन सबसे

मैं बेखबर था और मुझसे सब बेखबर थे। लोग, लोग थे; सड़क, सड़क थी और मैं, मैं था। हममें कहीं कोई तालमेल नहीं था।

मैं सेठ मिश्रीलाल की दुकान पर पहुँच गया। उस वक्त वे ग्राहकों को सौदा देने में व्यस्त थे और उनके पिता किसी को डाँट रहे थे। पटरी पर बिछी चारपाई पर श्रीरामखेलावन पांडेय बैठे थे। पांडेयजी मिश्रीलाल की दुकान पर अक्सर बैठे रहते थे और बातचीत के दरमियान धर्म से लेकर विज्ञान तक की बातें किया करते थे। वे कजरी सुनने के बड़े शौकीन थे और दूसरे शौक के रूप में उन्होंने अपनी एकमात्र कन्या को पढ़ाने के अलावा साइकिल चलाना भी सिखा रखा था। वे मेरी पढ़ाई के प्रशंसक भी थे।

वहाँ पहुँचकर सबसे पहले अपनी कहानी मैंने उन्हीं को सुनाई और उन्हीं की सलाह से मिश्रीलाल सेठ मुझे अपने यहाँ रखने को तैयार हो गए। मैंने उन्हें आश्वस्त किया कि रहने-खाने के एवज में मैं प्रतिदिन उनके लिए लकड़ियाँ ला दिया करूँगा और उनकी घोड़ी की सेवा भी कर दिया करूँगा।

लेकिन उनके घर मैं एक रोज से ज्यादा नहीं रह सका। दूसरे दिन भैया आए और जबर्दस्ती मुझे घर ले गए। रास्ते में उन्होंने समझाया, "देखो भाई, तुम्हारा वक्त अभी खराब है, चार बात सहकर अपना काम तुम्हें निकाल लेना चाहिए। जब तुम पढ़-लिखकर चार पैसे कमाने लगोगे तो यही लोग तुम्हारा मैला साफ करने को तैयार रहेंगे जो आज तुम्हें कुत्ते की तरह दुत्कार रहे हैं।"

और कोठे पर जाकर मैं कथरी की गोद में दुबक गया। उस फटी-चिटी कथरी ने मेरे सारे आँसुओं को जज्ब कर लिया था। एक जड़ वस्तु ने उस समय जो सहारा मुझे दिया, वह अनेक चेतन प्राणियों ने भी नहीं दिया था। उस गर्दभरी बदबूदार, सीवन-उधड़ी कथरी के प्रति मैं कृतज्ञता से भर उठा...।

बोर्ड की परीक्षा नजदीक आ गई थी और मेरा कोर्स बुरी तरह पिछड़ा हुआ था। दिन में तो खैर पढ़ने का समय ही नहीं मिलता था और रात में सबको खाना खिलाने, सबका बिस्तर बिछाने और नन्हे बच्चों को घुमा-घुमाकर सुलाने के बाद जब पढ़ने की इच्छा होती तो ढिबरी पर पाबन्दी आयद हो जाती थी, 'तेल इतना फालतू नहीं है कि आधी-आधी रात तक

ढिबरी जलेगी।' और मैं यह संकल्प करता हुआ लेट जाता कि सुबह उठकर पढ़ूँगा, लेकिन सुबह उठते ही घरेलू कामों का बेशुमार सिलसिला शुरू हो जाता था।

मैं उस सम्पूर्ण स्थिति से उबरकर थोड़ा-सा वक्त अपनी पढ़ाई के लिए निकालना चाहता था। अतः ऐसी जगह की तलाश में था जहाँ रात में थोड़ी रोशनी मिल सके। एक कहानी में मैंने पढ़ा था, किसी महान व्यक्ति ने अपनी पढ़ाई सरकारी लैंपपोस्ट के नीचे बैठ-बैठकर पूरी की थी; लेकिन लालगंज में उन दिनों बिजली नहीं थी और शाम होते ही पूरी बस्ती एक नीम-अँधेरी दुनिया में बदल जाती थी। सिर्फ परचून और पान की दुकानों पर टिमटिमाती हुई लालटेनें किसी भूत की आँखों-जैसी प्रतीत होती थीं और बस्ती के बीच से गुजरती हुई कोलतार पुती सड़क उसकी काली जिह्वा की भाँति दिखाई पड़ती थी...।

लेकिन एक स्थान ऐसा था जहाँ रोशनी की पर्याप्त सम्भावनाएँ थीं। जहाँ मैं गेहूँ पिसाने जाता था, उस चक्की में मैं देखता कि दिन में भी एक ढिबरी जलती रहती है। मैंने उसी से अनुमान लगाया कि यहाँ रात-भर जरूर ढिबरी जलती होगी। और मैंने चक्की के मुनीम नन्हई भाई से कहा कि अगर आपकी इजाजत हो तो रात को मैं यहीं सोया करूँ ताकि थोड़ी-बहुत पढ़ाई हो जाए मेरी। मैंने उन्हें सारी स्थिति बता दी और वे तैयार हो गए।

गर्मी अभी तेज नहीं हुई थी और रात में प्रायः भीतर ही सोया जाता था। चक्की में चारपाइयाँ सिर्फ दो थीं, जिनमें से एक पर नन्हई भाई सोते थे और दूसरी पर उनका मिस्त्री सुकरू सोया करता था। मुझे गद्दी पर जगह मिली थी। रात को घर के कामों से छुट्टी पाकर मैं चक्की में पहुँच जाता।

वहाँ मैं गद्दी पर बिछे फट्टे पर बैठ जाता और पैसे वाले बक्से पर चिराग रखकर पढ़ाई में डूब जाता। हालाँकि कभी-कभी मेरा ध्यान चक्कीवाले गोलाकार डिब्बे पर और कभी पीछे की तरफ गँधाते जलकुंड पर चला जाता था। लेकिन उससे भी ज्यादा मेरा ध्यान उस तराजू पर लगा रहता जो ठीक मेरी बगल में फैसले के तराजू की तरह लटका रहता था। कभी-कभी उस तराजू को मैं देर तक देखता रहता और मन-ही-मन अपने संघर्ष को तौलता रहता। लगता कि मैंने सारे बाट पलड़े पर रख दिये हैं लेकिन सन्तुलन बैठ नहीं रहा है। और मैं स्वप्न देखते हुए बच्चों की भाँति जँजक उठता था...।

फिर भी चूँकि चक्की ने मुझे सुरक्षा दी थी, अतः तमाम गन्दगी, बदबू और भुतैलेपन के बावजूद मुझे वह अच्छी लगती थी और दिन में भी कभी-कभी मैं वहाँ पहुँच जाता था। मुझे कोई-न-कोई काम करना पड़ता था। या तो टंकी में पानी भरना होता या नन्हई भाई के लिए आलू-प्याज लाना होता। शाम को पहुँचता तो गद्दी पर बैठकर गल्ला भी तौलना होता था, क्योंकि नन्हई भाई अक्सर घूमते रहते थे। और कभी-कभी डिब्बे में उसे उलटने और डिब्बे को ठोंकने का कार्य भी करना होता। लेकिन गल्ला तौलना और रजिस्टर पर उसे दर्ज करना मुझे ज्यादा अच्छा लगता था।

एक रोज मैं गेहूँ तौलने में व्यस्त था कि सुकरू ने आकर मुझे हटा दिया। बोला, "तुम जाओ—डिब्बा ठोंको, मैं तौलूँगा।"

मैं उठ गया। लेकिन उस रहस्य को मैं समझ नहीं सका। अतः डिब्बे के पास पहुँचकर भी अपना ध्यान मैंने गद्दी की ओर ही रखा। मुझे भय था कि कहीं वह पैसे न चुरा ले। क्योंकि मैं भी एक बार पैसे चुरा चुका था; एक कापी खरीदने के लिए। और कई रोज तक अपनी चोरी को लेकर उदास बना रहा था...।

लेकिन बात कुछ दूसरी थी। उस वक्त चक्की में कुछ लड़कियाँ आ गई थीं और वह गल्ला तौलते वक्त उनसे भद्दे-भद्दे मजाक कर रहा था। मौका पाकर एक लड़की के आँचल पर उसने हाथ भी मार दिया और मैं तिलमिला उठा।

लेकिन यह देखकर मुझे आश्चर्य हुआ कि चमरौटी और नटाने से आई उन लड़कियों पर उसकी कोई प्रतिक्रिया नहीं हुई। वे हल्के-से भड़कीं, फिर सहज भाव से मुस्करा उठीं। सिर्फ एक लड़की ऐसी थी जिसका चेहरा तना हुआ था। मुझे उससे सहानुभूति हुई और मैंने चाहा कि उससे कुछ बात करूँ, लेकिन वहाँ ऐसा सम्भव नहीं था। मैं पूरे मनोयोग से डिब्बा ठोंकता रहा।

एक रोज रात को मैंने देखा कि नन्हई भाई की अनुपस्थिति में सुकरू कुछ लड़कों को बुला लाया और वे धड़ल्ले से बीड़ियाँ फूँकते हुए गन्दी-गन्दी बातों में मशगूल हो गए। धीरे-धीरे उनकी बेशर्मी बढ़ती गई और थोड़ी देर बाद वे नंगे हो गए...मैं किताब बन्द करके बाहर निकल गया।

अगले दिन जब नन्हई भाई मिर्जापुर से लौटे तो मैंने सोचा कि सुकरू की शिकायत करूँ लेकिन वे पुनः कहीं चले गए थे और सुकरू का एकच्छत्र राज्य पुनः स्थापित हो गया था।

सुकरू काले रंग का एक नाटा-सा नवयुवक था जिसका जिस्म नहाने पर भी गन्दा रहता था। उसके हाथों-पाँवों में चक्की का काला तेल जमा रहता था और कपड़ों से बदबू आती थी। लेकिन वह रसिक-मिजाज था और स्त्रियों को पटाने में माहिर समझा जाता था। चक्की में रहने से उसे और भी सहूलियत थी। वहाँ तरह-तरह की लड़कियाँ आतीं, और उन देहाती भूखी लड़कियों की तरह-तरह की जरूरतें होतीं, जिन्हें वह आसानी से पूरी कर सकता था।

लेकिन उसकी असली प्रेमिका 'करियई' नाम की एक काली-कलूटी अधेड़-सी औरत थी जो थोड़े-से आटे के लोभ में खुद को उसके हाथ बेच दिया करती थी। मैंने सुन रखा था कि उसके पति को लकवा मार गया है और दोनों बच्चे भूख से बिलबिलाते रहते हैं। उन्हें छोड़कर वह मजदूरी भी नहीं कर सकती। अत: अपनी एक सहेली के माध्यम से वह सुकरू के पास आया करती थी, और जाते वक्त थोड़ा-सा आटा उसके पल्लू में बँधा होता था।

एक रोज दोपहर को जब मैं चक्की में पहुँचा तो दरवाजे पर उसकी सहेली बैठी थी और मुझे भीतर जाने से रोक रही थी। लेकिन मैं उसे धकियाता हुआ भीतर पहुँच गया और जलकुंड की तरफ जाकर खड़ा हो गया। सुकरू वहाँ करियई के साथ लेटा हुआ था। मेरा मन घृणा और क्रोध से भर उठा। मैं बाहर निकल आया।

यह सब क्या है? सिर्फ एक प्रश्न मेरे मस्तिष्क में भन्ना रहा था और मैं आदमी के इतिहास पर गौर करता हुआ सड़क पर निरुद्देश्य चला जा रहा था—अनुत्तरित।

वह एक ऐसी घटना थी जिसने चक्की के प्रति मेरे मन में वितृष्णा भर दी और मैं वहाँ से भाग जाना चाहता था, लेकिन भागने का कारण कुछ दूसरा ही बना। बहन का फर्मान जारी हुआ कि अगर तुम्हें चक्की में जाकर सोना हो तो वहीं रहो, यहाँ तुम्हारी कोई जरूरत नहीं है। और उसी रोज मैं चक्की से अपना डेरा उठा लाया।

परीक्षा की तिथियाँ घोषित हो चुकी थीं और सारे छात्र मिर्जापुर में ठहरने की व्यवस्था कर रहे थे, लेकिन मेरा अभी तक कोई ठिकाना नहीं

था। भैया से मैं कहता तो वे टाल जाते। शायद बहन ने उन्हें कस रखा था और वे भी अपनी स्त्री के विरुद्ध नहीं जा सकते थे। इस बात की सत्यता उस रोज प्रमाणित हुई जब परीक्षा आरम्भ होने से एक दिन पहले वे बहन की चोरी से, लगभग दो बजे रात को ही उठकर साइकल से मुझे मिर्जापुर ले गए।

वहाँ मेरे ठहरने की व्यवस्था फलों के एक व्यापारी के गोदाम में की गई। व्यापारी से भैया का पूर्व-परिचय था और मेरे कुछ साथी भी वहीं ठहरे हुए थे। वह जगह उस कॉलेज के ठीक सामने थी जहाँ हमारा सेंटर पड़ा था। गोदाम में बिजली भी थी और हमारे लिए वह एक उपयुक्त जगह थी।

लेकिन वहाँ पहुँचकर मुझे एक दूसरी कठिनाई का अनुभव हुआ। मेरे अन्य साथी तो होटल में खाते थे लेकिन मुझे अपना खाना अपने हाथ से बनाना पड़ता था। मेरे लिए यह एक नया अनुभव था।

बाहर की तरफ एक दीवार से सटाकर चन्द ईंटों के माध्यम से मैंने एक कामचलाऊ चूल्हा तैयार कर लिया और फलों वाली टूटी पेटियों की फर्रियों से लकड़ियों का काम चलाया। भैया ने जो थोड़े-से पैसे दिये थे, उनसे आलू, टमाटर, नमक और थोड़ा-सा कड़ुआ तेल खरीद लिया था। बर्तन के नाम पर छिद्रों वाला एक तवा, बिना मोहड़ी की पतीली और अल्यूमिनियम की एक थाली—ये सारी चीजें दूसरे की थीं। आटा भी भैया चक्की से लेकर आए थे।

मैं फर्रियों को सुलगा लेता और पतीली उस पर चढ़ा देता, फिर उसमें तेल डालकर आलू और टमाटर डाल देता। बाद में थोड़ा-सा नमक डालता और फर्री के चम्मच से ही उसे चला लेता। इस प्रकार मेरी तरकारी तैयार हो जाती। लेकिन रोटी बनाने में मुझे काफी मेहनत करनी पड़ती। शुरू-शुरू में आटा अक्सर ही ढीला हो जाता और मजबूरन दोनों वक्त की रोटियाँ एक साथ बनानी पड़तीं। इसके अलावा मैं कितनी ही सावधानी क्यों न बरतूँ, रोटी के मध्य में एक गोलाकार द्वीप बन ही जाता। इस प्रकार रोटी का भूगोल कुछ ऐसा होता कि अग्निताप का उस पर विषम प्रभाव पड़ता और या तो वह जल जाती या कच्ची रह जाती। कभी-कभी तो आग के बुझ जाने पर फूँकते-फूँकते धुएँ से मेरी आँखें भर उठतीं, नाक से पानी बहने लगता, खाँसी आने लगती, लेकिन अग्निदेवता प्रसन्न होने का नाम

नहीं लेते थे और तब झुँझलाकर मैं तवा उलट देता, रोटी तोड़ डालता और बगैर खाए ही किताब लेकर बैठ जाता।

खैर, किसी तरह मेरी परीक्षा खत्म हुई और मैं घर आया। आते ही मुझसे कहा गया कि 'जितना हमसे हो सका, पढ़ा-लिखा दिया, अब कोई नौकरी-वौकरी ढूँढ़ो।'

नौकरी? इसके बारे में तो अभी तक मैंने सोचा ही नहीं था। हालाँकि पढ़ाई पूरी करने के बाद नौकरी ही करनी थी, लेकिन इतनी जल्दी मेरी पढ़ाई 'पूरी' हो जाएगी, यह मैं नहीं जानता था। खैर, मैं नौकरी की चिन्ता में व्यस्त हो गया और एक आदमी ने मुझसे वादा किया कि वह मुझे एक अच्छी-सी नौकरी दिला देगा।

अगले दिन मैं उसके साथ मिर्जापुर गया। रास्ते में उसने बताया कि वहाँ एक रईस आदमी हैं, जिनके बड़े लड़के शिकारी हैं। शिकार के सिलसिले में वे अक्सर बाहर रहते हैं और एक नौकर की उन्हें सख्त जरूरत है।

मैं भीतर-ही-भीतर बिखरने लगा। नौकरी का यही अर्थ होता है, इसे स्वीकार करने को मेरा मन कतई तैयार नहीं था और एक अजीब-सी घबराहट मुझे होने लगी।

लेकिन वे सज्जन उन दिनों शिकार पर थे और उनके बाप ने मुझे बिना उनकी इजाजत के नौकर रखने से इनकार कर दिया।

हम उल्टे पाँव वापस लौट आए।

और दूसरे दिन मुझे फाइनल अल्टीमेटम सुना दिया गया, "नौकरी नहीं मिली तो कहीं दूसरा काम देखो, यहाँ बैठे-बैठे खाना क्या अच्छा लगता है? फिर, हमारे घर में इतना भरा नहीं है कि किसी को हम बैठाकर खिला सकें। दस तक पढ़ा दिया, यह कम नहीं है। अब तुम्हारे हाथ-पाँव हो गए हैं, जाकर कहीं कुछ देखो—करो..."

वह एक ग्रीष्मकालीन सुबह थी और माहौल में अजीब-सी सुस्ती भरी हुई थी। मुझे एक शालीन चेतावनी मिल चुकी थी, इसलिए तुरन्त ही कुछ-न-कुछ तय कर लेना था। लेकिन भैया की अनुपस्थिति से मैं धर्मसंकट में पड़ा हुआ था।

"सोच क्या रहे हो? जाओ, कहीं कुछ करो-धरो, हम अब तुम्हारा बोझ नहीं उठा सकते।"

तभी कुछ इस अन्दाज से बहन ने यह बात कही कि मुझे वहाँ से उठ जाना पड़ा। और अपने धर्मसंकट को मैंने उठते-उठते ही तोड़ डाला।

मेरे पास एक दरी थी और जो कपड़े मैंने पहन रखे थे, उनके अलावा एक कमीज और एक जाँघिया और था। मैंने उन्हें दरी में लपेटा और उसे बगल में दबाकर बहन को सलाम करके सड़क पर निकल आया।

सड़क उस वक्त गर्म थी और मेरे पाँव नंगे थे। चप्पलें टूट चुकी थीं।

पड़ोस के लोग मुझे देख रहे थे और उदास थे। मैं आगे बढ़ गया।

सेठ मिश्रीलाल ने पास आकर एक भेली गुड़ मुझे दिया, जिसे मैंने दरी के बंडल में डाल लिया।

आगे से एक कच्ची सड़क निकलती थी, मैं उसी पर मुड़ गया। सामने दूर-दूर तक फैला हुआ जंगल था और एक लड़का उस जंगल में घुस रहा था।

कुछ दूर पैदल, कुछ दूर ट्रेन से बिना टिकट सफर करके और कुछ दूर पुनः पैदल चलकर मैं बलापुर पहुँच गया। गाँव का हुलिया पहले जैसा ही था। वही बाग, वही तालाब, वही मन्दिर और वही लोग। पुरसा-भर लाठी लेकर चलनेवाले पुरुष और निखालिस अवधी में लड़ती-झगड़ती औरतें। वही धूल-भरे रास्ते और खेतों का सूखा हुआ समुद्र...सूरज बिलकुल ललाट पर चमक रहा था मेरे! रास्ता तवे की भाँति जल रहा था और मेरी आँखों के आगे रंग-बिरंगी चिनगारियाँ उठ रही थीं। धूप बड़ी अदा से चिनचिना रही थी...।

भाभी मुझे देखते ही भड़क उठीं।

घर में फिर एक खिंचाव पैदा हो गया और मेरे अस्तित्व की परीक्षा पुनः आरम्भ हो गई थी।

भैया ने अकेले में मुझे समझाया, ''देखो भाई, अगर यहाँ रहना है तो कुछ-न-कुछ तुम्हें सहना ही होगा। मुझे देखो, आखिर मैं सह रहा हूँ कि नहीं?''

और ऐसा कहते हुए उनका पूरा आकार मानो दुहरा हो गया। क्षोभ उनके चेहरे पर ही नहीं, पूरे जिस्म पर दिखाई पड़ रहा था। मैं काँप उठा।

लेकिन जरूरत से ज्यादा सहन करना मेरी प्रवृत्ति में नहीं था। एक रोज मैं शाम को कुएँ की जगत पर बैठा आलू छील रहा था और भाभी वहीं खड़ी थीं। अचानक वे इस तरह दहाड़ने लगीं कि मेरा सारा वजूद लड़खड़ा गया।

"आलू इसी तरह छीला जाता है? जब पूरा आलू छिलके के साथ ही चला जाएगा तो बचेगा क्या? मैं पहले ही कहती थी कि ऐसे निरबंसियों को मत रखो यहाँ, लेकिन मेरी कुछ सुनी जाए तब न! बड़े छुहाए हुए हैं भाई के लिए! कल जब हक-हिस्से की माँग करेंगे तो सारा छोहाना एक ही दिन में निकल जाएगा।"

इतना कहकर आलू का बर्तन उन्होंने मेरे हाथ से छीन लिया और दनदनाती हुई भीतर चली गईं।

मैं बुत की तरह देर तक वहीं बैठा रहा, फिर उठा और पड़ोस के चबूतरे पर बैठ गया।

भाभी ने उस रोज एक ऐसी बात कह दी थी जिसने मेरे रोम-रोम को उद्वेलित कर दिया। हक-हिस्से की माँग के सम्बन्ध में मैंने स्वप्न में भी कभी नहीं सोचा था। हाँ, जब शुरू-शुरू में यहाँ आया था और अब्बा जीवित थे, तब जरूर इस किस्म की बातें कभी-कभी हो जाती थीं। लेकिन अब तो मेरे लिए जिन्दगी की अनगिनत घड़ियों को ही व्यवस्थित रख पाना मुश्किल हो पा रहा था, हक-हिस्से पर विचार करने का समय कहाँ था! अधिकार की लड़ाई से ज्यादा जरूरी जिन्दगी की लड़ाई थी उन दिनों मेरे लिए और यही कारण था कि भाभी की बातों से मैं बुरी तरह क्षुब्ध हो गया।

दूसरे दिन मैं घर से निकलने के लिए तैयार हो गया। दरी का बंडल बनाकर बगल में दबाया और पाजामा-कमीज पहनकर बाहर आ गया। हालाँकि पाजामा काफी गन्दा था और कमीज बुरी तरह फट चुकी थी, पर जो दूसरे कपड़े थे उन्हें मैं भविष्य के लिए सुरक्षित रखना चाहता था। वैसे वे कपड़े भी कुछ खास ठीक-ठाक नहीं थे। फिर भी जब तक बिलकुल ही खराब न हो जाएँ, तब तक मैं उन कपड़ों को पहनना चाहता था और इसीलिए अक्सर जाँघिया और बनियान पहनकर घूमा करता था। इसी तरह बाल कटाने का मौका मुझे कभी-कभी ही मिलता था और मैं अपने लटियाए केशों को रह-रहकर सहलाता रहता...।

"लो।"

भैया ने चलते-चलते मुझे दो आने दिये—एक सिक्का दस पैसे का और एक दो पैसे का। मैंने उन्हें हिफाजत से कमीज की बगलवाली जेब में डाल लिया और चल पड़ा।

'या परवर दिगार! किसी को यतीम न बना!'

किसी स्त्री के मुख से निकले हुए ये शब्द अचानक मेरे कानों में पड़े और तालाब तक पहुँचते-पहुँचते मैं रो पड़ा।

धूप बहुत तेज थी। सूर्य अपने जलते हुए राशि-राशि नेत्रों से धरती को घूर रहा था और धरती उसके क्रोध से तप रही थी। चारों ओर एक प्रज्वलित सन्नाटा फैला हुआ था और एक बालक उस सन्नाटे को भेदता चला जा रहा था। गर्म हवाओं से रह-रहकर उसका चेहरा झुलस जाता और वह बगल में दबी अपनी कायनात से उसे ढँकने का प्रयास करता था। धरती अचानक ही अपने तपे हुए डंक उसके तलवों में चुभो देती और वह रास्ता चलते-चलते किसी आरामदायिनी छाया की कल्पना में डूब जाता...।

वह बालक नहीं जानता कि उसे कहाँ जाना है। उसके जीवन की यह ऐसी यात्रा थी जिसकी कोई मंजिल नहीं होती। सम्पूर्ण पृथ्वी उसके लिए एक गोलाकार सड़क के समान थी और उसके सामने केवल एक ही लक्ष्य था—चलना और चलते रहना।

लेकिन लगातार चलते रहने से वह थक गया था और उसे भूख लग आई थी। आँखों के आगे रंग-बिरंगी रेखाएँ उभरने लगी थीं।

वह एक पेड़ के नीचे बैठ गया। उस वक्त उसका चेहरा स्याह हो रहा था और होंठों पर पपड़ियाँ जम रही थीं। पाँवों में ढेर सारी जलती हुई धूल लिपटी थी और दरी के बंडल पर बैठा वह आम की डालियाँ निहार रहा था। उनमें टिकोरे लगे हुए थे और वे काफी बड़े हो गए थे। बालक का मुँह लिसलिसा गया।

सहसा किसी तोते ने एक टिकोरा गिराया और वह बाजू की तरह उस पर झपट पड़ा। आम बिलकुल हरा था और तोते द्वारा नोचा हुआ, लेकिन उसने कच्च से उस पर दाँत गड़ा दिये और खटास से उसका पूरा चेहरा विकृत हो गया। क्षण-भर को मुँह से लेकर पेट तक एक खट्टी लकीर खिंचती चली

गई, लेकिन आम उसने पूरा खा लिया। चलने के लिए ताकत का इन्तजाम तो उसे करना ही था...।

मैं घर से काफी दूर निकल आया था, लेकिन मुझे यह मालूम नहीं हो सका कि मैं किस दिशा में चला जा रहा हूँ। दरअसल उस रोज मैंने चलने के लिए कोई दिशा निधारित ही नहीं की थी। कारण शायद यही था कि मेरे लिए प्राय: सारे दरवाजे बन्द थे और कहीं भी जाने का अब कोई अर्थ नहीं था। इसलिए एक पगडंडी पकड़े मैं बढ़ता रहा था—जिन्दगी का हिसाब-किताब करते और अगली लड़ाई की योजना बनाते। लेकिन हरे आम की खटास ने मेरी योजना को गोठिया दिया था...।

थोड़ी देर सुस्ताने के बाद मैं फिर चल पड़ा। हालाँकि अब तक मैं काफी थक चुका था, पर पगडंडी अभी खत्म नहीं हुई थी। रास्ते में एक-दो बार ऐसी स्थितियाँ जरूर आईं कि अचानक ही कोई दुराहा या तिराहा पड़ गया, लेकिन अपने विवेक से मैंने किसी एक मार्ग का चयन कर लिया। अब धूप अपने शबाब पर थी और खेतों का अनन्त विस्तार किसी बहुत बड़े इम्तहान की तरह आँखों के आगे फैला हुआ था, लेकिन मैं सिर झुकाए बढ़ा जा रहा था।

जीवन की विभीषिका से साक्षात्कार हमारे लिए शायद सबसे गहन अनुभव होता है। गतिशीलता की सराहना शायद इसलिए की गई है कि उसमें सक्रियता का भाव सन्निहित है। परन्तु इससे अलग भटकने की भी एक गतिशीलता होती है। और ठोकरों से क्षत-विक्षत जीवन ऊपर से देखने पर बिखरा-बिखरा-सा भले ही लगे, पर उसकी भीतरी परतों में अनुभव के इतने स्रोत होते हैं कि त्रास और ऊर्जा से समन्वित एक धारा उनसे अविरल प्रवाहित होती रहती है।

मैं उस धारा से लड़ता हुआ चला जा रहा था और सामने गंगा की धारा एक चुनौती की भाँति मुस्करा रही थी। सम्भवत: अन्तर में विद्रूप भाव के कारण उसके होंठ कुछ तीखे हो गए थे और उसका पूरा अस्तित्व एक व्यंग्य की भाँति वहाँ लेटा हुआ था।

मैं उसके होंठ के किनारे-किनारे चल पड़ा। मुझे उम्मीद थी कि कहीं-न-कहीं कोई बस्ती जरूर मिलेगी, क्योंकि हमारे पूर्वज प्राय: नदियों के

किनारे बसना ही अधिक पसन्द करते थे और भारतवर्ष की अधिकांश आबादियाँ नदियों के किनारे दिखाई पड़ती हैं।

यही सब सोचता मैं बढ़ा जा रहा था कि सूर्य के तमतमाते प्रकाश में मुझे एक मन्दिर का कलश चमकता हुआ दिखाई पड़ा और साथ ही कुछ कच्चे-पक्के मकान भी मेरी आँखों में समाने लगे। मेरा मन खुशी से झूम उठा।

और उस वक्त तो मैं और भी खुश हुआ जब एक वृद्धा ने मुझे जबरदस्ती रोक लिया और भीतर ले जाकर बड़े प्यार से दूध-भात खिलाया। हालाँकि बीच-बीच में वह कुछ ऊल-जलूल बातें भी बक रही थी जिससे मुझे बेहद घबराहट हो रही थी, लेकिन चूँकि मैं भूखा था और खाना मुझे अत्यन्त स्नेह के साथ खिलाया जा रहा था, अत: अन्य किसी बात पर विचार न करके मैंने पेट भर खाना खाया और हाथ धोकर दामन से हाथ-मुँह पोंछता हुआ बाहर आ गया।

बाहर हल्की-सी भीड़ जमा थी और विभिन्न प्रकार की टिप्पणियाँ हो रही थीं। उन टिप्पणियों से मुझे मालूम हुआ कि वृद्धा का एक ही पुत्र था जो अरैल के मेले में गायब हो गया था। तब से वह जिस किसी लड़के को देखती है, इसी प्रकार बुला लेती है और खिला-पिलाकर विदा कर देती है। उसे विश्वास है कि उसका पुत्र स्वर्ग में है और कभी-कभी उससे मिलने आया करता है।

मैं स्तब्ध था। और उसी स्तब्धता में डूबा हुआ बढ़ता जा रहा था—घाट की ओर। घाट पर अनेक नावें खड़ी थीं, जिनमें से एक पार जाने के लिए तैयार थी। मैं उस पर बैठ गया। और बैठते वक्त ही नाविक से मैंने बता दिया कि मेरे पास मात्र दो आने हैं, इससे अधिक महसूल मैं नहीं दे सकता। खैर, पता नहीं उसने क्या सोचा कि मुझसे महसूल लिया ही नहीं। और इस तरह मैं थोड़ी ही देर बाद एक अनपेक्षित सुकून के साथ गंगा के दूसरे तट पर खड़ा था, जहाँ चारों ओर रेत की एक विस्तृत सृष्टि फैली हुई थी और उस सृष्टि में सिवा मरे हुए घोंघों और सुतुइयों (सीपों) के कुछ नहीं था...।

मैं उस विस्तार को लाँघता हुआ कगार पर बसे एक गाँव में पहुँच गया। उस रोज वहाँ किसी के घर में कोई उत्सव हो रहा था और यह देखकर मुझे खुशी से ज्यादा आश्चर्य हुआ कि उस उत्सव में मेरी भोपतपुरवाली बुआ विद्यमान थीं। वही नाटा कद, सादी किनारीदार धोती, दन्तविहीन मुँह में पान की पीक, अपने छोटे-छोटे हाथों को मटकाती हुई...हाँ, वह बबना बुआ ही थीं। उत्सव किसी मुस्लिम परिवार में था और बुआ भी वहाँ आमंत्रित थीं।

मुझे देखकर वे दुखी हो उठीं। एक तो मेरी दशा ने उन्हें झकझोर दिया था और दूसरे, इस बात से भी वे घबरा गई थीं कि अपने साथ मुझे ले जाने का कुछ भी परिणाम उन्हें भुगतना पड़ सकता है।

लेकिन ऐसी स्थिति आने से पहले ही मैंने स्पष्ट कर दिया कि अब मैं बैठकर नहीं खाना चाहता। मुझे कोई काम दिला दिया जाए। मैं कोई भी काम करने के लिए तैयार हूँ।

और फूफा साहब के बड़े लड़के ने स्वल्प प्रयास से मेरे लिए एक काम ढूँढ़ लिया। मुझे लोहे की जालियों में बीड़ियों के बंडल सजाने थे जिसके बदले में एक आना प्रति जाली की दर से मजूरी मिलनी थी। मैं काम करने के लिए तैयार हो गया।

कारखाने के जिस भाग में मैं काम करता था, वहाँ दो कमरे थे। एक में जालियाँ लगाई जाती थीं और दूसरे में रैपर तथा लेबल चिपकाए जाते थे। सबके रेट अलग-अलग थे। लेबल लगाने की मजूरी अपेक्षाकृत ज्यादा थी। लेकिन उस कार्य में बड़ी फुर्ती की जरूरत थी।

''तुम लेबल लगाना सीख लो।''

एक दिन एक लेबल लगानेवाले लड़के ने मुझसे कहा तो मुझे लालच लगने लगी, क्योंकि अभी तक मैं दिन-भर में सिर्फ आठ आने या एक रुपए की मजूरी ही कर पाता था और लेबल लगानेवाला वह लड़का दिन-भर में दो-ढाई रुपए कमा लेता था।

''मुझे यह आएगा कैसे?

मैंने एक लेबल को हाथ से छूते हुए कहा तो लड़का तन गया।

''मैं सिखाऊँगा तुम्हें, सीखोगे? इसमें कोई खास मेहनत नहीं है, बस, आदत पड़नी चाहिए। जब तुम्हारे पास काम न रहे तो यहाँ चले आया करो। मैं धीरे-धीरे तुम्हें सिखा दूँगा।''

और वह फटाफट लेबल लगाने लगा। मैं उठकर अपने कमरे में चला गया। वहाँ ढेर सारी जालियाँ तरतीब से लगी हुई थीं और रहठों के बने बड़े-बड़े खाँचों में बीड़ियों के बंडल भरे हुए थे। लोग उन्हें जालियों में सजा रहे थे। जालियों में जब बंडल लग जाते थे तो वे भट्ठी में भेज दी जाती थीं जहाँ

उनकी सिंकाई होती थी। नया-नया भर्ती होने के कारण मुझे वहाँ बहुत कम काम मिलता था। फिर भी जल्दी ही मैंने इतनी सफलता प्राप्त कर ली कि दिन-भर में लगभग तीस-बत्तीस जालियों का काम मुझे मिलने लगा। इस तरह औसतन डेढ़-दो रुपए की मजूरी मैं प्रतिदिन कर लेता। और सफलता की इसी खुशी में एक दिन मैं भैया द्वारा दिये गए दो आने का एक तरबूज लेकर खा गया था। मुझे यह खुशफहमी हो गई थी कि जल्दी ही मेरी मजूरी का पैसा मुझे मिल जाएगा और अपने काम के फल को मैं निकट से देख सकने का शुभ अवसर प्राप्त करूँगा। तब अपने लिए मैं एक कमीज भी बनवा सकूँगा।

लेकिन पगार के रोज जब मेरी मजूरी के पैसे मुझे न देकर फूफा साहब के बड़े लड़के को दे दिये गए तो मैं क्षोभ और क्रोध से तिलमिला उठा। यह सरासर मेरा शोषण है, मैंने महसूस किया और हिम्मत करके अपने पैसों की मैंने माँग की। लेकिन मुझे डपट दिया गया।

''पैसे माँगते तुम्हें शर्म नहीं आती? जितने तुम्हारे पैसे मिले हैं, उससे ज्यादा का तो तुमने खाना ही खाया होगा। तुम्हें तो हमारा एहसान मानना चाहिए कि अपने घर में तुम्हें रखे हुए हैं...''

फूफा साहब के बड़े साहबजादे ने लगभग चिंघाड़ते हुए ये शब्द कहे और लुंगी सँभालते बाहर चले गए। मैं किसी निर्जीव पदार्थ की भाँति वहीं खड़ा रह गया।

और उसी रोज मैंने निर्णय लिया कि अब यहाँ नहीं रहूँगा।

दूसरे दिन मैं अलस्सुबह तैयार हो गया। दरी का बंडल मेरी बगल में था और मेरा वजूद घर के बाहर। बुआ ने काँपते हाथों से एक मटमैली-सी चवन्नी मुझे थमा दी।

उन दिनों सहसों से झूँसी तक के लिए इक्केवाले चार आने लेते थे। मैं एक इक्के पर बैठकर झूँसी पहुँचा और वहाँ से पाइपों के माध्यम से बने एक अस्थायी पुल पर से होता हुआ दारागंज पहुँच गया। अब तक धूप काफी तेज हो गई थी और भूख के मारे मेरा बुरा हाल हो रहा था, लेकिन सिवा चलते रहने के मेरे पास दूसरा कोई चारा नहीं था।

और उस भीषण दुपहरिया में लू के थपेड़ों को झेलता, बगल में दरी का बंडल दबाए अपने नंगे पाँवों से इलाहाबाद की काली गर्म सड़कों को नापता

हुआ मैं घंटाघर पहुँच गया। वहाँ रंग-बिरंगी दुकानों की चकाचौंध में डूबा बढ़ा जा रहा था कि किसी विचित्र से स्वर ने मुझे रोक दिया :

"ए लड़के, यहाँ आओ!"

मैं ठिठककर खड़ा हो गया। मेरे भीतर एक भयंकर-सी उथल-पुथल होने लगी। मैं डरता-सहमता हुआ उस व्यक्ति के करीब पहुँचा जो एक दुकान के बाहर बैठा हुआ था।

"इस बंडल में क्या-क्या है?"

उस मोटे-ताजे, लुंगी-कुर्ते और गोल टोपी से लैस, बदमाश टाइप के व्यक्ति ने यह सवाल कुछ इस अन्दाज में किया कि मैं घबरा उठा।

"कुछ नहीं, मेरा बिस्तर है।"

मैंने हकलाते हुए जवाब दिया तो वह मुस्करा उठा।

"डरो नहीं, जो-जो मैं पूछता हूँ, साफ-साफ बताते चलो। कहाँ से आ रहे हो?

"कहीं से नहीं, यूँ ही घूम रहा हूँ। मेरा कोई घर नहीं है।"

और मैंने अत्यन्त सहज होकर वह सब उगल दिया, जो मैं बहुत दिनों से शायद कहना चाह रहा था—किसी से भी।

"हुँः, तो नौकरी करोगे...?"

"नौकरी?"

"हाँ, भाई, नौकरी। दोनों वक्त खाना मिलेगा और महीने में दस रुपए का एक कड़कड़ाता हुआ नोट। बोलो, मंजूर है?"

"हाँ, मुझे मंजूर है। मैं नौकरी करूँगा।"

मैंने कहा और उस स्थिति के बारे में सोचने लगा, जो थोड़ी देर बाद आनेवाली थी। मैं नौकरी की कल्पना में डूब गया था...।

और नौकरी मुझे मिल गई थी। वह एक साधारण-सा होटल था, नखास-कोना के पास। उसका मालिक एक दुबला-पतला-सा अधेड़ आदमी था जो स्वभाव से बहुत-सीधा और तबीयत से बहुत नेक था। हालाँकि होटल मेन रोड पर था, पर अन्य होटलों की अपेक्षा वह कम चलता था, क्योंकि उसकी इमारत पुरानी थी और फर्नीचर के नाम पर सिर्फ कुछ बदसूरत मेजें और बेंचें ही वहाँ थीं। ऊपर से गन्दगी का साम्राज्य था चारों तरफ।

जिस समय मैं वहाँ पहुँचा, होटल का मालिक अल्यूमिनियम के काले और गन्दे पतीलों में से तामचीनी की प्लेटों में भैंस का गोश्त, कलेजी और बट आदि निकाल रहा था तथा एक नानबाई मटमैले आटे से तंदूरी रोटियाँ सेंकने में व्यस्त था। एक जवान-सा लगनेवाला व्यक्ति पीछे की ओर एक ऊँचे-से चबूतरे पर बैठा प्याज काट रहा था और चिकटाए हुए कपड़ों में लिपटे दो गन्दे छोकरे ग्राहकों को खुश करने की अनथक कोशिशों में लीन थे।

मैंने अपना बंडल प्याज काटनेवाले के पास रख दिया और सामने आकर छोकरों में मिल गया। लेकिन उनमें से एक छोकरे ने मुझे आदेश दिया कि मैं जाकर नल पर बैठ जाऊँ।

जहाँ मेजें थीं, उसके पिछले भाग में एक नल भी लगा हुआ था जहाँ ढेर सारी जूठी प्लेटें पड़ी थीं। मुझसे कहा गया कि मैं जल्दी से उन्हें साफ कर डालूँ।

और कपड़े का एक चीकट-सा टुकड़ा लेकर मैं उन बर्तनों से उलझ गया।

प्लेटों में सालन की चिकनाई के अलावा चावल के दाने और चूसी हुई हड्डियाँ भी बिखरी थीं, जिन्हें गिराने के लिए वहाँ एक गड्ढा बना हुआ था। उस गड्ढे में लाखों मक्खियाँ भिनभिना रही थीं और नल के पास दीवार में जो बड़ी-सी दरार थी, वहाँ से एक कुत्ता भी भीतर की ओर झाँक रहा था। जब मैं गड्ढे में जूठा गिराता तो मक्खियाँ इस प्रकार भड़कतीं मानो उनकी चैन में बाधा पड़ गई हो, परन्तु भोजन की ताजा आपूर्ति देखकर वे प्रसन्न हो उठतीं और गुनगुनाती हुई पुनः उस गड्ढे में समाने लगती थीं।

पास ही कोयले का एक ढेर पड़ा हुआ था। शायद इसीलिए नल के पासवाली भूमि काली हो गई थी और उसे देखकर ही मन में घोर जुगुप्सा होती थी। लेकिन मुझे बताया गया था कि अपना काम मुझे खूब निष्ठा के साथ करना होगा। और उसी निष्ठा के साथ मैं बर्तन धोने में व्यस्त था। जैसे ही पहले बर्तन खत्म होते, दूसरे बर्तन इकट्ठे हो जाते और मेरे हाथों को विश्राम करने के लिए एक क्षण मिलना भी मुश्किल हो गया। थकान और भूख से मेरी आँखें निकली जा रही थीं और कमर अकड़ गई थी। लेकिन नल के पास से उठ पाने का प्रश्न ही नहीं था। कभी-कभी तो किसी प्लेट में

जब ज्यादा जूठा दिखाई पड़ता तो पेट की आग थोड़ी और तेज हो जाती, पर अपने को मैं सँभाल लेता और अपनी सम्पूर्ण चेतना को चिकनाई छुड़ाने में डुबो देता।

लगभग दो बजे मुझे नल पर से उठाया गया। उस वक्त ग्राहकों की भीड़ समाप्त हो गई थी और होटल के अन्य कर्मचारी खाना खा रहे थे।

"तुम भी खा लो।"

मालिक ने अपने जान अत्यन्त स्नेह से मुझे हुक्म दिया और एक प्लेट में सालन और आबी रोटियाँ लेकर मैं बैठ गया। हालाँकि खाना बेहद ठंडा और स्वादहीन था, लेकिन उसे खाकर मुझे इतना आनन्द आया कि मैं कह नहीं सकता।

"आराम करोगे?"

मेरे खा चुकने के बाद मालिक ने मुझसे इस तरह पूछा—जैसे आराम करने का अधिकार सिर्फ मालिकों को ही होता है और नौकर अगर आराम करें तो मालिकों की मर्जी उसमें शामिल होनी चाहिए। खैर, आराम तो मैं करना चाहता ही था, मैंने हामी भर दी।

लेकिन होटल में कोई जगह खाली नहीं थी। वहाँ वही एक चबूतरा था जिस पर सारे नौकर नंग-धड़ंग पड़े थे। थोड़ी-सी जगंह जो बचती थी, उसमें नौकरों के कपड़े आदि ठुँसे हुए थे और एक कोने पर बीड़ियों के जले टुकड़े भी पड़े थे। मैं असमंजस की स्थिति में खड़ा रहा।

"जगह नहीं है क्या?"

मालिक ने पूछा तो मैंने सिर हिला दिया, बोला कुछ नहीं।

"तो ऐसा करो, बाहर निकलकर बगल से पिछवाड़े चले जाओ, वहाँ एक चारपाई पड़ी होगी, उसी पर लेटे रहो।"

मालिक ने मुझे राहत देने की कोशिश की और मैं बाहर निकल गया।

जिस चारपाई का जिक्र उसने किया था, वह एक टिन शेड में पड़ी हुई थी। वहाँ कुछ भैंसें बँधी थीं और चारों तरफ गोबर के बड़े-बड़े चोथ फैले हुए थे। मैं उसी पर जाकर लेट गया, लेकिन मक्खियों के मारे मुझे नींद नहीं आई।

और शाम होने से पहले ही मुझे उठा दिया गया। होटल में बत्तियाँ जल गई थीं और ग्राहकों का इन्तजार शुरू हो गया। मुझसे कहा गया कि टेबलों पर जरा कपड़ा मार दूँ।

मैं कपड़ा लेकर उन्हें साफ करने लगा। नानबाई रोटियाँ सेंकने में व्यस्त हो गया और छोकरे प्लेट सजाने लगे। थोड़ी ही देर में ग्राहकों का आना शुरू हो गया।

मैंने चाहा, ग्राहकों से मैं भी ऑर्डर लूँ और उन्हें कलेजी या कोफ्ता सप्लाई करूँ, लेकिन ऐसा करने से मुझे रोक दिया गया। कहा गया कि तुम हिसाब भूल जाओगे, और आदेश दिया गया कि तुम नल पर बैठो।

मैं पुनः जूठी प्लेटों से जूझने लगा। और रात ढले जब मैं नल पर से उठा तो मेरा जिस्म धनुष की तरह टेढ़ा और सुन्न हो गया था। उस वक्त खाना खाने का भी मेरा जी नहीं था और इच्छा हो रही थी कि कहीं जाकर पड़ा रहूँ। लेकिन तभी मालिक का आदेश हुआ, "पतीले माँज डालो।"

और दुकान के सामने पटरी पर बैठकर मैं पतीलों की मँजाई में जुट गया। वहाँ चार बड़े-बड़े और पाँच-छः छोटे पतीले पड़े हुए थे, जिन्हें मुझे माँजना था। यह मेरी अग्नि-परीक्षा थी। लेकिन परीक्षा की पद्धति ने मुझे रुला दिया। मेरी आँखों से टप्-टप् आँसू पतीले पर गिर रहे थे और राख में समाते जा रहे थे...।

दूसरे दिन एक अप्रत्याशित घटना घट गई। दोपहर को जब मैं होटल के काम में व्यस्त था, ऐसा आदमी वहाँ खाना खाने आया जो मेरे गाँव का रहनेवाला था और इलाहाबाद में नौकरी करता था। उसे देखकर मैं बर्फ की तरह जम गया।

"कहो भाई, तुम यहाँ कैसे?"

उसने मुझसे सवाल किया और मेरी आँखें डबडबा गईं।

"वक्त है, और क्या? भैया से मत कहना।"

मैंने बस इतना ही कहा और नल की ओर चला गया।

लेकिन होटल के मालिक को कुछ सन्देह हो गया था। ग्राहकों की भीड़ समाप्त होने पर उसने मुझे बुलवाया। उसकी आँखें मेरे चेहरे पर गड़ी हुई थीं।

"सच-सच बताओ, तुम घर से भागकर आए हो न?"

मालिक ने मुझसे कठोरतापूर्वक पूछा और मैं उमड़ पड़ा।

"नहीं! न मेरा कोई घर है, न कोई अपना। मैं अकेला हूँ और जिन्दा रहने के लिए भटक रहा हूँ।"

मैंने अपने मालिक को समझाने की कोशिश की, लेकिन उसने मेरा विश्वास नहीं किया और अगले ही दिन मुझे नौकरी से हटा दिया।

"मेरी सलाह है कि तुम घर चले जाओ।"

उसने मुझे दस का नोट देते हुए कहा तो मैं बिखर गया।

"जी नहीं, मेरा कोई नहीं है। फिर भी आप कहते हैं तो मैं चला जाता हूँ यहाँ से। लेकिन महीने-भर की तनख्वाह मैं नहीं लूँगा। मुझे सिर्फ एक रुपया दे दीजिए आप।"

और कमीज की जेब में चार चवन्नियाँ डालकर मैं अपने बंडल के साथ बाहर आ गया। होटल से मन-ही-मन मैंने विदा ले ली थी।

उस रोज मैं दिन-भर इलाहाबाद की सड़कों पर भटकता रहा, लेकिन कोई काम मुझे नहीं मिला। अलबत्ता एक दर्जी के घर में सिर छुपाने की जगह मिल गई थी। रात को दो चवन्नियों से अपना पेट भरकर मैं वहीं सो रहा।

सुबह फिर मैंने थोड़ी-सी कोशिश की और परिणामस्वरूप एक चवन्नी और मेरे पेट में पहुँच गई, लेकिन सफलता का कोई चिह्न मुझे नहीं दिखाई पड़ा।

और उस रात मैं भूखा ही सो गया। दरअसल मेरे पास अब सिर्फ एक चवन्नी शेष थी और उसे मैं किसी भी कीमत पर अभी बचाए रखना चाहता था। अतः रात-भर मैं अपनी भूख से लड़ता रहा और सुबह की योजनाएँ बनाता रहा।

लेकिन वह सुबह भी मेरे लिए असफलता लेकर ही आई और मैंने इलाहाबाद छोड़ दिया...मैं गऊघाट से यमुना-ब्रिज होकर बाहर आया और घूरपुरवाली सड़क पर चल पड़ा।

उस दिन धूप बहुत कड़ी थी और लू के थपेड़े ज्यादा ही बेरहम हो गए थे। दरी के बंडल से मैं अपने चेहरे को छिपाए हुए था, पर गर्म हवा के झोंके जब आते तो पूरा-का-पूरा शरीर एकबारगी झुलसकर रह जाता। सड़क का कोलतार पिघलने लगा था और मैं पटरी पर ही चल रहा था पर मेरे पाँव भुने जा रहे थे। मैं चाहता था कि उस एहसास को परे धकेल दूँ

लेकिन पेट की आग उसे और अधिक भड़का देती और मेरे पूरे अस्तित्व में मानो आग-ही-आग जलने लगती थी।

बाहर और भीतर की आग से लड़ते-लड़ते मैं मूर्च्छित हो गया और होश आया तो देखा, चन्द स्त्रियाँ मेरे पास बैठी थीं। उनमें से एक स्त्री मेरे मुँह में पानी की बूँदें टपका रही थी। वह मुझे अम्माँ की तरह लगी और उसकी शक्ल को भरपूर देख लेने की लालसा से ही शायद मैं हड़बड़ाकर उठ बैठा।

"तूँ कहाँ जाबा बाबा?"

उस स्त्री ने मुझसे सवाल किया तो जवाब में मैंने सिर्फ इतना कहा कि मुझे भूख लगी है और उस स्त्री ने मुझे थोड़े-से चने दिये जिन्हें चबाता हुआ मैं अपनी अन्तहीन यात्रा पर पुनः चल पड़ा।

लेकिन मेरी ताकत अब जवाब दे गई थी। आँखों के आगे अँधेरा छाने लगा था और लगता था कि मैं गिर पड़ूँगा। अतः पीछे से आते हुए एक इक्के को मैंने हिम्मत करके रोक लिया। इक्केवाले ने घूरपुर के लिए मुझसे दो आने माँगे और मैं राहत की साँस लेकर उस पर बैठ गया क्योंकि मेरी जेब में उस वक्त एक चवन्नी रखी हुई थी।

लेकिन चवन्नी खोटी निकली। घूरपुर में इक्केवाले ने उसे घूर-घूरकर देखा और अपनी किस्मत आजमाने के लिए बगैर दो आने वापस किए मुझ पर एहसान जताता हुआ पूरी चवन्नी जेब में डालकर चला गया।

मैं किसी फूटे हुए घड़े की भाँति सड़क पर खड़ा था। मुझे उभारी जाना था...।

मेरी इच्छा थी कि इस्लाम भाई के यहाँ रहकर पुनः चमड़ों में नमक लगाना आरम्भ करूँगा या बुद्धू भाई के यहाँ बीड़ियाँ बनाना ही सीखूँगा, पर उन्होंने सलाह दी कि मुझे पढ़ाई के बारे में सोचना चाहिए और इसके लिए किसी भी दशा में लालगंज में ही रहना चाहिए।

मुझे उन्होंने किराए के लिए थोड़े-से पैसे भी दिये और प्रेरित किया कि मैं फौरन लालगंज चला जाऊँ।

और अगले दिन मैं लालगंज के लिए चल पड़ा—एक लम्बी-चौड़ी बेहयाई का गट्ठर सिर पर लादे...निहायत बेमन से।

लालगंज के मूल ढाँचे में कोई खास परिवर्तन नहीं हुआ था, सिवा इसके कि बस्ती के कुछ पेड़ काट डाले गए थे और जगह-जगह से वह कस्बा नंगा-सा प्रतीत हो रहा था, वरना थाने से लेकर स्कूल तक वही सर्पीली सड़क थी जिसके किनारे-किनारे लोगों के घर बने हुए थे, जिनमें से अधिकांश घरों में दुकानें थीं और दुकानों में कस्बाई ढंग की विभिन्न वस्तुएँ बिकती थीं। पटरियों पर जगह-जगह ऊँट बँधे रहते और बनियों की पवित्रताप्रिय स्त्रियाँ पाँवों में महावर और आँखों में काजल लगाए किसी-न-किसी बात पर हमेशा लड़ती रहती थीं। पुरुष या तो गमछा बाँधे सरसों-चावल का मोलभाव करने में व्यस्त रहते या किसी दालान में बैठकर 'ट्वेंटीनाइन' खेलते रहते थे।

मैं शाम के वक्त वहाँ पहुँचा और लोगों की निगाह बचाकर बहन के घर में घुस गया। लेकिन मेरी आशा के विपरीत किसी ने भी कोई बात मुझसे नहीं की। भैया उस रोज भी घर में नहीं थे और मुझे देखकर बहन का मुँह पकौड़े की तरह फूल गया। मैं दरी का बंडल लेकर कोठे पर चला गया।

मेरा विचार था कि कुछ भी हो, रात को मुझे खाने के लिए जरूर कहा जाएगा, लेकिन ऐसा नहीं हुआ! सीढ़ियों पर जब कोई आहट होती तो मैं यही सोचता कि कोई-न-कोई मुझे बुलाने आता होगा, पर मेरी कल्पना के टुकड़े-टुकड़े हो गए। देर रात तक अँधेरे में टकटकी बाँधे रहने के बाद मैं धीरे-धीरे सो गया था।

और सुबह होते ही मैं रहमतुल्ला की तलाश में निकल पड़ा। लेकिन रास्ते में पता चला कि उसने अपना घर बेच दिया है और स्कूल के पिछवाड़े अपने खेत में एक कोठरी बनाकर रह रहा है। मैं उसी कोठरी के सामने पहुँच गया।

बाहर उसके सभी बच्चे नंग-धड़ंग हालत में खेल रहे थे और भीतर उसकी बीवी किसी चमाइन को चूड़ियाँ पहना रही थी। रहमतुल्ला सो रहा था।

मुझे देखते ही बच्चों ने खेलना बन्द कर दिया और बीवी रहमतुल्ला को जगाने में जुट गई।

"ए, ए हो बबवा के अब्बा! सुनत हैय। देखा कउन आए हैन ? उठा हो।"

और रहमतुल्ला चौंकता हुआ उठ बैठा। उसके चेहरे पर रूखे-सूखे बेतरतीब बाल उगे हुए थे और फटे कपड़ों में पूरा जिस्म किसी दैत्य की भाँति

लग रहा था। बीवी की शक्ल भी स्याह हो गई थी। मुझे लगा कि वे आर्थिक जटिलताओं से जूझ रहे हैं और जूझते-जूझते टूट रहे हैं।

"घर क्यों बेच दिया ?" चारपाई पर बैठते ही मैंने पहला प्रश्न किया और रहमतुल्ला को जँभाई आ गई।

"बेचा नहीं, बिक गया समझो।"

"कैसे ?"

"यार, बहुत दिनों से वह महाजन के यहाँ रेहन रखा था—मियाद पर। मियाद खत्म हो गई और मकान उसका हो गया। क्या किया जाए, मादर...द किस्मत की बलिहारी है और क्या ?"

इतना कहकर उसने फिर जँभाई ली और लड़के से एक बीड़ी मँगाई। बीवी चाय बनाने के लिए चूल्हा सुलगाने में व्यस्त हो गई थी। मैं उस कोठरी का निरीक्षण करने लगा, जो हाल ही में बनकर तैयार हुई थी। मिट्टी के लोंदों का एक भोंडा आकार, जिस पर उल्टे-सीधे खपड़े छाए हुए थे और ढंग के किवाड़ भी अब तक नहीं लगे थे। एक ही कोठरी के दो भाग करके एक ओर रसोई की व्यवस्था कर ली गई थी और सामने के हिस्से में एक चारपाई पड़ी थी, जिस पर हम बैठे हुए थे। बगल में एक डोरा बँधा था जिस पर अनेक प्रकार के गन्दे और फटे-चिटे कपड़े लदे हुए थे।

"तुम अपनी सुनाओ।

रहमतुल्ला ने अचानक ही मुझसे पूछ लिया और मैं अपनी ताजा समस्या पर उससे विचार-विमर्श करने लगा।

इसी बीच उसकी बीवी ने हमें चाय बनाकर दी और छोटे बच्चे की नाक पोंछने में व्यस्त हो गई।

मैंने संक्षेप में अपनी सारी कथा रहमतुल्ला को सुना दी और इस आशय से उनका मुँह ताकने लगा कि शायद वे लोग मुझे शरण दे देंगे। लेकिन 'महमद-बउ' (मेरी बहन) के भय से वे ऐसा नहीं कर सकते थे।

मैं उठ गया।

"नौटंकी का क्या हाल है ?"

चलते-चलते मैंने एक दूसरे ढंग का सवाल किया और जवाब में रहमतुल्ला बाहर आ गया।

"सब बन्द-वन्द हो गया, कोई करनेवाला ही नहीं है। सब तो अपने-अपने

में परेशान हैं।'' उसने सिर खुजलाते हुए स्पष्टीकरण दिया और मैं सलाम करके आगे बढ़ गया।

जीवन का सारा रस निचुड़ गया है, बची है सिर्फ एक खोइया, जिसे हम चूस रहे हैं—मैंने सोचा और अपने कदम चमरौटी की तरफ बढ़ा दिये।

नौटंकी में लैला का रोल करनेवाला मेरा साथी छोटू उस वक्त काम पर जाने की तैयारी कर रहा था और उसकी बहन रोटी बना रही थी। अन्य लोग घर के दूसरे कार्यों में व्यस्त थे।

मुझे देखते ही छोटू एक चारपाई उठा लाया और उस पर मुझे बैठाकर हालचाल पूछने लगा। मैंने संक्षेप में उसे भी सारी दास्तान बता दी और कहा, ''मुझे रोटी खिलाओ, भूख लगी है।''

वह मेरा मुँह ताकने लगा और उसकी बहन के हाथ रुक गए।

''हम लोगों का छुआ खाओगे?''

''क्यों, क्या हुआ? क्या तुम लोग मनुष्य नहीं हो?''

मैंने लगभग उत्तेजित होकर यह बात कही और छोटू का चेहरा खिल उठा।

''तब तो परेशानी की कोई बात नहीं है। तुम अब यहीं रहो। गरीबी में जो भी चटनी-रोटी जुटेगी, खाना और पढ़ना। और करना ही क्या है!''

यह बात छोटू के पिता ने कही थी। वे सनई की रस्सी बनाते हुए वहाँ पहुँच गए थे। उनके जिस्म पर उस वक्त सिर्फ एक मैला-सा अँगोछा था और चेहरे पर सफेद रंग के खड़े-खड़े बाल उगे हुए थे। वे नकनकाकर बोल रहे थे। उनकी आवाज में एक खास ढंग की आत्मीयता थी। मैं उस आत्मीयता से पिघल उठा। लेकिन मैं किसी पर बोझ बनकर नहीं रहना चाहता था।

''मैं काम करना चाहता हूँ।'' मैंने अपना ठोस निर्णय सुना दिया।

''कौन-सा काम करोगे?''

''जो काम छोटू करता है; या कोई भी काम।''

''तुम यह सब नहीं कर सकते।'' छोटू ने चारपाई से उठते हुए कहा था और तर्क देने के लिए उस समय कोई भी वाक्य मुझे नहीं मिल सका।

अतः खाने के बाद बाजार घूमने का बहाना करके मैं वहाँ से चल दिया। मैं अब मुफ्त की टुकड़खोरी करने के लिए तैयार नहीं था। मैं काम करना चाहता था। कोई भी काम।

मैं बहन के घर न जाकर सीधे थाने पहुँचा। वहाँ बहुत-से ट्रक रोके जाते थे और पुलिसवाले अपने प्रभाव से अपने मिलने-जुलनेवालों को मुफ्त ही मिर्जापुर भिजवा दिया करते थे। पता नहीं क्यों, मुझे लगा कि मिर्जापुर में कोई-न-कोई काम जरूर मिल जाएगा और एक सिपाही से प्रार्थना करके मैं ट्रक से मिर्जापुर पहुँचने में सफल हो गया।

अब न तो मेरे पास दरी का बंडल था और न ही जेब में पैसे थे। मैं पाजामा-कमीज में लिपटा सिर्फ एक बिजूका था, जो जिन्दा था और बजाय खेत में गड़े रहने के, सड़क पर टहल रहा था।

मैं उसी व्यापारी के पास पहुँच गया जिसने परीक्षा के दौरान मुझे रहने की जगह दी थी। उसने मुझे फौरन पहचान लिया और मेरी प्रार्थना पर गोदाम में सोने की इजाजत भी दे दी।

अगले दिन व्यापारी के लड़के द्वारा दिये गए एक छोटे-से तरबूज का नाश्ता करके मैं काम की तलाश में चल पड़ा।

"कहाँ जा रहे हो?" उसी लड़के ने मुझसे पूछा और मैंने अपना उद्देश्य बता दिया।

"मलेरिया वाले दफ्तर में कोई-न-कोई काम तुम्हें मिल सकता है।" उसने मुझे सलाह दी और दफ्तर का पता भी बताया।

मैं उस दफ्तर की खोज में निकल पड़ा, और चिलचिलाती धूप में काफी दूर तक पैदल चलने के बाद वह दफ्तर मुझे मिल गया। वहाँ सिर्फ दो कमरे थे। सामनेवाले कमरे में एक टेबल और चन्द कुर्सियाँ पड़ी थीं, जिन पर कुछ मरियल किस्म के लोग बैठे हुए थे। भीतर की ओर ब्लीचिंग पाउडर के थैले भरे थे और पूरे वातावरण में एक अजीब-सी तीखी गन्ध भरी हुई थी।

"क्या है जी?"

वहाँ घुसते ही एक पतले से आदमी ने मुझसे सवाल किया और बगैर किसी लाग-लपेट के मैंने कह दिया, "मुझे नौकरी चाहिए।"

इस पर सभी लोग ठठाकर हँस पड़े। मेरी बात में हँसने लायक कौन-सी चीज थी, मैं समझ नहीं सका, अतः मैं उनके चेहरों को गौर से देखने लगा।

"तुम्हारी उम्र क्या है?"

इस बार एक बड़े बाबूनुमा थुलथुल-से आदमी ने मुझसे सवाल किया और मैंने पहले ही की भाँति अत्यन्त सहज भाव से कह दिया, "सोलह वर्ष।"

सभी लोग फिर हँस पड़े।

"यह सरकारी दफ्तर है, यहाँ अठारह वर्ष से कम आयु वाले को नौकरी नहीं मिलती।" उसी थुलथुल आकार वाले व्यक्ति ने कहा और वह कुर्सी से उठ पड़ा। मैं सड़क पर आ गया।

जो काम अठारह वर्ष का व्यक्ति कर सकता है, उसे सोलह या सत्रह वर्ष का व्यक्ति शायद नहीं कर सकता—यह नियम अगर सरकार द्वारा निर्मित है तो ठीक ही होगा, मैंने उस वक्त सिर्फ इतना ही सोचा और पिघलते हुए कोलतार पर चल पड़ा...।

मैं चला जा रहा था और सिर्फ चला जा रहा था.। उस वक्त दिमाग में किसी प्रकार का कोई विचार नहीं था। मैं सिर्फ एक यंत्र की भाँति चल रहा था, और अचानक ही एक पहचाने हुए स्वर ने मुझे चौंका दिया। वह स्वर इखलाक का था, जो मेरा भूतपूर्व सहपाठी था और उस वक्त एक कारखाने में बैठा बीड़ियाँ बना रहा था। उसने मुझे पुकारा तो मैं उसके कारखाने में जाकर बैठ गया।

"तुमने भी पढ़ाई छोड़ दी क्या?"

शायद मेरी दयनीय दशा देखकर ही उसने यह सवाल पूछा और जवाब में मैंने सारी कहानी सुना दी उसे।

"खैर, घबराने की बात नहीं। मुझे देखो, पढ़ाई छोड़कर बीड़ियाँ बना रहा हूँ। दिन-भर में दो-ढाई रुपए का काम कर लेता हूँ। पढ़-लिखकर भला क्या करता? तुम भी अब यहीं रहो। एकाध महीने में बिलकुल ट्रेंड हो जाओगे और कुछ-न-कुछ कमाने लगोगे।'

"कौन है, इखलाक?"

तब तक कारखाने के मालिक वहाँ आ गए थे और मुझे आँखों-ही-आँखों में तौलने लगे थे। इखलाक ने मेरे बारे में सारी बातें बता दीं और सिद्दीकी साहब मुझे अपने यहाँ रखने को तैयार हो गए।

"मैं पुल्लियाँ बनाना जानता हूँ।"

मौके का लाभ उठाकर मैंने अपने पूर्वज्ञान का परिचय वहाँ दे दिया और सिद्दीकी साहब खुश हो गए। वे दुबले-पतले लम्बे कद के, छोटी छोटी खसखसी दाढ़ीवाले नमाजी और परहेजगार आदमी थे। हालाँकि कारखाने के वे मालिक थे पर मजदूरों के साथ बैठकर खुद भी बीड़ियाँ बनाया करते थे।

मैं सिद्दीकी साहब के यहाँ रहने लगा और नए सिरे से पुनः बीड़ी का काम सीखने लगा। हालाँकि यह कला मैं उभारी में रहकर सीख चुका था, पर मुझे मालूम हुआ कि अलग-अलग कंपनियों के अलग-अलग तरीके होते हैं। और नया तरीका सीखने में कुछ अतिरिक्त मेहनत की जरूरत थी। फिर भी पहले जितनी परेशानी मुझे नहीं हुई।

सिद्दीकी साहब के लड़कों ने मुझे अपने पुराने कपड़े दे दिये—पैंट और बुश्शर्ट, जिन्हें मैं अत्यन्त हीन भाव से, परन्तु शान के साथ पहना करता और यह सोचकर निश्चिन्त हो जाया करता कि अब यही मेरी नियति है। इसके आगे कुछ नहीं होना है। बहुत होगा, किसी वक्त बीड़ियों का अच्छा कारीगर बन जाऊँगा और एक अच्छी-सी, खूब बीड़ियाँ बनानेवाली, एक बीवी मुझे मिल जाएगी। हम दोनों मिलकर बीड़ियाँ बनाएँगे और जिन्दगी के छकड़े को अपने ढंग से घसीटेंगे।

लेकिन दिन-भर काम करने के बाद शाम को मैं एक लाइब्रेरी में चला जाता, जहाँ कुछ देर तक इधर-उधर की पत्रिकाएँ उलटता और अखबार आदि पढ़कर लौट आता। अपना रिजल्ट मैंने वहीं देखा था। और अचानक ही मन में आया था कि चलकर अपनी मार्कशीट तो ले ही आऊँ। शायद कभी काम आए।

और स्कूल खुलते ही मैं सिद्दीकी साहब के लड़कों के बेमेल और मेरे जिस्म पर बेडौल लगनेवाले वस्त्र पहनकर लालगंज जाने को तैयार हो गया। उस वक्त मेरे पास सिद्दीकी साहब का दिया हुआ दो रुपए का एक नोट फड़क रहा था।

विद्यालय के अहाते में ही, ऑफिस से थोड़ा हटकर एक अस्थायी मड़ई बनी हुई थी। प्रिंसिपल साहब कुछ अध्यापकों के साथ उसी मड़ई में बैठे लाई-चना चबा रहे थे। शायद वह छुट्टी का दिन था।

मैं हाथ जोड़कर प्रणाम की मुद्रा में खड़ा हो गया।

"कहो, कैसे चले?" प्रिंसिपल साहब ने कागज के टुकड़े में से नमक उठाते हुए पूछा तो मैंने अपना उद्‌देश्य स्पष्ट कर दिया।

"मार्कशीट क्या करोगे?"

"शायद कोई नौकरी मिल जाए।"

"नौकरी करोगे?"

उन्होंने व्यंग्य के लहजे में प्रश्न किया और अपनी आँखें मेरे चेहरे पर जमा दीं।

"गधे कहीं के! पढ़ाई छोड़कर चलेंगे नौकरी करने! नौकरी कहीं घूरे पर पड़ी है जो मार्कशीट दिखाते ही मिल जाएगी? दिमाग दुरुस्त कर लो और सीधे से आकर फर्स्ट इयर में नाम लिखाओ। तुम्हारे नम्बर भी सबसे ज्यादा हैं, तुम्हें कुछ वजीफा भी मिलेगा।"

"लेकिन प्रिंसिपल साहब, मैं रहूँगा कहाँ? खाऊँगा क्या?"

"क्यों? मोहम्मद ने तुम्हें निकाल दिया है क्या?"

"यही समझ लीजिए। इस समय मेरा कोई सहारा नहीं है।"

"तो इसमें क्या है! तुम आकर हमारे साथ रहो। हम सारा इन्तजाम कर देंगे तुम्हारा।"

यह मेरे लिए एक अविश्वसनीय और अनहोनी-सी चीज थी। मैं रोमांचित हो उठा।

विद्यालय में हॉस्टल की तीन श्रेणियाँ थीं। कुछ कमरे ऐसे थे जिनमें दूर से आए हुए अध्यापक रहते थे और छात्रों को भी दो भागों में बाँटा गया था। सवर्ण छात्र एक तरफ रहते थे और हरिजन छात्र दूसरी तरफ। मेरे साथ दिक्कत यह थी कि न तो मैं सवर्ण था और न हरिजन! अत: मेरे लिए एक ऐसी कोठरी चुनी गई जिसमें टूटे हुए फर्नीचर पड़े थे और एक तरफ थोड़ी-सी जगह खाली थी।

अपनी गृहस्थी मैंने उसी कोठरी में जमा ली। रहमतुल्ला के सहयोग से कुछ मुस्लिम परिवारों से मुझे दो-चार बर्तन मिल गए—अल्यूमिनियम की एक पुरानी-सी पतीली, एक थाली, एक टिन, एक कटोरा, एक लोहे की

करछुल और एक तवा। दो आने में एक ढिबरी खरीद ली और रहमतुल्ला से दो पुरानी शीशियाँ माँग लीं—एक मिट्टी तेल के लिए और दूसरी कड़ुए तेल के लिए। टूटी हुई दो बेंचों को ईंटों के सहारे जमाकर मैंने सोने की व्यवस्था की और एक ब्राह्मण मित्र ने अपनी एक पुरानी कथरी मुझे दे दी। एक दूसरे मित्र ने वादा किया कि जाड़ों में वह मुझे एक रजाई दे देगा। प्रिंसिपल साहब ने राशन की व्यवस्था कर दी और मेरी पढ़ाई चल पड़ी।

लेकिन शीघ्र ही उस कोठरी से मैं घबरा उठा। दिन में तो कोई खास बात नहीं थी, पर रात में लेटता तो सामने पहाड़ की शक्ल में लदी हुई कुर्सियाँ और टेबलें ऐसी लगतीं, जैसे कोई बहुत बड़ा दैत्य अपना मुँह फैलाए खड़ा है और उसके लम्बे-लम्बे दाँत मुझे ग्रस लेने के लिए आतुर हो रहे हैं। इसके अलावा उनके भीतर असंख्य बड़े-बड़े मोटे-तगड़े चूहे थे जो रात-भर परेड करते और अपने कार्यक्रम के अन्तर्गत कभी-कभी मेरी पतीली भी उलट देते।

मैंने रहमतुल्ला से सारी बातें बताईं और उसने मुझे सलाह दी कि तुम यहीं आकर रहो। हालाँकि यह सुझाव कोई खास अच्छा नहीं था, पर दूसरा कोई विकल्प मेरे सामने नहीं था। प्रिंसिपल साहब ने भी मुझे इसकी आज्ञा दे दी और जल्दी ही मैं शिफ्ट कर गया।

रहमतुल्ला की बीवी अब 'महमद-बउ' से नहीं डरती थी और मेरा विशेष खयाल रखती थी। समय से मेरे लिए वह रोटी बना देती और तरकारी अक्सर अपने यहाँ से दे देती। इस तरह मुझे काफी सुविधाएँ प्राप्त हो गईं और मैं निश्चिन्त होकर पढ़ने लगा।

लेकिन रहमतुल्ला की कुछ ऐसी आदतें थीं जिनसे मैं परेशान रहता। एक तो वह कोई काम नहीं करता था, ऊपर से बीवी को अक्सर गरियाता रहता। दिन-भर पड़ा-पड़ा वह बीड़ियाँ फूँकता और नौटंकी में किए गए अपने पुराने 'पाठों' को अलापता रहता। बीवी चूड़ियाँ पहनाकर लौटती तो किसी-न-किसी बात को लेकर उससे तकरार कर लेता और भद्दी-भद्दी गालियाँ देने लगता। उस वक्त उसके नंग-धड़ंग बच्चे रोते-चीखते वहाँ खड़े रहते और गुस्से में आकर वह उन पर हाथ भी उठा देता। कभी-कभी वह बीवी को भी पीटता और उस वक्त वह इतना खूँखार हो उठता था कि औरत प्रायः नंगी हो

जाती थी—उसके कपड़ों को वह नोचने लगता था। मर्यादा-भंग होने के भय से मैं उसे छुड़ा भी नहीं पाता था।

इसके अलावा रहमतुल्ला के चरित्र में कुछ क्रांतिकारी परिवर्तन भी अब हो गए थे। हालाँकि बीवी उसकी खूबसूरत थी और मांसल भी, पर लगातार बच्चे जनने और दिन-भर धूप-शीत में खटने से उसका स्वास्थ्य गिर गया था। उसके चेहरे का आकर्षण भी प्रायः समाप्त हो गया था और पूरा जिस्म थकान से टूटता हुआ प्रतीत होता था...शायद इसीलिए वह रहमतुल्ला के लिए बेकार हो गई थी...।

मैंने एक दिन देखा, अपनी बीवी की अनुपस्थिति में वह चमरौटी की एक लड़की के साथ सोया हुआ है...।

मेरा मन क्रोध से फनफना उठा और मैंने उसे आड़े हाथों लिया। वह चुपचाप मेरी बातें सुनता रहा। लड़की मुँह छिपाकर भाग गई थी।

यह एक ऐसा कारण था कि रहमतुल्ला का घर मैं छोड़ सकता था। फिर भी मैं धीरे-धीरे आदमी के मनोविज्ञान को समझने लगा था और अगली घटना के इन्तजार में रुका रह गया था।

लेकिन कुछ दिनों बाद जो घटना घटी, वह सिर्फ एक घटना नहीं बल्कि अनेकानेक घटनाओं का समुच्चय थी। रहमतुल्ला की बीवी अथरा लेकर आई और बोली, "तुम्हारी टिन से थोड़ा-सा आटा ले लूँ?" मैंने इशारे से अपनी स्वीकृति दे दी और खामोश रहा।

दरअसल ऐसा कई बार हो चुका था। बच्चों की बढ़ती हुई फौज और आर्थिक तंगी ने उन्हें इस कदर चूर कर दिया था कि नैतिकता की सारी सीमाएँ उन्होंने तोड़ दी थीं। रहमतुल्ला की बीवी अब अक्सर मुझसे आटा माँगा करती और रहमतुल्ला जब भी मेरे पास चन्द पैसे देखता, बीड़ियों के लिए उधार के रूप में उन्हें ले लेता। लेकिन न तो मेरा आटा वापस होता और न ही पैसे। हालाँकि भूख की मनःस्थिति का मुझे कटु अनुभव था और उस परिवार के प्रति मेरी संवेदनाएँ बहुत गम्भीरता से जुड़ी हुई थीं, लेकिन आटे की व्यवस्था चूँकि प्रिंसिपल साहब करते थे इसलिए जल्दी-जल्दी आटे की माँग करने से वे क्षुब्ध हो गए थे। किसी अध्यापक ने उनसे यह भी शिकायत की थी कि मैं आटा बेच देता हूँ। मेरे वे अध्यापक मुझसे चिढ़े हुए थे क्योंकि मैं उनकी कक्षा में सवाल बहुत करता था।

खैर...मैंने निश्चय किया कि रहमतुल्ला का घर मैं छोड़ दूँगा।

उन दिनों मेरी दोस्ती शब्बू नामक एक लड़के से हो गई जो दर्जा छह में पढ़ता था, लेकिन जवान हो चला था। वह पढ़ने में कमजोर था, लेकिन उसका स्वभाव बहुत अच्छा था। अपनी माँ से राय लेकर उसने मेरे सामने एक प्रस्ताव रखा कि मैं उसके घर चला चलूँ। मैं मान गया।

और उस रोज मैंने स्कूल में ही तय कर लिया कि आज जगह बदल लूँगा। मैं स्कूल से जरा जल्दी चल पड़ा।

रहमतुल्ला के घर का दरवाजा खुला था और भीतर सब सोए हुए थे। एक तरफ उनके सारे बच्चे जमीन पर पड़े थे और उन पर मक्खियाँ भिनभिना रही थीं। दूसरी तरफ रहमतुल्ला और उसकी बीवी एक ही चारपाई पर सोए हुए थे। रहमतुल्ला ने उस वक्त सिर्फ एक जाँघिया पहन रखा था और उसका एक हाथ बीवी के वक्ष पर रखा हुआ था। बीवी की टाँगें खुली हुई थीं और एक टाँग रहमतुल्ला की जाँघ पर अलसाई हुई-सी पड़ी थी। वे पसीने से तर-ब-तर थे और उस पूरे माहौल से एक विचित्र किस्म की बदबू आ रही थी...।

मैंने आँखें नीची कर लीं और अत्यन्त सतर्कता से तैयारी में व्यस्त हो गया। अचानक मुझे लगा कि इस वक्त चुपचाप निकल चलना ही उचित होगा...।

शब्बू के घर में रहमतुल्ला के घर की अपेक्षा ज्यादा आराम था। वहाँ के सभी लोग अपेक्षाकृत सभ्य थे और सोने के लिए मुझे जो मड़ई दी गई, वह अलग-थलग होने के कारण मुझे बहुत रास आई। वहाँ से सुबह-शाम मैं जंगल का नजारा भी लिया करता और चारपाई पर लेटा-लेटा पढ़ा भी करता। घर की स्त्रियाँ मुझे बहुत मानती थीं और बहन की वजह से कुछ रिश्ते भी उन्होंने बना लिये थे। शब्बू की अम्माँ को मैं बहन कहा करता, क्योंकि मेरी बहन को वे बहन मानती थीं। उनकी लड़कियाँ और बहुएँ मुझे मम्मा कहतीं। इस प्रकार एक पारिवारिक वातावरण मिल जाने से मेरा दुख-दैन्य बहुत-कुछ कम हो गया और एक सामान्य जिन्दगी का मैं अभ्यस्त हो चला।

लेकिन एक छोटी-सी बात को लेकर शब्बू से मेरी अनबन हो गई और उसने मुझे अपने घर से निकाल दिया। मेरे पास जो थोड़ा-बहुत सामान था, मेरे देखते-देखते उसने वह बाहर फेंक दिया।

मैं अब फिर सड़क पर था...।

लेकिन सहारे के रूप में एक वृद्ध मेरे सामने खड़े थे।

"चलो, मेरे यहाँ चलकर रहो।"

वे कह रहे थे और मेरी आँखों से झर-झर आँसू बह रहे थे।

उन्हें मैं 'चच्चा' कहता, क्योंकि घर में प्रायः सभी लोग उन्हें 'चच्चा' कहते थे। उन्होंने जो कोठरी मुझे दी, वह काफी साफ-सुथरी और सुरक्षित थी। मैंने नए सिरे से अपनी गृहस्थी उसमें जमा ली और खाना पकाने का काम एक बार फिर अपने हाथ में ले लिया। इस बीच रहमतुल्ला ने मुझसे कई बार कहा कि वापस लौट चलो, लेकिन मैंने इनकार कर दिया। कुछ लोगों ने यह भी प्रयास किया कि मैं अपनी बहन के यहाँ ही जाकर रहूँ, पर न तो मैंने उसे स्वीकार किया और न ही वे लोग तैयार हुए। प्रिंसिपल साहब एक पिता की भाँति मेरा खयाल रखते और मेरी हर जरूरत को यथासम्भव पूरा करने की कोशिश किया करते थे।

लेकिन कुछ दिनों के बाद प्रिंसिपल साहब ने मेरे खाने की एक नई व्यवस्था कर दी। हॉस्टल में रहनेवाले सवर्ण लड़कों को एक आदेश दिया गया कि बारी-बारी से वे मुझे प्रतिदिन का 'सीधा' दिया करें। अपने आदेश के साथ प्रिंसिपल साहब ने विद्यार्थियों को दान की महिमा समझाई और लगभग सभी छात्र यह कृपा करने के लिए तैयार हो गए।

मैं अब प्रतिदिन एक झोला या कपड़े का कोई टुकड़ा लेकर क्रम से एक सवर्ण छात्र के पास जाता और वह अत्यन्त दयाभाव से मुझे एक जून का आटा या चावल दे देता; कभी-कभी कोई लड़का थोड़ी दाल भी दे दिया करता। प्रिंसिपल साहब से चवन्नी माँगकर मैं चिखवन की व्यवस्था कर लेता। कुछ लड़के ऐसे भी थे जो राशन देने में आनाकानी करते थे और मुझे झिड़क देते, लेकिन कुछ लड़के इतने दयालु थे कि एक वक्त से ज्यादा का ही राशन देते और प्रायः मेरा ड्योहड़ बन जाता।

इस तरह मेरी जिन्दगी में भिक्षा-वृत्ति समाहित हो गई और मैं उसके विरोध में खुद को खड़ा नहीं कर सका...।

जिन्दगी, जो आदमी के स्वत्व की हत्या कर दे, मौत से भी बदतर होती

है। लेकिन आत्महत्या उससे भी बदतरीन है। जिन्दगी फिर भी एक खूबसूरत चीज है—अपनी तमाम बदतमीजियों के बावजूद। वह भले ही कोई बहुत बड़ा सवाल हो, पर मौत उसका जवाब नहीं है।

इसलिए मैं जी रहा था। जी रहा था और झेल रहा था। अपनी तमाम यतीमी और शर्मनाक स्थितियों के बावजूद। खुद को तोड़कर, नंगा करके—मैं जी रहा था।

संघर्ष केवल वही नहीं है जो चन्द खास लोगों और चन्द आम लोगों के बीच होता है; संघर्ष किसी आदमी का जीवित रहना भी है—जब वह खुद से ही लड़ता है और खुद से निपटता है, खुद से ही हारता है और खुद से ही जीतता है। इस तरह आदमी एक इतिहास है। और इतिहास सिर्फ वही नहीं है जिसमें चन्द राजाओं की चन्द बर्बर लड़ाइयाँ वर्णित हैं, बल्कि इतिहास वह भी है जिसमें जनता की अनेकानेक इकाइयाँ अनेकानेक बर्बरताओं से जूझती हैं। आदमी खुद भी एक जुझारू इकाई है। क्योंकि वह वक्त की बर्बरता से टकराता है। टकराता है और इतिहास बन जाता है। राजाओं का इतिहास मर जाता है। मरे हुए पन्नों में बन्द होकर अशक्त हो जाता है। लेकिन आदमी का इतिहास चलता रहता है—टूटता हुआ, छटपटाता हुआ, हारता हुआ, जीतता हुआ...!

मैं चल रहा था। चल रहा था और जी रहा था...जीने के लिए भीख माँगना जरूरी था...।

हालाँकि प्रिंसिपल साहब चाहते थे कि मैं सम्मान के साथ जियूँ और इसके लिए उन्होंने चेष्टाएँ भी कीं, पूर वे विफल रहे। निर्धन छात्रों को मिलनेवाले सरकारी ऋण के लिए उन्होंने मुझसे फार्म भरवाया, लेकिन गार्जियन के कालम में हस्ताक्षर करनेवाला कोई नहीं मिला। उन्होंने मोहम्मद भैया को बुलाया। बोले, ''आखिर तो यह तुम्हारा साला है, ठीक है कि तुम किन्हीं परेशानियों के कारण इसकी मदद नहीं कर सकते पर गार्जियन तो तुम्हीं माने जाओगे। इस फार्म पर दस्तखत कर दो तो बेचारे का भला हो जाए।''

लेकिन वे सिर झुकाए बैठे रहे—अत्यन्त निर्वेद भाव से। और कुछ देर बाद बोले, ''जी नहीं प्रिंसिपल साहब, मैं ऐसा नहीं कर सकूँगा। कर्ज का मामला है, जिम्मेदारी की बात है, ये कहीं भाग-वाग गए तो मैं गरीब आदमी बेकार में फँस जाऊँगा। मुझे माफ कर दीजिए।''

और उस रोज मुझे यह भी एहसास हुआ कि मेरा कोई गार्जियन नहीं है। मैं एक ऐसा लड़का हूँ जिसकी जिम्मेदारी किसी के ऊपर नहीं है। मैं अकेला और सिर्फ अकेला हूँ।

लेकिन मैंने तय किया कि मैं अकेला ही चलूँगा। अपनी लड़ाई मैं अकेले ही लड़ूँगा। मैं खुद अपना पालक हूँ, और खुद ही अपना पाल्य हूँ।

इस तरह खुद को मैंने चारों ओर से समेट लिया और जिन्दगी के उतारों-चढ़ावों को अकेले ही पार करने के लिए कृतसंकल्प हो गया।

मैं झोला लेकर आटा माँगने चल पड़ा...।

धीरे-धीरे हॉस्टल के विद्यार्थियों में मेरे प्रति उपेक्षा-भाव बढ़ता गया। लेकिन उसके मूल में वे कारण कतई नहीं थे जिनके बारे में सोच-सोचकर मैं दुखी रहता था। मुझे लगता कि मेरी हरामखोरी से ये लोग ऊब गए हैं अथवा ऐसी परिस्थितियों में भी अक्खड़ स्वभाव बनाए रखने के कारण सब चिढ़ गए हैं। लेकिन मूल कारण इन सबसे बिलकुल अलग और शोचनीय था।

पिछले कुछ वर्षों से इस इलाके में पर्याप्त वर्षा नहीं हो रही थी और खेती की स्थिति अत्यन्त दयनीय हो गई थी। उस वर्ष आषाढ़ के आरम्भ में कुछ काले-भूरे बादल दिखाई पड़े तो किसानों के मन में आशा की लहरें उत्पन्न हुईं, पर बादल अचानक गायब हो गए और आकाश सूखे खेतों की भाँति ही चटियल और गर्म हो गया। चारों ओर भयंकर अकाल पड़ गया। खेत सब सूखे पड़े रहे। कुएँ भी सूख गए। नदी सूख गई। और भूख और प्यास से पशु ही नहीं, मनुष्य भी मरने लगे। वमन चाटकर और नवजात शिशु को भून-खाकर पेट भरने के समाचार भी मिले और पूरा-का-पूरा इलाका अकाल की विभीषिका से थर्रा उठा। अनेकानेक अटकलें लगाई जाने लगीं। दुर्भिक्ष के मूल कारणों पर विभिन्न कोणों से प्रकाश डाला जाने लगा, जिनमें एक चीज लगभग सामान्य थी कि यह दैवी प्रकोप के कारण हुआ। और तरह-तरह की अफवाहें फैलने लगीं। कहीं से चार मुखवाले शिशु के पैदा होने की खबर आती तो कहीं कोई ऐसा शिशु गढ़ा जाता जिसके हाथ में भगवान का पत्र छिपा होता और उसमें दुर्भिक्ष के कारणों की व्याख्या भरी होती। कभी धूमकेतु उगाया जाता तो कभी दिव्य नक्षत्र की ज्योति देखी

जाती। इस तरह अकालग्रस्त दिमागों की एक भ्रामक दुनिया चारों ओर फैलने लगी थी और लोग भूख की लड़ाई में ईश्वर की ढाल का इस्तेमाल इस तरह करने लगे थे जैसे कोई पागल आदमी वर्षा से बचने के लिए कागज का छाता बनाने में व्यस्त हो जाए!

यद्यपि कुछ ऐसे भी थे जो अकाल की लड़ाई में सरकार को भी शामिल करना चाहते थे। उनकी काफी लिखा-पढ़ी के बाद इस इलाके को अकाल-क्षेत्र घोषित कर दिया गया। भूख से जूझते लोगों के लिए सरकार ने काम के बतौर टेस्टवर्क खुलवाए तथा राशन की दुकानों से प्रचुर मात्रा में गल्ला बाँटने की व्यवस्था की गई। प्राथमिक विद्यालयों में बच्चों को दूध और दलिया देने का इन्तजाम भी किया गया। पीने के पानी के लिए राहत-गाड़ियाँ भेजी गईं जो बरौंधा के बाँध से पानी ला-लाकर एक बाल्टी प्रति घर के हिसाब से सप्लाई करती थीं।

लेकिन इस सम्पूर्ण व्यवस्था पर समाज के कुछ सम्मान्य लोगों का वर्चस्व हो गया और सुविधा की किरणें एक खास पक्ष को ही प्रकाशित करने में जी-जान से जुट गईं। कस्बे के सभापति तथा उन जैसे कुछ अन्य लोगों ने इस वर्चस्व में जमकर हिस्सा लिया। चूँकि अकालपीड़ित वे भी थे और मर्यादा-भंग के भय से सरकार की सुविधाओं का प्रत्यक्ष उपभोग नहीं कर सकते थे, इसलिए उनकी अप्रत्यक्ष साजिशें फैलने लगीं।

टेस्टवर्क में सिंचाई-योजना के तहत कुछ तालाब खुदवाए जा रहे थे और वहाँ अकाल-पीड़ित मजदूरों की बहुत-बड़ी संख्या अपना पेट पालने के लिए अस्सी पैसे प्रति रोज के हिसाब से खट रही थी। उन मजदूरों को कई गैंग्स में बाँट दिया गया था। एक गैंग में बावन मजदूर होते थे जिसमें स्त्रियाँ और बच्चे भी शामिल रहते। उनके ऊपर एक मेट होता था। प्रत्येक गैंग का एक मस्टर-रोल होता था, जिस पर सबकी उपस्थिति दर्ज की जाती थी। इस व्यवस्था में हुआ यह कि प्रत्येक मस्टर-रोल में बहुत सारे फर्जी नाम चढ़ाए गए और उनकी मजदूरी से सम्मान्य लोगों की जेबें मोटी होने लगीं। उनके घरों के लोग तालाब पर जाकर मिट्टी तो खोद नहीं सकते थे। और जाहिर है कि पैसों की जरूरत उन्हें भी थी।

विद्यालयों में बँटनेवाले दूध और दलिया की स्थिति भी लगभग ऐसी ही थी। दूध के डिब्बों और दलिया के थैलों पर अध्यापकों का एकाधिकार था

और बच्चों के बजाय उनसे 'बड़ों' का पेट भरने लगा था। दलिया का तो आटा ही बनने लगा था—रोटी ज्यादा जरूरी चीज थी!

हालाँकि इस पूरे घालमेल में उन सरकारी अधिकारियों का पूरा हाथ होता था जो टेस्टवर्क या दूध-दलिया की व्यवस्था के लिए नियुक्त थे। दरअसल उन बेचारों पर वर्चस्व का पूरा प्रभाव था और वे कस्बे की मानसिकता से गद्गद हो उठे थे। उन्हें और अधिक गद्गद बनाने के लिए आए दिन सांस्कृतिक आयोजन भी होने लगे।

एक सम्मान्य महोदय ने अपना एक लौंडा पाल रखा था, जो जाति का कोल था और चेहरे से बिलकुल छोकरी-जैसा लगता था। वह डांसर था। जब भी लोगों का मूड होता, प्राथमिक विद्यालय के कमरे में नाच का प्रोग्राम रख दिया जाता, जबकि चारों ओर लोग भूख से बिलबिला रहे थे, कस्बे के विद्यालय में चन्द शरीफ लोग मसनद लगाए बैठे रहते और उनके सामने साड़ी-ब्लाउज में सजा लौंडा नाचता रहता। लोग उसकी एक-एक अदा पर पैसों की बौछार कर देते। जब कभी वह कोई 'पूरबी' गाता हुआ किसी शरीफ आदमी के पास जा बैठता और अपना आँचल ओढ़ाकर उसे विशेष महत्त्व देने की चेष्टा करता तो न केवल लोग उसे नोट दे-देकर धन्य होते, बल्कि उसके कपोलों को सहलाते या झटके से चूम लेने में भी अपनी मर्दानगी समझते।

अकाल के उन दिनों में अक्सर ही ऐसे आयोजन होते और मैं सारी स्थितियों को खामोशी से देखता रहता। धीरे-धीरे छात्रों से 'भिक्षा' मिलनी प्राय: बन्द हो चुकी थी और पेट का सवाल गम्भीर हो गया था। मैंने प्रिंसिपल साहब को अपनी समस्या बताई और उन्होंने मेरे लिए एक राशन कार्ड बनवा दिया जिसमें कई नाम फर्जी थे।

इस तरह उस राशन कार्ड के जरिए मैं सरकारी दुकान से इतनी जोंधरी पा जाता था कि किसी तरह मेरा काम चल जाता। उन दिनों दुकानों पर अमरीका से मँगाया गया लाल किस्म का ज्वार और घोड़े के दाँतों की शक्ल का मक्का ही मिला करता था। मक्का भी कभी-कभी ही आता, अत: ज्वार ही मेरा प्रमुख भोजन था। पहली बार जब ज्वार का रूप मैंने देखा तो समझ में नहीं आया कि इसका उपयोग किस तरह किया जाएगा। खैर, किसी तरह उसे साफ करके पिसवाया तो रोटी बनाने में इतनी दिक्कत पेश आई, जैसे रोटी नहीं, रेत की दीवार बन रही हो! किसी तरह कई टुकड़ों में रोटियाँ तैयार

भी हुईं तो खाते समय ऐसा लगा मानो मुँह में रोटी नहीं, लीद भरी हो! मनुष्य इसे कैसे खाते होंगे? मैंने एक सवाल उठाया तो जवाब मिला कि अमरीका में इसे सूअर खाते हैं। मैं सन्तुष्ट हो गया।

बहुतों को वह भी नसीब नहीं था। सरकारी दुकानों का गल्ला ब्लैक होने लगा था और दुर्बलों को वह बाजार की दुकान से ड्योढ़े मूल्य पर उपलब्ध हो पाता था। ऐसी स्थिति में वे लोग लगभग भूखों मरने लगे जो टेस्टवर्क-एरिया से दूर, जंगलों में रहते थे और जिनकी आजीविका का कोई साधन नहीं रह गया था।

ब्लैक का प्रभाव मेरे ऊपर भी पड़ा। लेकिन उन्हीं दिनों एक दूसरा आदेश पारित हुआ कि शारीरिक दृष्टि से अक्षम और काम न करने लायक यतीम बच्चों को सरकार की ओर से मुफ्त राशन दिया जाए। प्रिंसिपल साहब ने सभापति के प्रभाव से मेरा नाम भी उस सूची में डलवा दिया, और महीने में एक बार लगभग आठ किलो गेहूँ मुझे मिलने लगा।

लेकिन गेहूँ मुझे ज्वार से भी ज्यादा निस्वाद प्रतीत हुआ। ज्वार को तो फिर भी मैं पैसों से खरीदता था, पर गेहूँ जो मिलता था, वह बिलकुल मुफ्त का और सरकारी था। वह सरकार की कृपा के रूप में मुझे प्राप्त था और मैं सरकार की दया खा रहा था। मुझे लगता कि एक व्यक्ति की दया से सरकार की दया ज्यादा घृणित है...इसके अलावा मुझे यह भी लगता कि मैं विकलांग और अक्षम यतीम बच्चों का हक खा रहा हूँ। और मैं भीतर-ही-भीतर घुमड़ता रहता।

तभी एक ऐसी घटना घटी, जिसने मेरी घुटन को फोड़ दिया। जहाँ वह निःशुल्क गल्ला मिलता था, वहाँ एक दिन एक सन्त पुरुष का आगमन हुआ—सम्भवतः निरीक्षण के लिए। दुबला-पतला, गोरा शरीर। पलितकेशी चेहरा—कलाइयों के बाल भी सफेद हो गए थे। दन्तविहीन मुख। अत्यल्प वस्त्रों से ढँके हुए वे गांधी जी का स्मरण दिला रहे थे। उन्होंने मुझे रोक लिया।

"क्या करते हो?"

अपनी छोटी-छोटी, पर गहरी आँखों से मेरे चेहरे को बाँधते हुए उन्होंने मुझसे प्रश्न किया तो मैं सकपका गया।

"पढ़ता हूँ।" मैंने उत्तर दिया और अपनी गठरी सँभालने में व्यस्त हो गया।

"देखो बेटा, तुम काम करने लायक हो, काम करके खाओ। मुफ्त का अन्न तुम्हें नहीं खाना चाहिए।"

उनके पोपले मुँह से यह ताकतवर वाक्य सुनकर मैं छटपटा उठा। अचानक ही कर्म का बोध करानेवाले वे शब्द एकबारगी मेरे भीतर झनझना उठे और सामने एक अजनबी, नई और स्फूर्तिदायिनी दुनिया साकार हो उठी। लगा कि संघर्ष का केवल यही समाधान नहीं है कि व्यक्ति अपनी शक्ति को कृपार्जन में ही व्यर्थ कर दे, उसे चाहिए कि वह कर्म की ओर उन्मुख हो। संघर्ष की समस्त जटिलताओं को कर्म के द्वारा ही तोड़ा जा सकता है।

मैं सड़क पर आ गया और आदमी को कर्म से जोड़नेवाले उस पुरुष की भव्यता पर अनेकानेक अटकलें लगाता हुआ चल पड़ा।

ज्ञात हुआ, वे बाबा चेतनदास थे—गांधी जी के सहयोगी।

मैं देर तक उनके वाक्य को अपने भीतर दोहराता रहा।

मैंने तय किया कि छुट्टियों में कोई काम करूँगा और इसके लिए कई लोगों से मैंने बात भी की। उन्होंने मेरे विचार का स्वागत किया और एक व्यक्ति ने तो मुझे एक काम भी बताया। उन दिनों टेस्टवर्क के अलावा बरौंधावाले बाँध से नहर निकालने का कार्य भी आरम्भ हो चुका था और सीमेंट के ढेरों पाइप लालगंज में आकर पड़े हुए थे। उन्हें ट्रक पर चढ़ाना और बनती हुई नहर के किनारे जाकर उतारना—यही वह काम था जिसे मुझे करना था। मैं तैयार हो गया।

कॉलेज तीन-चार दिनों के लिए बन्द था। मैं पाइपवाले काम में भर्ती हो गया। कँटीले तारों से घिरा हुआ वह एक खेतनुमा गोदाम था, जिसमें पाइपों के बड़े-बड़े स्तूप खड़े थे। मैं उन स्तूपों के बीच समा गया। मैं एक पाइप को कन्धे पर उठाता और सड़क तक लाकर अत्यन्त सावधानी से ट्रक पर चढ़ा देता। हालाँकि अन्य मजदूर मेरी अपेक्षा अधिक सबल थे, पर वे निष्क्रिय और स्फूर्तिहीन थे। अतः उनकी तुलना में खुद को अधिक सक्रिय पाकर मुझे विशेष प्रकार की खुशी का अनुभव होता और मैं दुगुने उत्साह से काम में लगा रहता।

ट्रक जब भर जाता तब हम पीछे की ओर खाली जगह में सिकुड़कर बैठ जाते और निर्माणाधीन नहर के किनारे पहुँचकर फिर सक्रिय हो उठते।

कन्धों पर पाइपों का जुलूस निकल पड़ता और ट्रक का पेट खाली होने लगता...।

लेकिन दो दिनों की मेहनत के बाद ही मुझे बुखार आ गया। कमीज के नीचे मेरे दोनों कन्धे छिल गए थे और उनमें बेहद दर्द था। जिस्म मेरा टूट रहा था और आँखें झिलमिला रही थीं। दर्द और भूख की लड़ाई में दर्द की विजय हुई थी। मेरे पास दो दिनों की मजदूरी के पैसे मौजूद थे, लेकिन मुझे भूख नहीं थी। शरीर पर ज्वर का अधिकार कुछ अधिक ही हो गया था।

कई दिनों तक बिस्तर पर पड़े रहने के बाद जब मैं चंगा होकर उठा तो मेरी इच्छा हुई कि पेट भरकर अच्छा खाना खाऊँ और मैंने सारी व्यवस्था कर ली। मैंने पहले दाल बनाई। फिर उसे कटोरे में निकालकर उसी पतीली में चावल चढ़ा दिया। चावल चलाने के लिए मैंने लकड़ी का एक टुकड़ा रख लिया था। आटा गूँधते–गूँधते थाली में छेद हो गया था। अतः उसमें नीचे की ओर मिट्टी लगानी पड़ती थी। मैंने सारा काम पूरा कर लिया और भोजन करने के लिए हाथ धोने बाहर चला गया। बाहर, अपने मकान की बाउंड्री से, शकूर साहब की लड़की गिद्धी मुझे बुला रही थी।

मैंने जब से नौटंकीबाजी छोड़ी थी, शकूर साहब के यहाँ नहीं गया था। कोई काम ही नहीं पड़ा था। हालाँकि रहता पास ही में था। पर उस रोज मुझे जाना पड़ा। मैं अपने आटा लगे हाथों को जल्दी–जल्दी धोकर गिद्धी के पास पहुँच गया।

गिद्धी जवान थी। सुन्दर थी। हृष्ट–पुष्ट थी। भरे-भरे कपोल थे और आँखें कजरौटे की तरह काली थीं। वक्ष तना हुआ था और उस पर एक नकली हार इतरा रहा था। मेरा दिल धकधकाने लगा।

''स्कूल जाओगे?'' उसने हँसकर मुझसे पूछा और पहली बार मैंने ध्यान दिया कि आवाज उसकी मोटी है लेकिन दाँत उज्ज्वल हैं।

''हाँ।'' मैंने उसके दाँतों को निहारते हुए कहा।

''मेरा एक काम कर दोगे?''

''जरूर कर दूँगा।''

''रमेश तुम्हारे ही साथ पढ़ता है न?''

''हाँ।''

"उससे कह देना कि गिद्धी ने तुम्हें बुलाया है।"

"कहाँ?"

"नदी में। वह जानता है, जहाँ उसे आना है।"

मैं हँस दिया। वह लजा गई।

"हँस क्यों रहे हो?" उसने घबराते हुए पूछा तो मैंने उसके हार को छू दिया, "यह क्या सोने का है?"

"नहीं।" उसने लगभग काँपते हुए कहा और मैंने अपनी उँगलियाँ हटा लीं।

वह चली गई। मैंने चारों ओर देखा। कोई नहीं था। मैं भी लौट आया।

मैं देर तक चूल्हे के पास बैठा रहा और सोचता रहा। सोचता रहा और तय करता रहा कि अभी-अभी जो क्षण गुजरा है, उसे कौन-सा नाम दूँ। लेकिन मैं विफल रहा। मुझे लगा कि रमेश मेरे पास खड़ा है। मेरी भूख समाप्त हो गई।

कॉलेज फिर बन्द हो गया था और काम की तलाश मेरे लिए जरूरी हो गई थी। भीख माँगने की अपेक्षा मुझे अब काम करके खाना ज्यादा अच्छा लगने लगा था। लेकिन पाइपवाला काम खत्म हो गया था और सिवा इसके कि मैं टेस्टवर्क में मिट्टी खोदने के लिए जाऊँ, दूसरा कोई ऐसा काम नहीं था जिसे मैं कर सकूँ।

अत: अगले दिन मैं टेस्टवर्क में गया और एक गैंग में अपना नाम दर्ज करा लिया। उस गैंग का मेट बहुत शरीफ आदमी था और उसने मुझे एक पेड़ के नीचे बैठकर आराम करने के लिए कह दिया। लेकिन गैंग के मजदूरों ने—विशेषकर स्त्रियों ने—इसका विरोध किया और मैं फावड़ा लेकर जुट गया। हालाँकि मेरी दुबली-पतली कलाइयों में इतनी ताकत नहीं थी कि मैं फावड़ा चलाकर मिट्टी खोद सकता, लेकिन अपनी शक्ति-भर मैंने फावड़ा चलाया। जमीन खोदी और उस बहुत बड़े तालाब के निर्माण में अस्सी पैसे के बदले अपना थोड़ा-बहुत पसीना बहाया—जितना भी मेरे जिस्म से उस वक्त निकल सका। और शाम को जब मैं लौटा तो हथेलियों में घट्टे पड़ गए थे, थकान से आँखें बन्द हो रही थीं।

लेकिन दूसरे दिन फिर मैं उसी जोश के साथ वहाँ पहुँचा और एक फावड़ा उठाकर जुट गया। मैंने तय कर लिया था कि अपनी ताकत का मैं पूरा इस्तेमाल करूँगा और किसी को शिकायत का मौका नहीं दूँगा। लेकिन मेट से शायद मेरी यह स्थिति देखी नहीं गई और उसने मुझे फावड़ा चलाने के बदले मिट्टी फेंकने के काम में लगा दिया।

हालाँकि मिट्टी फेंकना औरतों का काम था और वह मुझे पसन्द नहीं था, पर फावड़ा चलाने की अपेक्षा चूँकि वह अधिक सुविधाजनक था, इसलिए मैंने स्वीकार कर लिया और अगले ही क्षण मैं मिट्टी से भरा हुआ एक पुराना-सा झौवा सिर पर रखकर तालाब के भीठे पर चढ़ रहा था।

मैं अपने काम से सन्तुष्ट था और खुश भी, लेकिन जल्दी ही मेरा कॉलेज खुल गया और प्रिंसिपल साहब ने मुझे आदेश दिया कि टेस्टवर्क का काम मैं फौरन छोड़ दूँ और अपनी पढ़ाई-लिखाई में लग जाऊँ। हालाँकि पढ़ना काम करने से ज्यादा जरूरी था, क्योंकि उसी के लिए तो सारा टंटा था, पर काम करना भी इसलिए जरूरी था कि पढ़ाई को जारी रखा जा सके। मैंने प्रिंसिपल साहब को अपनी स्थिति से अवगत कराया तो वे खामोश रहे। कुछ देर बाद सिर्फ इतना कहा उन्होंने, ''तुम अपनी पढ़ाई देखो, बाकी चीजें मेरे ऊपर छोड़ दो। लेकिन कभी-कभी लड़कों से भी मदद ले लिया करो। इसमें लज्जित होने की कोई बात नहीं है। तुम्हारा जो उद्देश्य है, तुम सिर्फ उस पर ध्यान दो। जाओ।''

और मैं पुनः उसी ढर्रे पर चलने लगा...।

जब मैं अपनी मेहनत का पैसा लेने ओवरसियर साहब के डेरे पर गया तो वहाँ खासी चहल-पहल दिखाई दी। जिस रोज मजदूरी मिलती, ओवरसियर साहब के डेरे पर इसी तरह का मजमा लगता और वह दिन किसी त्योहार-जैसा प्रतीत होता। सैकड़ों की संख्या में स्त्रियाँ और पुरुष, बूढ़े और बच्चे डेरे के पास जमा होते और अपना नाम सुनने के लिए व्याकुल रहते। मैं भी उसी भीड़ में खड़ा था और बड़ी बेताबी से अपने नाम का इन्तजार कर

रहा था। दरअसल उस रोज मेरे पास खाने को कुछ भी नहीं था और प्रिंसिपल साहब मिर्जापुर गए थे। एक लड़के से मैंने थोड़ा-सा आटा माँगा भी लेकिन उसने इनकार कर दिया। इनकार ही नहीं किया बल्कि यह भी कहा कि झूरा पड़ने से हमारी हालत वैसे ही पतली हो रही है, ये चले हैं मदद माँगने! बात ठीक भी थी। एक ओर झूरा और दूसरी ओर महँगाई। दोनों दानवों ने मिलकर लोगों की कमर ही तोड़ दी थी। उन दिनों तो बच्चों का पैदा होना भी दानवी-शक्ति का अवतरण प्रतीत होता था और इसीलिए बहुत-से बच्चों के नाम 'झूरू' और 'महँगू' रखे जाने लगे थे...।

"हे बाबा, उठा, तोहके बदे बोलावत हैन?"

किसी स्त्री ने मुझे टोका तो मालूम हुआ कि मेरा भी नम्बर आ गया है। मैं झट-से उठकर ओवरसियर के पास पहुँच गया और चाहा कि जेब से कलम निकालकर मस्टर-रोल पर दस्तखत बना दूँ कि मुझे रोक दिया गया।

"इस पर दस्तखत नहीं करना है, अँगूठा लगाना है।"

मुझे टोका गया और मेरे सामने स्याहीवाला पैड बढ़ा दिया गया। मेरा मन हिकारत से भर उठा। ऐसा भी क्या नियम कि पढ़े-लिखे होने के बावजूद हम दस्तखत नहीं कर सकते? क्या मजूरी सिर्फ अनपढ़ों के लिए ही है? मेरा मस्तिष्क भन्नाने लगा और मैंने सोचा कि अँगूठा लगाने से इनकार कर दूँ। पर सवाल मजूरी का था और मजूरी के अभाव में पेट का सवाल हल नहीं हो सकता था, जहाँ मटर की रोटियों के लिए आमाशय की दीवारें चटक रही थीं...दरअसल उन दिनों बाजार में सिर्फ चपटई मटर का ही आटा सस्ता मिलता था और मैं प्राय: उसी से अपने पेट को भरा करता था।

"कुछ सुना तुमने?"

"नहीं तो।"

"इन्दिरा गांधी आ रही हैं।"

"कब?"

"शायद परसों।

"किसलिए?"

"सूखा-क्षेत्र के दौरे के लिए।"

"उससे क्या होगा?"

"होगा क्या, वे देश की रानी हैं, मुआयना करेंगी। लोगों का दुःख-दर्द सुनेंगी और सबकी मदद करेंगी। उस रोज तो छुट्टी भी रहेगी।"

मेरे मित्र ने मुझे जानकारी दी और चला गया। उसे फील्ड में जाना था और वॉलीबॉल खेलना था। मैं अपनी कोठरी की ओर चल पड़ा।

लालबहादुर शास्त्री की मृत्यु हो चुकी थी और नेहरू जी की पुत्री को प्रधान-मंत्री बनाया जा चुका था—यह खबर मैंने भी सुनी थी और इसके साथ ही उनकी सुन्दरता के चर्चे भी सुने थे। उनकी किशोरावस्था का एक चित्र मुझे किसी किताब में मिल गया था और उसे फाड़कर मैंने अपनी कोठरी में लगा लिया था। मेरी कल्पना थी कि इन्दिरा गांधी बिलकुल ऐसी ही होंगी। अतः उनके आने की सूचना पाकर मैं पुलकित हो उठा कि निकट से उन्हें देखने का अवसर मिलेगा और हो सकता है कि उनसे बात करने का मौका भी मिल जाए! मैंने एक दरख्वास्त लिखी कि इस क्षेत्र की जनता अकाल से किस प्रकार पीड़ित है और अधिकारी वर्ग किस प्रकार उसका शोषण कर रहा है, कैसे रक्षक ही भक्षक बन बैठे हैं। मैंने तय किया कि इन्दिरा गांधी को अपनी दरख्वास्त मैं जरूर दूँगा। उसमें मैंने अपनी रामकहानी भी लिख डाली थी।

कस्बे में प्रधानमंत्री के स्वागत की तैयारियाँ शुरू हो गईं। जगह-जगह बन्दनवार बनाए जा रहे थे और सड़क को साफ किया जा रहा था। स्थानीय नेताओं का रुआब ही नहीं मिलता था। अनेकानेक प्रतिवेदन तैयार हो रहे थे, अनेकानेक योजनाएँ बन रही थीं। चारों ओर प्रचार किया जा रहा था कि लोग ज्यादा-से-ज्यादा संख्या में आकर प्रधानमंत्री के दर्शन करें और अपना दुःख-दर्द कहें। एक नेता ने तो कंजड़ टोला की स्त्रियों से कहकर घास की रोटियाँ ही बनवा डालीं—प्रदर्शन के लिए कि इस क्षेत्र की जनता यही खाकर जीवित रह रही है। कुछ लोगों ने चकौड़ के दाने एकत्र किए और कुछ लोगों ने तरह-तरह के झंडे बनाए। स्थानीय कवियों ने तरह-तरह की कविताएँ बनाईं, जिनमें महँगाई और सूखे का नग्न चित्र प्रस्तुत किया गया था—बिरहे और कजरियाँ, चौताल और बेलवरिया गाकर सुनाया जाएगा। कुछ स्त्रियों को विशेष रूप से ट्रेनिंग दी गई कि वे रो-रोकर अपना दुःख-दर्द कहें; क्योंकि लोगों को विश्वास था कि इन्दिरा गांधी चूँकि खुद स्त्री हैं इसलिए स्त्रियों के क्रन्दन का उन पर बहुत प्रभाव पड़ेगा।

और जिस रोज उनका आगमन था, सुबह से ही लालगंज की इकलौती सड़क आसपास के ग्रामीणों से भरने लगी। एक जन-समुद्र था जो अपनी प्रधानमंत्री को देखने के लिए उमड़ा आ रहा था। स्त्रियाँ, बच्चे, बूढ़े, जवान—सभी इन्दिरा गांधी को देखने के लिए व्याकुल थे। लोगों को यह भी उत्सुकता थी कि देखें, वे कैसी लगती हैं, क्योंकि लोगों के लिए यह एक नई बात थी।

खैर, समाचार मिला कि इन्दिरा गांधी अब जल्द ही पहुँच रही हैं और सड़क को खाली करा दिया गया। लोग किनारे खड़े हो गए और बीच में थाने के सिपाही तैनात हो गए। मैं प्राइमरी स्कूल के सामने भीड़ में दुबका हुआ था—दरख्वास्त मेरी जेब में थी। सामने कंजड़ टोले की स्त्रियाँ घास की रोटियाँ लिये खड़ी थीं और नेतागण खद्दर के गणवेश में सजे टहल रहे थे।

सहसा कारों का एक काफिला आया और पूरी भीड़ कसमसा उठी। लेकिन इन्दिरा गांधी उनमें नहीं थीं। लोग खुसफुसाने लगे। नेतागण चौकने हो उठे। स्त्रियाँ सजग हो गईं।

''इन्दिरा गांधी की जय!''

अचानक यह नारा गूँज उठा और मैंने देखा कि अत्यन्त धीमी गति से चलती हुई एक सुन्दर कार में इन्दिरा गांधी बैठी थीं—प्याजी रंग की साड़ी पहने, हाथ जोड़े। बालों में एक कोने पर हल्की-सी सफेदी झलक रही थी और नाक उनकी फोटोवाली इन्दिरा गांधी की नाक-जैसी ही तोते की चोंच की तरह नुकीली और आकर्षक थी। चेहरे पर एक दिव्य शालीनता फैली हुई थी...। कार जब मेरे सामने आई तो मैंने भी अपने हाथ जोड़ दिये। दरख्वास्त देने की मेरी हिम्मत नहीं हुई।

कार चली गई। कार के साथ भीड़ भी चली गई। मैं वहीं पर पत्थर के टुकड़ों के पास शून्य में ताकता खड़ा रहा।

सामने एक लड़की मुस्करा रही थी। शादी की चुनरी पहने, गोरी, पुष्ट कलाइयों में लाल रंग की कामदानी चूड़ियाँ डाले, गोल-मटोल चेहरे पर काले, खुले हुए केश छितराए, आँखों में हल्की-सी शरारत भरे...मैं घबरा उठा। मैंने आँखें झुका लीं और चल पड़ा।

गर्मी की छुट्टियों में हॉस्टल को सूना पाकर, अपना डेरा मैं वहीं उठा लाया था और तब से स्थायी रूप से वहीं रह रहा था। मेरा कमरा हरिजन-छात्रावास के एकदम दूसरे छोर पर था और मेरे साथ तीन छात्र और रहते थे, जो जाति के धैकार थे। हम अपना खाना एक ही साथ बनाते और एक ही साथ खाते। हॉस्टल से थोड़ी दूर वह एक दुमंजिला मकान था जिसमें उस लड़की को मैंने देखा था। मकान के एक ओर एक बड़ा-सा पक्का कुआँ था और दूसरी ओर शिवजी का मन्दिर। सामने एक छोटी-सी फुलवारी थी। मकान में सिर्फ लड़की के पिता ही रहते थे, जो कभी-कभी अपने गाँव भी चले जाते। लेकिन इधर कुछ दिनों से उनकी पत्नी आ गई थीं और साथ में एक पुत्र तथा पुत्री को लेती आई थीं। मैंने उनकी पुत्री को पहली बार देखा था।

माफ कीजिएगा, यहाँ मैं झूठ बोलने की इजाजत चाहता हूँ। अभी-अभी जिस लड़की का मैंने जिक्र किया है, उसका नाम छाया नहीं था...।

मैं कमरे में आया तो वहाँ कोई नहीं था। मुझे अच्छा लगा। चारपाई पर मैं लेट गया और सामने की दीवार को घूरने लगा। दीवार पर छाया खड़ी थी। वह उसी तरह मुस्करा रही थी।

मैंने अपने सिर को बार-बार झटकने की कोशिश की, पर छाया वहाँ से हटी नहीं। वह उसी तरह मुस्कराती हुई खड़ी रही।

यह उन तमाम अनुभवों से अलग था जो मुझे कई-कई बार हो चुके थे। बचपन में अपने मामा की लड़की को लेकर मैं अत्यन्त भावुक हो जाता था। बेगम एक सीधी-सादी मुटल्ली-सी लड़की थी जो दिन-भर मेरे साथ खेला करती और कभी-कभी रात में मेरे साथ सो भी जाती थी। मैं उसे बेहद चाहता था और वह भी मुझे बेहद चाहती थी। शायद बड़े होकर हम एक-दूसरे से विवाह भी करना चाहते थे। एक मीठा-मीठा बोध हमारे भीतर पनपने लगा था कि भविष्य में हम पति-पत्नी का जीवन व्यतीत करनेवाले हैं। लेकिन उन दिनों हम दिन-दिन-भर नाक बहाते हुए घूमते और शाम होते ही खाना खाकर सो जाते। हमारे बीच ऐसा कुछ नहीं था जो हमें परेशान करे या चिन्ता में डाल दे। हम शायद रोते भी तभी थे जब पढ़ाई न करने के कारण पिटते थे या खेल-खेल में गिर पड़ते थे...।

वह अनुभव इस अनुभव से भिन्न था।

उस जंगली लड़की के साथ घूमना और गुलमैना के साथ गाना भी इस तरह का अनुभव नहीं था। गिद्धी के स्पर्श ने भी मुझे इतना नहीं हिलाया था।

वह सब जैसे हवा के चन्द झोंके थे जो आए और चले गए। यह एक समूची हवा थी—ठंडी और खुशबूदार, जो मुझे किसी अतींद्रिय लोक की ओर उड़ाए ले जा रही थी। यह एक स्वप्न था, जिसमें एक गुलाबी परी मेरे जिस्म पर झुकी हुई थी और धीरे-धीरे मुझे अपने पंखों में समेट रही थी। या यह एक नदी थी—बढ़ी हुई, जिसमें मैं बह रहा था। या यह कोई शब्द था, जो मुझे परिभाषित कर रहा था, अपने गोल-मटोल, नर्म घास जैसे मुलायम अक्षरों से मुझे सजा रहा था...सामने छाया मुस्करा रही थी...।

उस रात मैं सो नहीं सका। जैसे ही मैं आँख बन्द करने की कोशिश करता, छाया मेरे सामने आकर खड़ी हो जाती और मैं छटपटा उठता। इसी तरह मैं रात-भर छटपटाता रहा और सोचता रहा कि छाया से किस प्रकार मिला जा सकता है। हालाँकि उसके पिता अत्यन्त सरल स्वभाव के व्यक्ति थे और मुझ पर स्नेह भी रखते थे, लेकिन उनकी लड़की से मिलने की कल्पना विचित्र और कठिन थी। मैंने अपनी कल्पना को कुचल देना चाहा, लेकिन वह अपना लहूलुहान मुँह पोंछती पुनः मेरे सामने खड़ी हो गई। मैं छाया के चेहरे पर लहू के निशान देखकर चौंक उठा।

"क्या हुआ? सपना देख रहे थे क्या?"

सामनेवाली चारपाई पर सोए बाउल राम ने उठकर मुझे झकझोरते हुए पूछा तो मैं बुरी तरह घबरा उठा। मैं 'हाँ' कहकर खामोश हो गया और खड़ा होकर खिड़की से आते हुए भोर के साँवले प्रकाश को देखने लगा। बाउल राम पुनः लेट गया।

थोड़ी देर तक यों ही खड़ा रहा, फिर मैं बाहर निकल गया।

मैं इधर-उधर भटकने लगा—बिलकुल उस पक्षी की भाँति जो घोंसले से गिर पड़ा हो और पंख जिसके चुटैल हो गए हों। मैं अपनी चोट को दबाए हुए टहल रहा था और पिछले दिनों प्रिंसिपल साहब की चोरी से पढ़े गए एक उपन्यास की कथा को याद कर रहा था। उस उपन्यास में एक गरीब युवक का एक अमीर युवती से लगाव हो जाता है और बावजूद जाति-भेद के, अन्त में उनका विवाह हो जाता है। मैं बार-बार यह निष्कर्ष निकालने की कोशिश

करता हूँ कि जब उपन्यास में ऐसा हो सकता है तो जीवन में भला क्यों नहीं हो सकता?

"ए जी, सुनो, यहाँ आओ।"

मैं ठिठक गया। उस वक्त मैं छाया की फुलवारी के पास खड़ा था और उसके पिता जी मुझे पुकार रहे थे। मेरा हृदय लोहार की धौंकनी-जैसा धड़कने लगा और लज्जा एवं भय से मेरा चेहरा सूख गया। मैं उनके सामने जाकर सिकुड़कर खड़ा हो गया। मुझे पूरी आशंका हो चली कि अब मुझे बुरी तरह डाँट पड़ेगी और मैं भगा दिया जाऊँगा।

लेकिन उन्होंने एक अठन्नी थमा दी और बोले, "जाओ, नमक लेते आओ और ऊपर ले जाकर दे दो।"

निश्चय ही यह एक संयोग था, जिस पर मुझे उस वक्त भी विश्वास नहीं हो रहा था जब मैं सीढ़ियाँ चढ़ रहा था। क्या मैं छाया को देख सकूँगा? क्या यह जरूरी है कि छाया मेरे सामने आए ही? मैं सवालों में उलझा हुआ दरवाजे पर खड़ा था। भीतर धुक्-धुक् जारी थी।

सहसा एक स्नेहमयी आवाज ने मुझे विस्मित कर दिया, "आओ, आ जाओ बेटा, शरमाते क्यों हो? आओ!"

ये छाया की माँ थीं—नाटे कद की, गोरी, स्वस्थ, सुन्दर-सी महिला। उन्होंने मुझे पलंग पर बिठाया। मैं सकपकाया हुआ था और रसोई से आनेवाली मसाले की गन्ध को पी रहा था। उस गन्ध में छाया की गन्ध घुली हुई थी।

छाया ने जरा-सा चेहरा निकालकर इधर देखा था और उसका एक कपोल तथा नाक और होंठों का कुछ हिस्सा मुझे दिखाई पड़ गया। कपोल पर बालों की दो-तीन लटें गिरी हुई थीं। कान का गोल बाला झूल रहा था। अपने सुडौल हाथों से वह कुछ काट रही थी।

"छाया!"

उसकी माँ ने अचानक ही उसे पुकार लिया था और वह हाथ झाड़ती हुई द्वार पर आकर खड़ी हो गई थी। वह मुझे देख रही थी, मैं उसे देख रहा था।

"इन्हें कुछ खिला।"

माँ ने मेरी ओर इशारा किया तो उसकी आँखें और ज्यादा टिक गईं मेरे चेहरे पर। मैं घबरा उठा।

छाया चली गई और मैं छत की ओर देखने लगा।

''क्या देख रहे हो?''

माँ ने टोका था तो मैंने आँखें झुका लीं।

''तुम कुछ चिन्तित हो!''

''नहीं तो, कभी-कभी मैं यों ही कुछ सोचने लगता हूँ।''

''किस चीज के बारे में?''

''किस्मत के बारे में।''

''लगता है, इन्हें ज्योतिष का कुछ ज्ञान जरूर है। है न अम्मा?''

छाया की वाणी ने मुझे विचलित कर दिया। मैंने यह कल्पना भी नहीं की थी कि वह मेरे सामने कुछ बोलेगी। लेकिन वह बोली ही नहीं, बल्कि घुघनी का कटोरा थमाकर मेरे सामने बैठ गई।

''मेरा हाथ देखिए!''

छाया ने अपना हाथ मेरे सामने फैला दिया और मुस्कराने लगी। मैं पुनः घबरा उठा।

''अरे भाई, मैं ज्योतिष वगैरह नहीं जानता, मैं तो अपनी किस्मत की बात कर रहा था।'' मैंने हकलाते हुए कहा तो वह चिढ़ गई।

''आप हमें बनाइए नहीं, लीजिए, हाथ देखिए!'' यह एक जबर्दस्ती थी, लेकिन उसके प्रति मेरे भीतर विरोध नहीं था। मेरे हाथ में छाया की हथेली थी और हथेली पर चन्द गहरी-उथली रेखाएँ थीं। मैं बुत की तरह बैठा रहा। उसकी उँगलियों से जैसे विद्युत की असंख्य तरंगें निकल रही थीं। और मेरे भीतर पहुँचकर मेरी चेतना को कुन्द किए दे रही थीं। मैं उसके होंठों पर खिंची हुई पत्तियों की नसों के समान लकीरों में खोया था और वह एक पहेली की भाँति जमीन पर सिटपिटाई-सी बैठी। हम दोनों ही शायद झनझना रहे थे।

''कुछ बताया नहीं तुमने?''

माँ ने मुझे टोका तो मैं चौंका। हथेली मैंने छोड़ दी।

''छाया का भाग्य बहुत अच्छा है।''

मैंने उनका मन रखने के लिए कह दिया और खड़ा हो गया।

''जा रहे हैं क्या?''

इस बार छाया ने मुझसे पूछा तो मैं छटपटा उठा।

''हाँ।''

मैंने बड़े उदास मन से एक छोटा-सा उत्तर दिया और धीरे-धीरे सीढ़ियाँ उतरने लगा।

मैं दिन-भर इधर-उधर भटकता रहा। पहले मैं रहमतुल्ला के घर गया। फिर चच्चा के यहाँ गया। उसके बाद मैं उस दुकान में गया, जहाँ से आटा वगैरह खरीदा करता था। लेकिन कहीं भी मेरा मन नहीं लगा और मैं लौट आया।

बाउल ने उस रोज बढ़िया खाना बनाया था। तेल से छौंकी दाल, कुम्हड़े की तरकारी, रोटी और चावल। लेकिन मुझे कुछ भी अच्छा नहीं लगा। मैं चारपाई पर लेट गया।

"तबियत ठीक नहीं है क्या?" बाउल ने पूछा तो मैंने स्वीकार कर लिया और लेटा रहा।

रात में मुझे सपने दिखाई पड़े। तरह-तरह के सपने। मछलियों के सपने।

नदियों और पहाड़ों के सपने। फूलों के सपने। छाया के सपने। मैं पूरी रात सपनों में खोया रहा।

सुबह जब नींद खुली तो सपने गायब थे। चारों ओर सूर्य की किरणें बिखरी थीं और हवा में एक खास किस्म की गन्ध भरी थी।

सम्भवत: गन्ध हवा में नहीं, मेरे भीतर भरी थी और किरणें बाहर नहीं, अन्तर में फैली थीं। एक अजीब-सा नशा था जिसमें मैं गुम हो गया था।

शायद वह प्रेम था। एक कच्चे मन का प्रेम। एक ऐसा प्रेम जिसमें संसार की सारी रंगीनियाँ भरी होती हैं; जिसमें एक लहराती हुई नदी तो बहती है पर उस नदी में केवल जल होता है, न उसमें पत्थर होते हैं, न शैवाल। एक आकाश जिसमें सिर्फ चाँद होता है, तारे होते हैं, बादलों की चित्रकारी होती है, उसमें धूमकेतु नहीं उगते। वह एक ऐसी दुनिया है जो सिर्फ सुन्दर होती है, मादक होती है। न वहाँ दु:ख होता है, न संघर्ष। रुदन भी वहाँ आनन्द का प्रतीक होता है और सपने भी सच लगते हैं। वहाँ सब कुछ मधुर होता है और सब कुछ ओजमय।

मैं उस दुनिया में किसी इन्द्रजाल के सहारे पहुँच गया था और उसमें से बाहर निकलने के लिए मेरे पास कोई तिलस्मी किताब नहीं थी।

मैं उस किताब को जैसे ढूँढ़ रहा था...और कई दिन तक ढूँढ़ता रहा। लेकिन किताब मुझे नहीं मिली—तिलस्म और ज्यादा उलझने लगा था।

अचानक मैंने देखा, दरवाजे पर छाया का भाई पप्पू खड़ा है।

"दीदी ने आपको बुलाया है।"

उसने किसी शुभचिंतक ऐयार की भाँति एक महत्त्वपूर्ण सूचना मुझे दी और मैं खिल उठा।

"अच्छा, चलो, मैं अभी आता हूँ।"

उसे मैंने भगा दिया। लेकिन छाया के पास जाने के लिए किसी भी दशा में मेरा मन तैयार नहीं हो रहा था। हालाँकि उसने मुझे खुद ही बुलाया था, पर मैं भीतर-ही-भीतर डर रहा था। मैं यह भी सोच रहा था कि छाया ने शायद किसी काम से ही मुझे बुलाया हो—बाजार से सब्जी मँगानी हो, या साबुन लाना हो, क्योंकि आसपास के अनेक लोग मुझसे इस तरह के काम प्रायः लिया करते थे। यह जरूरी नहीं है कि मेरे भीतर जिस तरह की हलचल मची हुई है, वैसी ही हलचल छाया के मन में भी मची हो! अतः इस तरह उसके सामने जाना उचित नहीं है।

और मैंने एक चिट्ठी लिखी :

'प्रिय छाया जी,

मैं आपके सामने नहीं आ सकता। न जाने क्यों मुझे डर लग रहा है। रात मैंने एक स्वप्न देखा था कि आपके साथ मेरा विवाह हो गया है। और उसी दिन से मैं परेशान हूँ। इस बात से आपको अगर कष्ट पहुँचे तो क्षमा कीजिएगा। पिताजी से मेरी शिकायत मत कीजिएगा।'

मैं चिट्ठी लिखकर चुपचाप बैठा रहा। शाम हो गई। पप्पू फिर आ गया।

"आप आए नहीं? चलिए।"

मैंने उसे चिट्ठी दे दी।

"मेरी तबीयत ठीक नहीं है। यह चिट्ठी अपनी दीदी को दे देना।"

चिट्ठी उसने ले ली और सिर हिलाता हुआ चल पड़ा।

"देखो, किसी दूसरे को मत दे देना। और दीदी को भी छिपाकर देना।"

चलते-चलते मैंने उसे हिदायत भी दे दी। लेकिन मेरा मन निश्चिन्त नहीं हुआ। भीतर-ही-भीतर मैं बुरी तरह घबराने लगा। शर्म और भय से मेरी हालत खराब हो गई थी। मैं चादर ओढ़कर सो गया।

दूसरे दिन अपने पत्र की प्रतिक्रिया जानने की गरज से मैं उधर गया तो देखा कि छाया द्वार पर खड़ी सतर्क नजरों से मेरी ओर देख रही है। मैंने

महसूस किया कि वह मुझे बुला रही है और मेरे पाँव अनायास उसकी तरफ बढ़ते चले गए।

मैं, सीढ़ियों के पास नीचे, कुएँ के चबूतरे पर खड़ा था और छाया ऊपर थी—द्वार को छेंके हुए। उस वक्त पर मंगलपट धारण किए हुए किसी नारी-चित्र की भाँति प्रतीत हो रही थी। मैं विमुग्ध था।

छाया ने ब्लाउज में हाथ डालकर कागज का एक पुर्जा निकाला और आहिस्ता से नीचे गिरा दिया। मैंने उसे उठा लिया।

वह अब भीतर चली गई थी और मैं धीरे-धीरे चलकर स्कूल में दाखिल हो गया था।

कक्षा चल रही थी और उसमें मैं जाना भी चाहता था, पर उस वक्त छाया का पत्र पढ़ना मुझे ज्यादा जरूरी लगा और मैं एक अधबने कमरे में घुस गया। वहाँ मैंने अत्यन्त सावधानी से पुर्जे को खोला और पढ़ने लगा। पढ़ते-पढ़ते मेरी आँखें डबडबा आईं।

निश्चय ही वह एक प्रेम-पत्र था, जिसमें हृदय की सम्पूर्ण वेदना उँडेल दी गई थी और प्यार की खुशबू से जिसे तर कर दिया गया था। उस पत्र में सृष्टि के प्रथम छंद की कमनीयता और मधुरता थी, उसमें दर्द और बेबसी की सारी तकलीफें उजागर हो रही थीं। जगह-जगह 'मेरे प्राण!' के संबोधन थे और एक-एक शब्द में जैसे एक-एक कविता बनाई गई थी। मैं तड़प उठा।

तो आखिर यह हो ही गया, जिससे मैं डरता था! एक भिखमंगा अब प्यार करेगा, घर बसाने की कल्पना करेगा, रंग-भरे सपने देखेगा? जिसके पास पहनने के लिए ढंग के कपड़े भी नहीं हैं और पेट पालने के लिए जिसे झोला लेकर एक-एक लड़के के पास चुटकी-भर आटा माँगने जाना पड़ता है, वह अब प्यार की बातें करेगा? जैसे प्यार न हुआ, आलू हो गया कि पकती हुई दाल में डालकर निकाला और भुर्ता बनाकर खा लिया!

लेकिन मैं उसे रोक नहीं सका। वह हो गया। शायद उसे होना ही था। मैं हार गया था।

शाम धीरे-धीरे खेतों में उतर रही थी। समय पर वर्षा हो जाने के कारण चारों ओर फसल की हरीतिमा फैली थी और प्रकृति बड़े ठाठ से

इठला रही थी। मैं अपने कमरे में बैठा धुआँई हुई छत को देख रहा था। अन्य साथी बाजार गए हुए थे।

उस वक्त मेरा ध्यान प्रकृति की नजाकत पर नहीं जा रहा था। मैं उस पत्र में खोया था जो पप्पू की डाक से सुबह-सुबह मुझे प्राप्त हुआ था। कहने की आवश्यकता नहीं कि इस बीच हम एक-दूसरे को अनेक पत्र लिख चुके थे और सारी किशोरोपयोगी मूर्खताएँ कर चुके थे। जैसे एक-दूसरे को 'आप' सम्बोधन के लिए मना करना और औपन्यासिक ढंग से 'तुम' पर उतर आना, पत्रों में उर्दू के कुछ बाजारू शेरों का प्रयोग करना, अनेक प्रकार के वादे करना और जनम-जनम तक वादा निभाने की कसमें खाना। मैंने तो आत्महत्या तक की बात कर डाली थी। लेकिन छाया ने मुझे सान्त्वना दी। उसने आश्वस्त किया कि शीघ्र ही वह विवाह के सम्बन्ध में पिताजी से बात करेगी। हालाँकि वह विवाहिता थी और इस बात को बाधा के रूप में भी महसूस करती थी। लेकिन धार्मिक भिन्नता के बारे में हम कतई चिंतित नहीं थे—शायद हम उसकी गम्भीरता को नहीं समझ पाए थे।

"क्या उल्लुओं की तरह गुमसुम बैठे हो यार! दार्शनिक बनना है क्या?"

अचानक मेरे कमरे में एक भीड़ घुस आई और मैं आश्चर्यचकित रह गया। वे सब सवर्ण विद्यार्थी थे। हालाँकि वे मेरे दोस्त थे, पर हरिजन छात्रावास की ओर वे कभी नहीं आते थे। मैं हड़बड़ाकर उठ बैठा।

"आओ यार, बैठो, तबीयत ठीक नहीं है।"

"खाक ठीक नहीं है! बनते हो, और कुछ नहीं।"

"और अगर ऐसा ही है तो रात-भर मत पढ़ो।"

"नहीं यार, पढ़ाई-लिखाई कहाँ हो रही है!"

"हमें सब मालूम है। अच्छा, छोड़ो। हम तुम्हें बुलावा देने आए हैं। आज रामायण का प्रोग्राम है, मन्दिर में। आओगे न?"

"जरूर आऊँगा। यह तो बड़ी खुशी की बात है।"

"देखो, मैं कहता था न कि वह जरूर आएगा। और तुम उसे कोरा मुसलमान समझ रहे थे।"

एक लड़के ने पोल खोली तो बतियानेवाला लड़का झेंप गया। मैंने उसे सहज बनाया, "मैं खाली कटुवा मुसलमान नहीं हूँ, समझे? और मैं पंजीरी (प्रसाद) भी सबसे ज्यादा खाऊँगा।"

लड़के हँस पड़े। मैंने उन्हें बाहर करके दरवाजा बन्द कर लिया।

मन्दिर के बाहर चबूतरे पर एक बड़ी-सी दरी बिछा दी गई थी और लोग हारमोनियम, ढोलक, झाँझ आदि लेकर बैठ गए थे। हमारे स्कूल का दफ्तरी माथे पर बड़ा-सा तिलक लगाए रामायण के पास बैठा था और जनकपुर की फुलवारी का प्रसंग अपने पूरे माधुर्य के साथ गूँज रहा था।

सहसा मेरी आँखें सामनेवाले मकान की ऊपरी मंजिल पर सवार हो गईं। वहाँ रसोईघरवाली ईंटों की जालियों से एक चेहरा मुझे निहार रहा था। जैसे उन जालियों में दो आँखें उलझ गई हों—खुली हुई! एकटक! मेरी आँखें उस टकटकी में जाकर डूब गई थीं।

भयेउ विलोचन चारु अचंचल, रामा हो रामा।
मनहु सकुचि निमि तजेउ दृगंचल, रामा हो रामा॥

कीर्तन अपने चरम पर था। लोग झूम रहे थे। एक ओर से राम आ रहे हैं, दूसरी ओर से सीता। बीच में केले के झुरमुट हैं। झुरमुट जैसे ही समाप्त होते हैं, राम और सीता आमने-सामने पड़ जाते हैं। फिर क्या! राम सीता को देख रहे हैं, सीता राम को देख रही हैं। दोनों की आँखें अचंचल हो गई हैं। कहते हैं, पलकों में निमि ऋषि का वास है और निमि ऋषि जनक के पूर्वज हैं। पलकों का संचालन उन्हीं के हाथों में है। अपने वंश की कन्या को एक युवक के प्रेम में डूबी हुई देखकर संकोच के मारे निमि ऋषि वहाँ से टरक जाते हैं। अब भला पलक झपें तो कैसे!

मैं खड़ा हो गया।

''कहाँ यार, बैठो न!''

''नहीं यार, मेरी तबीयत कुछ खराब लग रही है।''

''पँजीरी तो लेते जाओ।''

''नहीं, इस वक्त मुझे जाने दो।''

मैं कमरे में आकर बिस्तर में घुस गया और थोड़ी देर बाद फूट-फूटकर रोने लगा।

सुबह मैं देर से उठा। बाउल ने मुझे डाँटा, ''ये क्या आदत है कि रात में जागते हो और देर तक सोते हो ? किताबों पर गर्द जम गई है। न पढ़ाई हो रही है, न लिखाई। क्लास भी ठीक से नहीं अटेंड करते हो। हरदम गुमसुम बने रहते हो। कपड़े कितने गन्दे हो गए हैं! बाल बढ़ गए हैं। आखिर बात क्या है ? चलो, नहाने के लिए तैयार हो जाओ।''

मैं बाउल के साथ कुएँ पर पहुँच गया। उस वक्त वहाँ भीड़ नहीं थी। हम कपड़े साफ करने और नहाने में व्यस्त हो गए। अचानक रसोईघर की जालियों में दो आँखें परेशान हो उठी थीं। मैं उन आँखों में डूब गया था।

''चलो।''

बाउल ने अपना अंडरवियर कन्धे पर रखते हुए कहा तो मैं चैतन्य हुआ, पर जहाँ-का-तहाँ खड़ा रह गया।

मैंने जालियों से झाँकती आँखों से इजाजत चाही तो उन्होंने इनकार कर दिया। मैंने फिर इजाजत चाही, और फिर इनकार हो गया।

''चलो यार।''

''कैसे चलूँ, तुम्हीं बताओ!''

''क्यों, क्या हुआ ?''

''जब चलने पाऊँ तब न!''

बाउल मेरी इस बात से गम्भीर हो गया। उन आँखों से वह भी अब तक परिचित हो गया था।

''अरे भाई, चलने दीजिए इन्हें, अभी तक ये बासी-मुँह हैं।''

बाउल ने बगैर उधर देखे, मद्धिम स्वर में मेरे लिए अनुमति माँगी तो उसे स्वीकार कर लिया गया। हम कुएँ की जगत से धीरे-धीरे उतर गए।

''लेकिन यह ठीक नहीं है।''

कमरे में आते ही बाउल ने मुझसे कहा और मैं उदास हो गया।

''इसलिए कि जमाना अब काफी बदल गया है और तुम इसमें सफल नहीं हो सकते। क्या तुम्हें विश्वास है कि छाया के पिता तुम्हारे साथ उसका विवाह कर देंगे ? कभी नहीं। तुम हिन्दू होते तो कुछ हद तक सम्भव भी था। फिर, वह तो विवाहिता भी है। और तुम लोगों का प्रेम तो सारंगा-सदाबृज का प्रेम दिखाई पड़ रहा है। लेकिन मेरी राय है कि तुम इससे अलग कर लो अपने को, वरना तुम बरबाद हो जाओगे...।''

''मैं कैसे अलग करूँ बाउल ? यह शायद नहीं हो सकता.।''

मैं बस इतना ही बोल सका। मेरा हलक भर आया था और मैं बिस्तर पर पड़ा छटपटा रहा था। कमरे के सभी लड़के चित्रवत् खड़े थे। वातावरण की सारी गतिशीलता सिर्फ मुझमें केन्द्रित होकर रह गई थी...।

अचानक ही कॉलेज में एक आन्दोलन शुरू हो गया। चूँकि गत वर्ष के चुनाव में मेरा रुख छात्र-विरोधी था, क्योंकि जिस पार्टी के प्रचार में वे लगे थे, मैं उससे दूर था; बल्कि किसी भी पार्टी से मैं सम्बद्ध नहीं था—बावजूद इसके कि उस पार्टी से अजीज इमाम जैसे लीडर खड़े थे और कस्बे के सारे मुसलमान उनके पक्ष में थे, पर मैं राजनीति से दूर रहना चाहता था। नतीजतन मेरे सारे सहयोगी मुझसे नाराज हो गए थे। उन्हें खुश करने के लिए उस आन्दोलन में भाग लेना मेरे लिए जरूरी हो गया। हालाँकि वह अंग्रेजी-विरोधी आन्दोलन था और अंग्रेजी को छोड़कर दूसरा विषय लेना मेरे लिए बहुत कठिन था। फिर भी 'अंग्रेजी हटाओ' नामक उस आन्दोलन में मैंने भी भाग लिया और जुलूस का नेतृत्व करके अंग्रेजी में लिखे गए साइनबोर्ड्स को तोड़ने में मैंने भी योगदान किया। अंग्रेजी को मैंने भी छोड़ दिया और बदले में अर्थशास्त्र ले लिया। यही नहीं, अंग्रेजी के विरोध में भाषण देने के लिए भी मैं खड़ा हो गया :

'साथियो!

हमारे देश से अंग्रेज तो चले गए, पर अंग्रेजी नहीं गई। हम किसी कौम की गुलामी से भले ही मुक्त हो गए, पर भाषा के गुलाम अब तक बने हुए हैं। भाइयो...'

हठात्? रसोईघर की जालियों से झाँकनेवाला चेहरा मेरे भाषण के आगामी वाक्यों के सामने खड़ा हो गया और जो कुछ मुझे कहना था, मैं भूल गया। मैं उसी स्थान पर बैठ गया। लड़कों ने समझा, मुझे चक्कर आ गया है। सभा समाप्त कर दी गई।

यह था वह भूत, जो मेरे सिर पर चढ़ा हुआ था और उस भूत से मैं खेल रहा था। बिलकुल उसी तरह, जैसे मासूम बच्चे आँखमिचौनी खेलते हैं। कभी मैं छाया की आँखें मूँदता और कभी छाया मेरी आँखें मूँदतीं। कभी मैं

उसे छूता, कभी वह मुझे छूती लेकिन एक-दूसरे से हम इतनी दूर थे कि बातों से भी मिलना मुश्किल था। चिट्ठियों की तादाद बढ़ती जा रही थी।

लेकिन एक दिन मैं उसके पास पहुँच गया। वह 'खिचड़ी' का पर्व था और उसके पिता कहीं गए हुए थे। पप्पू मुझे बुला ले गया।

"भला आप आए तो!"

उसने यह उलाहना इस ढंग से दिया कि उसकी आँखें डबडबा आईं और गालों पर सुर्खी की कई लकीरें एक साथ बिखर गईं।

"बैठिए।"

उसने मेरा हाथ पकड़कर मुझे पलंग पर बैठा दिया और खुद मेरे सामने खड़ी हो गई। शायद हम दोनों ही उस क्षण रोमांचित हो रहे थे।

"अरे कुछ खिलाएगी भी या शिकायत ही करती रहेगी?"

रसोई से माँ की आवाज उभरी तो वह भीतर चली गई। मैं तकिए पर उठंग गया।

"लीजिए, खिचड़ी खाते हैं न?"

छाया मेरे सामने खिचड़ी की थाली लिये खड़ी थी—बिलकुल पत्नी की तरह। देहाती ढंग की साड़ी में उसकी देहयष्टि कसी हुई थी और ताजा धुले हुए बाल पीठ पर लहरा रहे थे। आँखों में प्यार का एक बगीचा खिला हुआ था। थाली मैंने थाम ली, लेकिन इशारे से कहा, 'तुम भी खाओ।'

'आप खाइए।' यह वाक्य उसने भी इशारे से कहा और इशारे से ही मैंने इनकार कर दिया। तब वह मेरे पास बैठ गई। उसने एक निवाला अपने मुँह में डाला और इशारे से फिर बोली, 'अब खाइए।' मैंने इशारे से ही कहा, 'तुम खिलाओ।' उसने मुझे खिलाया। उसकी उँगलियाँ मेरे होंठों के पास थरथरा रही थीं और मैं खिचड़ी खा रहा था या उन्हें चूम रहा था—मुझे मालूम नहीं।

वह पानी लेने चली गई।

उसने पानी भी अपने हाथ से मुझे पिलाया और आधा पानी पीकर मैंने पूछा, "इसे तुम पी सकती हो?" और जवाब में वह जूठा पानी पी गई।

"खा चुके?"

हम सकपका गए। छाया खड़ी हो गई। अपने जूठे हाथ उसने पीछे कर लिये। माँ की आँखो में संदेह की रेखाएँ उभरने लगी थीं। मैं उठ गया।

उस दिन, और उसके बाद आनेवाले कुछ दिनों में भी मैं प्राय: असामान्य बना रहा और मुझे लगता रहा कि छाया के अस्तित्व के परे मेरा कोई अस्तित्व नहीं है। मैं सोचता कि छाया के हाथ से ही खाऊँ, छाया ही मुझे सुलाए, छाया के साथ ही मैं बैठूँ, छाया के साथ ही मैं हँसूँ...और न तो मैं खा पाता, न सो पाता, न हँस पाता, न एक जगह स्थिर रह पाता। मैं दिन-भर चारपाई पर पड़ा-पड़ा छटपटाता रहता।

प्रिंसिपल साहब के पास मेरी शिकायत पहुँची कि मैं पढ़ता-लिखता नहीं और दिन-भर सोता रहता हूँ। उन्होंने मुझे डाँटा और भगा देने की धमकी दी। पर मेरे ऊपर कोई असर नहीं पड़ा। मेरे लिए जो सबसे बड़ी जरूरत थी—रोटी, मैंने उस पर विजय पा ली थी। भूख मुझे नहीं लगती थी। मैं सिर्फ छाया को देखकर, छाया के बारे में सोचकर, छाया का स्वप्न देखकर, छाया को याद करके जी सकता था। इसलिए मैं निश्चिन्त हो गया था।

लेकिन छाया को अब मैं करीब देखना चाहता था। इतना करीब कि छाया में और मुझमें कोई फर्क न रह जाए। मैं उसकी धड़कन सुनूँ, वह मेरी सुने। मैं उसे देखता रहूँ, वह मुझे देखती रहे। मैं उसके बारे में जानूँ, वह मेरे बारे में जाने। वह मेरी चिन्ता करे। देखे कि मैं कैसे रहता हूँ, कैसे जीता हूँ। मैं उसे दिखाना चाहता था कि उसके बिना मैं क्या हूँ।

और एक लम्बी छुट्टी में, जब हॉस्टल लगभग खाली हो गया था, मैंने यह इच्छा व्यक्त की कि छाया मेरे कमरे में चले, और वह तैयार हो गई। न जाने कैसे उसकी माँ भी तैयार हो गई! और हम तीनों ही चल पड़े।

''लड़की का जीवन बहुत खराब होता है।''

रास्ते में एक फूल को तोड़ती हुई छाया ने कहा तो उसकी माँ चौंक गई। हम तीनों वहाँ खड़े हो गए। उनके निवास के सामनेवाली फुलवारी रंग-बिरंगे फूलों से भरी थी और वातावरण में एक अजीब-सा नशा छाया हुआ था। शायद वसन्त अपनी तमाम मादकताओं के साथ अवतरित हो गया था।

''तुम्हारे मन में अचानक ही यह बात कैसे पैदा हो गई?''

मैंने छाया से बिलकुल ठोस ढंग का सवाल किया और वह गम्भीर हो गई। उस वक्त उसके चेहरे पर मानो रूखेपन और उदासी का हलका-सा लेप फैला हुआ था। आँखों में एक सपाट मैदानी सन्नाटा था और होंठ जैसे भीतर-ही-भीतर काँप रहे थे।

“बोलो।”

“मैंने ठीक ही कहा है। लड़की कुछ नहीं कर सकती। वह बहुत बेबस होती है। लड़की अपनी जिन्दगी को अपने ढंग से नहीं जी सकती।”

“तुम्हारा विचार गलत है। बेबस वही होता है, जिसमें साहस की कमी होती है।”

“हाँ; इसीलिए तो! लड़कियों के पास साहस भला कहाँ से आएगा! वे चाहकर भी साहस नहीं कर सकतीं। उन्हें पूरी तरह कुचल दिया गया है।”

“मैं यहीं रहता हूँ।”

हम हॉस्टल में पहुँच गए थे। बातचीत का विषय बदल गया था।

“आप कैसे रहते होंगे इसमें?”

“इस सवाल का मेरे पास कोई जवाब नहीं है।”

“शायद आठ-दस रोज में हम चले जाएँगे, क्यों छाया, क्या कह रहे थे तुम्हारे बाबूजी उस दिन?”

यह इस दूसरे ढंग की बात थी, जिसने मुझे एकदम से विचलित कर दिया। मैं चारपाई पर लेटकर छटपटाने लगा। मैं बुरी तरह रो रहा था। छाया शर्म से सफेद हो गई थी और उसकी माँ घबरा उठी थी।

“क्या हो गया तुम्हें? क्या बात है? अचानक तुम रोने क्यों लगे?” उन्होंने सवालों की झड़ी लगा दी।

“शायद इन्हें अपने बीते दिन याद आ गए हैं।”

छाया ने एक रास्ता निकालने की कोशिश की और चारपाई पर बैठकर मेरे सिर पर हाथ फेरने लगी। मैं मूर्च्छित हो गया।

‘मेरे प्राण,

मैं नहीं जानती थी कि आप मुझे इतना प्यार करते हैं। आपकी दशा देखकर उस रोज मैं परेशान हो गई। मैं नहीं समझ पा रही हूँ कि मुझे क्या करना चाहिए। मैं आपको छोड़कर नहीं रह सकती, लेकिन अपनी मजबूरी को मैं कैसे बताऊँ? मेरे प्राण! आप विश्वास करें कि मैं आपके बिना नहीं रह सकती। आपसे एक प्रार्थना है। आज रात पिछवाड़ेवाले खेत में मैं आपकी प्रतीक्षा करूँगी। मैं आपसे अकेले में मिलना चाहती हूँ।

आपकी

अभागिन छाया’

यह पत्र पप्पू के हाथ नहीं, कॉलेज के एक चपरासी के हाथ आया था जो कभी-कभी उस घर में जाया करता था।

मैं पढ़कर दंग रह गया।

पूरा दिन शाम होने की प्रतीक्षा में बीत गया।

होली की छुट्टी हो गई थी और पूरा हॉस्टल खाली हो गया था। मैं बेमौसम के पक्षी की भाँति हरिजन छात्रावास के एक कमरे में पड़ा था और बसन्त के, उन मादक दिनों को अत्यन्त अनासक्त भाव से व्यतीत कर रहा था। दरअसल छाया के अलावा मेरे लिए अन्य किसी भी चीज का कोई महत्त्व नहीं रह गया था और जीवन का सारा सुख उस एक लड़की के सपनों के बीच खो गया था।

उस दिन, दालान में बना हुआ ईंटोंवाला मेरा चूल्हा उदास बना रहा। जूठे बरतन अपनी किस्मत को कोसते पड़े रहे और मैं चारपाई पर लेटा-लेटा छाया के पत्र को निहारता रहा। दिन कुछ ज्यादा ही लम्बा लगा मुझे उस रोज!

और जब किसी तरह शाम हुई तो मैं चारपाई निकालकर बाहर आ गया। मौसम बहुत ही सुहाना हो गया था और शाम के समय बाहरी हिस्से में चारपाई डालकर बैठना अच्छा लगने लगा था। मैं लेटा था। सामने सूरज डूब रहा था और आकाश पर एक रंगबिरंगी चित्रकारी उभरने लगी थी। मैं मुग्ध था। अपनी प्रिया से मिलने की इतनी उत्कंठा किसी अन्य व्यक्ति को भी हुई होगी या नहीं, मैं नहीं कह सकता।

रात जब घिरने लगी तो मैं उठ गया। चारपाई मैंने भीतर रख दी और शरीर पर एक चादर लपेटकर निकल पड़ा। काफी दूर से घूमता हुआ मैं पिछवाड़े की ओर पहुँचा। रास्ते में पोस्ट ऑफिस के किसी कर्मचारी ने अपनी खाँसी के जरिए शायद मुझे चौंकाने की कोशिश की थी, पर मैं पूरी तरह निर्भय बना रहा। मैं एक खेत की मेंड़ पर खड़ा हो गया।

फागुन का महीना था। इस महीने में वातावरण वैसे ही मादक होता है, पर उस रोज हवा में ज्यादा ही नशा था। खेतों में गेहूँ की अधपकी बालियाँ मुग्धा किशोरियों की भाँति लहरा रही थीं। उनसे एक अजीब-सी तीखी-तीखी गन्ध उड़कर चारों ओर बिखर रही थी। मेरे लिए अपनी चेतना को सँभाले रखना कठिन हो रहा था।

छाया गेहूँ की बालियों के बीच, मेंड़ पर खड़ी थी। उस क्षण वह भी गेहूँ की एक छरहरी-सी बाली ही लग रही थी। अँधेरे में उसका चेहरा गेहूँ के अधपके दाने की तरह चमक रहा था और बाली के रोएँ की भाँति चन्द लटें उसके चेहरे पर मँडरा रही थीं। बदन से दुधौले दाने की खुशबू निकल रही थी और पूरा आकार एक पौधे की भाँति हिल रहा था। छाया की गन्ध और गेहूँ की बालियों की गन्ध दोनों ही एक-दूसरे में घुल-मिल गई थीं।

"लीजिए, मैं प्रस्तुत हूँ। जो जी में आए, कीजिए।"

छाया ने अपनी भुजाएँ मेरे कन्धों पर रख दीं। जैसे गेहूँ की दो ताजा बालियाँ कानों के पास मचल रही हों। मेरा पूरा जिस्म सनसना उठा।

"मैं क्या करूँ छाया?"

"कुछ भी कीजिए—मैं हाजिर हूँ।"

"यह हाजिरी कोई हाजिरी तो नहीं है।"

"तब?"

"मैं तुम्हें हमेशा के लिए चाहता हूँ। चलो, हम-तुम भाग चलें कहीं!"

"कहाँ?"

"कहीं भी। मैं कहीं भी चल सकता हूँ।"

"जैसे?"

"तुम 'हाँ' तो कहो छाया, मैं तुम्हें कहीं भी ले जाकर रखूँगा। भीख माँगकर खिलाऊँगा, पर तुम्हें कोई तकलीफ नहीं होने दूँगा।"

"लेकिन ऐसा नहीं हो सकता।"

"क्यों, छाया?"

"क्या बताऊँ! शायद हम अभागे हैं।"

"नहीं छाया, तुम डर रही हो। या शायद यह बात हो कि तुम विवाहिता हो और तुम्हारे पति शायद मेरी अपेक्षा..."

"बस कीजिए अब, बहुत बक चुके आप।"

"तब क्या बात है?"

"आप समझने की कोशिश कीजिए। यह कितना कठिन होगा। ऐसी जिद नहीं की जाती। बस, जब तक यहाँ हूँ, मैं आपकी हूँ। मेरा जो चाहे सो कीजिए।"

और उसने मुझे अपने और निकट खींच लिया। मैंने अपना हाथ उसके हृदय पर रख दिया था।

"यहाँ क्या है छाया?"

"दिल।"

"दिल किसे कहते हैं?"

"मैं नहीं जानती।"

"इसीलिए तुम मेरी जिद को नहीं समझ पा रही हो।"

मैंने उसकी भुजाएँ हटा दीं।

"यह क्यों?"

उसने मेरा हाथ पकड़ लिया और उसे मेरी ही जाँघ पर कसकर दबा दिया।

"आज आइए मेरे पास। मैं दरवाजे के पासवाली चारपाई पर सोती हूँ। आइएगा न?"

उसकी साँसें तेज हो गई थीं और अँधेरे में भी उसके चेहरे की ललाई दमक रही थी। होंठ जैसे प्यास से चटचटा रहे थे।

"नहीं छाया, मैं इतनी ढिठाई नहीं कर सकता। तुम खुद क्यों नहीं आ जातीं मेरे पास?"

"पिता जी को पता चल गया तो मार डालेंगे।"

"और मुझे न मार डालेंगे?"

"तब?"

"तब क्या?"

हमारे होंठ कुछ ज्यादा ही चटचटाने लगे थे और हम कुछ ज्यादा ही करीब हो गए थे।

"छाया!"

"हूँ?"

"तुम मुझे इतना प्यार क्यों करती हो, छाया?"

"दीदी, अब चलिए न!"

पप्पू को छाया ने शायद दूर खड़ा कर दिया था। वह टपक पड़ा। हम चुप हो गए।

"तुम अकेले क्यों नहीं आईं?"

"अम्मा नहीं निकलने देतीं।"

"यह कहेगा तो नहीं?

"कहना तो नहीं चाहिए।"

"तब चलें?"

"हाँ, चलें। हो सके तो आइए।"

"तुम्हीं आओ।"

"आप मेरी परीक्षा न लें।"

"तुम भी मेरी परीक्षा न लो।"

"अच्छा, फिर बात होगी। कल।

"तुमने 'हाँ' या 'नहीं', कुछ नहीं कहा?"

"अब कल।"

"मैं 'हाँ' समझूँ या 'नहीं'?"

"किस बारे में?"

"साथ रहने के बारे में?"

"कैसा साथ?"

"हमेशा का साथ?"

"आप क्यों जिद करते हैं?"

"मैं करूँगा जिद, तुम्हें बताना पड़ेगा।"

"अच्छा, कल बताऊँगी।"

और छाया चली गई। हवा की और गेहूँ की बालियों की सारी सुगन्ध काफूर की तरह उड़ गई थी। मैं किसी ठूँठ की तरह मेंड़ पर खड़ा रहा और आकाश के सन्नाटे को घूरता रहा।

दूसरे दिन सुबह-सुबह छाया के पिता जी ने मुझे बुलवाया और मैं अपराध-भाव से भरा हुआ उनके सामने सिर झुकाकर खड़ा हो गया।

"क्या यह सच है कि आज रात तुम छाया से मिलने खेत में गए थे?"

मैं सनाका खा गया। कैसे मालूम हुआ इन्हें? मेरा सिर घूमने लगा।

"बोलते क्यों नहीं? पप्पू ने मुझे सब कुछ बता दिया है। बोलो?" इस बार उनका स्वर कुछ कठोर था और मेरे लिए खामोश रहना कठिन था।

"हाँ; यह बात सच है।"

"क्या सच है?"

उनकी आँखें इस बार बिना किसी संकोच के मेरी आँखों में घुस गईं और मैं थर्रा उठा।

"मैं थोड़ी देर बाद सब कुछ बता दूँगा।"

यह वाक्य मैं बेहद फुर्ती के साथ बोल गया और प्रतिक्रिया का इन्तजार किए बगैर ही वहाँ से खिसक लिया।

कमरे में आकर मैंने दो पत्र लिखे। एक छाया के नाम और दूसरा उसके पिता जी के नाम। छाया को लिखे गए पत्र में मैंने लिखा था कि अब जबकि सारा रहस्य खुल गया है, तुम्हें चाहिए कि दृढ़तापूर्वक अपना निर्णय सुना दो और जैसे भी हो, मेरा साथ देने को कटिबद्ध हो जाओ। इसके अलावा अन्य बहुत-सी बातें कुछ दार्शनिक किस्म की थीं, जिनमें प्रेम के स्वरूप और उसके महत्त्व का विवेचन अत्यन्त सूक्ष्म ढंग से किया गया था।

उसके पिता जी के नाम जो पत्र मैंने लिखा था, उसमें बेहद ईमानदारी के साथ सारी बातें स्वीकार की गई थीं और अपने प्रेम की पवित्रता की दुहाई देते हुए भीख के रूप में छाया को माँगने की करबद्ध प्रार्थना की गई थी।

दोनों ही पत्र मैंने अपने विश्वासपात्र चपरासी के द्वारा भिजवा दिये। लेकिन छाया को दिया जानेवाला पत्र उसने पप्पू को दे दिया और पप्पू से वह पत्र कॉलेज के एक अन्य चपरासी को मिल गया, जो खुद को छाया के पिता का शुभचिन्तक समझता था। वह एक गुंडा किस्म का व्यक्ति था और हर वक्त बल्लम लेकर चला करता था। मैं अपने पत्रों को लेकर अभी कुछ सोच ही रहा था कि मेरे दरवाजे पर बल्लम की फाँक चमक उठी।

"तुम्हारी ये हिम्मत कि तुम एक शरीफ खानदान की लड़की के साथ इश्क करो!"

उसने अपनी मूँछ को ताव देते हुए कहा और मैं चारपाई पर मुर्दे की तरह पड़ा रहा।

"बोलो, यह क्या है?"

उसने छाया को लिखा गया पत्र मेरे सामने फड़फड़ा दिया और मैं काँपने लगा।

''तुम गुस्सा मत करो, अभी मैं सब कुछ बताता हूँ।''

मैंने लगभग हकलाते हुए यह बात कही और बिस्तर से उठने की कोशिश में लड़खड़ा गया।

फिर वह चीज मुझे अनायास ही मिल गई जिसके लिए मैं उठा था। और बक्से से छाया की सारी चिट्ठियाँ निकालकर मैंने उनमें आग लगा दी। वह चीज—अर्थात् माचिस की डिबिया भी आग में गिरकर राख हो गई थी।

''लो, अब मेरे पास छाया का कुछ नहीं रहा।''

मैंने उसकी आँखों में झाँकते हुए कहा और वह दाँत पीसता हुआ निकल गया...।

मैं चारपाई पर सिर झुकाए बैठा था और सामने कागज के काले-काले फूल झुलसे हुए परिंदों की भाँति उड़ रहे थे। उन फूलों में छाया का प्यार भी उड़ रहा था और मेरे सपने भी। आँखों में अग्नि की छोटी-छोटी किरणें चुभी जा रही थीं, और कानों में जैसे कोई मातमी धुन अपने पूरे सोज के साथ बज रही थी। देखते-ही-देखते एक काला ताजमहल श्मशान के सन्नाटे में तब्दील हो गया था।

मैं चीख उठा।

और फिर शाम हो गई । आकाश की सियाही खिड़कियों के जरिए मेरे बिस्तर पर बिखर आई और मैं उसके पहलू में दुबककर लेट गया।

मैं एक बढ़ी हुई नदी के साथ लड़ रहा था।

सुबह, सूर्य की सुनहरी किरणों के साथ एक गर्म तमाचा मेरे गाल पर चमक उठा। मैं छाया के पिता के सामने खड़ा था।

''एक विवाहिता लड़की के साथ प्रेम करते हुए शर्म नहीं आई तुम्हें?''

बस! सिर्फ इतना ही कहा उन्होंने और चले गए। लेकिन मेरे दिमाग में एक दूसरा ही वाक्य बज रहा था, 'अपनी औकात जानते हो तुम?'

जी नहीं। अपनी औकात जानता होता तो ऐसी नौबत ही क्यों आती?

मैंने दरवाजा बन्द कर लिया और बढ़ी हुई नदी से लड़ने में व्यस्त हो गया।

मैं पूरे दिन और रात बिस्तर पर पड़ा रहा हालाँकि मुझे नींद नहीं आई और मैं सिर्फ करवटें बदलता रहा, लेकिन उठकर कुछ करने की ताकत मैं नहीं जुटा सका। तमाम दिन और तमाम रात एक मुर्दा हकीकत से मैं लड़ता रहा था।

मैं तिलमिला उठा। लेकिन प्रतिक्रिया में सिर्फ आँसू बहे थे : गर्म, खारे और निरीह।

उठकर मैं बाजार चला गया और चूहे मारने की दवा उठा लाया।

मैं कमरे में बैठा-बैठा उसकी गोलियाँ बनाता रहा और रोता रहा। छाया मेरी पुतलियों में तैरती रही। छाया, जो द्वार पर खड़ी मुस्करा रही थी। छाया, जो रसोईघर की जालियों से झाँक रही थी। छाया, जो ब्लाउज में मेरी चिट्ठियाँ छिपा रही थी। छाया, जो मुझे खिचड़ी खिला रही थी। छाया, जो गेहूँ के पौधों के बीच खड़ी मुझे निहार रही थी, मेरे कन्धे पर हाथ रखकर काँप रही थी। छाया, जो मेरी साँसों में घुल रही थी। छाया, जो अपनी गन्ध से मुझे उन्मत्त कर रही थी। छाया, जो मार खा रही थी...।

वह छाया मुझे मना कर रही थी।

'आपको मेरी जान की कसम है जो आपने जहर खाया, फिर मुझे भी आप जिन्दा न देखेंगे।'

ये शब्द जैसे ठीक मेरे कानों में गुँजरित हो उठे और मैं सहम गया। गोलियाँ मैंने जेब में डाल लीं।

मैं चारपाई पर पुनः लेट गया। छत पहले की तरह ही उदास थी। जाले उसी तरह उलझे हुए थे और दीवारें उसी तरह खामोश थीं। सिर्फ एक प्यार था, जो मर गया था।

मैं उसकी लाश के साथ लेटा था।

उस रात कहीं कोई नौटंकी हुई थी और रात-भर किसी लैला के वियोग में कोई मजनू तड़पा था। मैंने रात-भर उसका साथ दिया था :

ये अरज तुमसे है मेरी माहेलका
दिल लगाके न दिल को हटा लेना तुम,
बेवफाई न करना कभी भूलकर
गर मुहब्बत किया तो निभा देना तुम।

कड़-कड़-कड़-कड़ धड़ाम!

खाक मुहब्बत निभेगी। निभाई होगी लैला-मजनू ने मुहब्बत कभी। वे तो किस्से के लैला-मजनू थे न! किस्से में मुहब्बत निभाना कौन बड़ी बात है! किस्से में तो मैं भी मुहब्बत निभा सकता हूँ।

लेकिन मैं किस्सा कहाँ लिख रहा था उस वक्त!

सुबह छाया ने मुझे बुलवाया था। यह सरासर ढिठाई थी और मेरी परीक्षा भी। लेकिन उस परीक्षा में मैं असफल होना नहीं चाहता था। जब वह हिम्मत करके बुला सकती है तो क्या मैं जा भी नहीं सकता?

मैं गया। इस तरह, जैसे कोई चोर कहीं सेंध लगाने जाए! हालाँकि दिन था और सब लोग जाग रहे थे। बोर्ड की परीक्षाएँ चूँकि नजदीक आ गई थीं अत: इक्का-दुक्का छात्र प्रवेश-पत्र लेने के लिए आए हुए थे, जो बड़ी मस्ती के साथ टहल रहे थे और विद्यालय की इमारत किसी ऐतिहासिक स्थान की भाँति उनके स्वागत में इठला रही थी। मैं छाया से मिलने के लिए चला जा रहा था...।

सीढ़ियाँ चढ़कर जैसे ही मैं ऊपर पहुँचा, छाया की माँ मुझे रसोईघर में जाती हुई दिखाई पड़ीं। मुझे वहम हुआ कि उसके पिता भी वहीं कहीं छिपे हुए हैं, लेकिन हिम्मत करके मैं छाया की चारपाई के सामने खड़ा हो गया।

क्षमा कीजिए, मैं कह नहीं पा रही हूँ। थोड़ी देर की मुझे मुहलत दे दीजिए...।

छाया लेटी हुई थी। जैसे कोई टूटी हुई सूर्य-किरण हतप्रभ-सी पड़ी हो! उसका चेहरा पके फोड़े की तरह पीला और सूजा हुआ था। वक्ष तक खिंची हुई चादर के भीतर वह कोहरे में डूबे हुए किसी जीर्ण-शीर्ण मन्दिर के मटमैले कलश-जैसी दिखाई पड़ रही थी। बाल उसके पुराने ऊन की लच्छियों

की मानिन्द खुले थे और आँखों में मानो दुनिया-भर के सारे जलाशय उमड़ पड़े थे। कपोलों पर खारी-चमकीली धारियाँ उभरने लगी थीं...उसने दोनों हाथ जोड़कर मुझे प्रणाम किया और जवाब में मैं सुबकने लगा।

वह घबरा गई। उसने उठने की कोशिश की, लेकिन दर्द के कारण उठ नहीं सकी। कराहती हुई वह पुन: लेट गई और इशारे से मुझे अपने पास बैठने को कहा, लेकिन मैं खड़ा रहा। जैसे, खड़ा रहने के अलावा उस क्षण में और कुछ कर ही नहीं सकता था।

अचानक उसकी माँ आ गई थीं और मैं सकपका गया। लेकिन छाया उसी तरह मुझे निहारती लेटी रही।

''यह तुमने क्या किया, बेटा ? जो नहीं हो सकता, वह तुमने कैसे सोच लिया ? इसे कितना मारा है इसके बाबूजी ने, मैं क्या बताऊँ! मेरी बच्ची तो एकदम अधमरी हो गई है। खाना-पीना इसने सब छोड़ रखा है। इसे समझा दो, बेटा। और सारी बातें भूल जाओ तुम। तुमने तो एकदम से आना ही बन्द कर दिया। अरे, छाया तुम्हारी बहन के समान है। लोग कुछ भी कहें, हम तो यही समझते हैं...''

वे किसी रिकॉर्ड की तरह बज रही थीं और मैं बुत की तरह खड़ा था : खामोश और निस्पन्द! छाया अब भी रोए जा रही थी। मेरी आँखें रेगिस्तान बन चुकी थीं।

वे चली गईं। छाया ने पुन: उठने की कोशिश की, पर दर्द से कराहकर रह गई।

वह दृश्य मुझसे देखा नहीं गया और मैं जेब से जहर की गोलियाँ निकालकर निगल गया।

छाया एक झटके के साथ उठकर बैठ गई और चीखने लगी। उसकी माँ रसोईघर से पुन: बाहर आ गईं।

''अम्माँ, इन्होंने जहर खा लिया है। इन्हें बचा लीजिए, अम्माँ! बचा लीजिए इन्हें!'' छाया पागलों की भाँति चीखने लगी और क्षणभर में ही उसके पिता दनदनाते हुए वहाँ पहुँच गए। उन्होंने मुझे सीढ़ियों पर ढकेल दिया।

मैं सीढ़ियों पर लुढ़क रहा था और छाया जोर-जोर से रो रही थी। शायद वह पुन: पिट रही थी...।

मैं मरा नहीं। जहर का सिर्फ इतना ही प्रभाव हुआ कि मैं कमरे में आते ही गिर पड़ा और बेहोश हो गया।

और उन क्षणों में मैं दुनिया से अलग हो गया था।

लेकिन रात के पिछले पहर मेरी मूर्च्छा टूट गई और मैं जिन्दगी को एक नए रूप में देख रहा था। जिन्दगी सिर्फ वही नहीं है, जो छाया के साथ जुड़ी हुई है। जिन्दगी वह भी है जो आँधियों से लड़ रही है।

मैं उठ बैठा। अँधेरे में टटोल-टटोलकर मैंने माचिस ढूँढ़ी और लालटेन जलाकर प्रकाश किया। अलमारी पर से अर्थशास्त्र की पुस्तक उठाई और महीनों की गर्द झाड़कर पढ़ने बैठ गया।

उपयोगिता ह्रास नियम...

जी नहीं। यह नियम प्रेम पर नहीं लागू हो सकता।

मैंने पुस्तक बन्द कर दी।

अगले दो-तीन दिनों में मुझे मिर्जापुर चले जाना था—परीक्षा देने, लेकिन छाया का जादू मुझ पर पुनः असर करने लगा। मैं कहीं से भी छाया को सिर्फ देख लेना चाहता था।

लेकिन मैं असफल रहा और अगले दिन मिर्जापुर चला गया। वहाँ दस-बारह रोज रहकर मैंने किसी तरह परीक्षा दी और वापस आते ही पहला काम यह किया कि छाया का समाचार जानने के लिए पप्पू को बुलवा भेजा।

पप्पू आया और इस प्रकार खड़ा हो गया, जैसे मेरे जिस्म से बदबू आ रही हो!

पता चला कि उसकी तबीयत अब ठीक हो गई है और गाँव जाने की तैयारी हो रही है। इसी महीने में उसका गौना भी होनेवाला है।

मैं खामोश रहा। पप्पू अपने-आप ही चला गया।

लेकिन थोड़ी देर बाद वह पुनः आ गया। बोला, ''दीदी ने आपको बुलाया है।''

''सच?''

''हाँ।''

"क्या घर में कोई नहीं है?"

"नहीं, सिर्फ पिता जी नहीं हैं। अम्माँ हैं।"

"पिता जी कहाँ गए हैं?"

"बाहर गए हैं।"

"कब तक आएँगे?"

"शायद चार-पाँच दिन में आएँगे।"

"हूँ।"

"अम्माँ भी कल जा रही हैं।"

"कहाँ?"

"उस गाँव का मैं नाम भूल रहा हूँ—वहीं जाएँगी। वहाँ हमारी रिश्तेदारी है।"

"छाया भी जाएगी?"

"नहीं।"

"क्यों?"

"अम्माँ जल्दी ही चली आएँगी। एक-दो घंटे में।"

"हूँ। और तुम?"

"मैं दीदी के पास रहूँगा।"

"हूँ। जाओ, छाया से कह देना कि मैं कल आऊँगा।"

पप्पू चला गया।

मैं एक धुएँ की दुनिया में खो गया।

शायद यह हमारी आखिरी मुलाकात होगी।

इस मुलाकात में मैं क्या बोलूँगा?

अपनी निशानी के रूप में उसे क्या दूँगा?

मैं कमरे से बाहर निकल गया।

बाहर धूप थी और धूप कुछ तेज थी। वातावरण गर्म होने लगा था। मैं बाजार की ओर चला जा रहा था।

बाजार में सन्नाटा था। पता चला, अधिकांश लोग शिवरात्रि का मेला देखने गए हैं। बसहीं। यह एक छोटा-सा गाँव है—लालगंज बाजार से सटा हुआ, जहाँ एक महंत जी रहते हैं। वे प्रतिवर्ष शिवरात्रि के दिन अपने भवन के सामने नाच कराते हैं, मेला लगवाते हैं और भोज देते हैं।

मैं लौट आया। मेरा मन मेले में जाने के लिए ललकने लगा। लेकिन प्रिंसिपल साहब ने परीक्षा के दौरान मुझे जो पैसे दिये थे, वे खत्म हो चुके थे और मेरे पास अब कुछ भी नहीं बचा था।

मैंने आटा, दाल और चावल के डिब्बों को खोला तो थोड़े-से चावल मुझे प्राप्त हो गए और एक झोले में उन्हें भरकर मैं पुनः बाजार की ओर चल पड़ा।

वहाँ एक छोटी-सी दुकान में उन चावलों को मैंने आठ आने में बेचा और मेले की ओर रवाना हो गया।

मेले में स्त्रियों, बच्चों और युवकों की भारी भीड़ जमा थी। चौकियों पर मटमैली मिठाइयाँ सजी थीं और धूल पर बिछे फट्टों पर बिसातखाने के सामान बिखरे हुए थे। शिवाले में दर्शनार्थियों का ताँता लगा था। एक ओर भोज के लिए पंगतें बिछी थीं और दूसरी ओर नौटंकी के लिए स्टेज बन रहा था। तखत बिछाए जा रहे थे। पर्दे ताने जा रहे थे। मैं अठन्नी अपनी मुट्ठी में दबाए उस चीज की तलाश में था जो छाया को समर्पित की जा सके।

सहसा एक ठेले पर मेरी आँखें केन्द्रित हो गईं। उस पर अल्यूमिनियम के बने हुए नए ढंग के कंगन रखे थे। उन पर सुनहरे रंग का पानी चढ़ा था और जिन छोटी-छोटी पँखुड़ियों जैसे टुकड़ों से वे कंगन बने थे, वे इलास्टिक की डोरियों में गुँथे हुए थे।

मुझे वे पसन्द आ गए और मैं दुकानदार को घूरने लगा कि कहीं यह मुझे पहचान तो नहीं रहा है? जब मैं आश्वस्त हो गया कि यह कोई अजनबी दुकानदार है, तब मैंने हिम्मत करके कंगनों के एक जोड़े का दाम पूछा और मोल-भाव करके आठ आने में उसे खरीद लिया।

सुबह, डरते-डरते मैं छाया के सामने पहुँच गया। वह पियराए पत्तोंवाले पपीते के पौधे के समान काँपती हुई मेरे सामने खड़ी थी और मैं पागल की भाँति उसे घूर रहा था। मेरी जेब में कंगन का जोड़ा सहमा हुआ था।

"हमें अब भूल जाइए। बस, इतने दिन का ही साथ था। अब हम चले जाएँगे। जल्दी ही।"

छाया किसी यंत्र की तरह बोल रही थी। मैं चुप था।

"भूल जाइएगा न?"

यंत्र घरघरा उठा था।

मैंने उसे थाम लिया।

"मुझे छोड़कर तुम चली जाओगी छाया? जा सकोगी?"

छाया फफकने लगी। क्षण-भर के लिए वातावरण थरथरा उठा। संसार की गति मानो रुक गई थी। मैंने उसे सँभाला।

"मत रोओ छाया! जिन्दगी की सबसे बड़ी सचाई यही है।"

"मेरे पास दिल के अलावा कोई ऐसी चीज नहीं है जिसे मैं दे सकूँ आपको..."

"लेकिन मेरे पास एक चीज है।"

मैंने हिम्मत करके जेब से कंगन निकाल लिये।

"अपनी कंगाली में मैं सिर्फ यही दे सकता हूँ तुम्हें, और कुछ नहीं। हालाँकि यह नकली कंगन है, लेकिन इसमें मेरा असली प्यार..."

"आप क्यों ले आए यह..."

"इस सवाल का मेरे पास कोई जवाब नहीं है।"

छाया कंगन के जोड़े को निहारती रही और उसकी आँखों से आँसू झरते रहे।

"अब मैं जा रहा हूँ छाया! इस गरीब की निशानी को नकली समझकर फेंक मत देना।" मैंने किसी प्रकार यह वाक्य बोलने की कोशिश की और धीरे-धीरे सीढ़ियाँ उतर गया। पीछे से हिचक-हिचककर रोने की आवाज आती रही।

मैं देर तक अपने कमरे में बैठा जिन्दगी के उतार-चढ़ावों पर सोचता रहा। और सोचते-सोचते जब मैं थक गया तो उठकर बाजार की ओर निकल गया।

उन दिनों हॉस्टल में पूरी तरह सन्नाटा छाया हुआ था और दिनचर्या इतनी अस्त-व्यस्त हो गई कि किसी भी गतिविधि का मुझे बोध नहीं रह गया था। यह तो रहमतुल्ला से पता चला कि मुहर्रम नजदीक आ गया है और ताजिया बनाने का काम शुरू हो चुका है। मैं अपना मन बहलाने के लिए ताजिया बनानेवाले के पास चला गया। उन दिनों प्रिंसिपल साहब भी बाहर थे और मेरी

पेट-पूजा के क्षेत्र में चूँकि संकट आ गया था, इसलिए भी ताजिया बनाना मेरे लिए जरूरी था। जिसके घर में ताजिया बनता था वहाँ मुझे काम करने के एवज में दोनों वक्त पेट भरने के लिए कुछ-न-कुछ मिल जाता था। हालाँकि भूख मुझे कम लगती थी, पर बगैर खाए तो रहा नहीं जा सकता था। अत: मैं ताजिया बनाने में जी-जान से जुट गया।

उस रोज मैं दिन-भर उसी काम में लगा रहा और रात को भी बड़ी देर तक वहीं फँसा रहा। कमरे पर जब मैं पहुँचा तो चारों ओर सोउता पड़ गया था। लेकिन मैंने देखा, सामने थोड़ी दूर पर, रसोईघर की जालियों से दो भीगी-भीगी आँखें मुझे पुकार रही हैं। अफसोस कि मेरी आँखों के पास पैर नहीं थे...।

मैं बिस्तर में घुसकर सुबकने लगा।

जाहिर है कि नींद मुझे नहीं आई और सुबह होते ही मैं खुद को व्यस्त करने की नीयत से पुन: ताजिया बनाने चला गया।

लेकिन वहाँ पन्नी का कागज कम हो गया था और मुझे साइकिल पर कागज लेने के लिए भारतगंज भेज दिया गया।

दोपहर बाद मैं कागज लेकर लौटा तो भूख से मेरी हालत खराब हो रही थी। लेकिन यह जानकर कि मुझे मेरा हितैषी चपरासी ढूँढ़ रहा था, मैं खिल गया और गुड़ की एक रोड़ी मुँह में डालकर लोटा भर पानी गटक उस चपरासी की तलाश में निकल पड़ा।

सड़क पर कस्बे के लड़के पटा-बनैठी खेलने का अभ्यास कर रहे थे। उन्होंने मुझे रोका, लेकिन मैं अनसुना करके आगे बढ़ गया।

सामने से वह चपरासी मेरी ओर बढ़ा आ रहा था। शायद वह जल्दी में था। हम क्षण-भर में ही एक-दूसरे के निकट पहुँच गए।

''आप इसी वक्त चलिए।''

''कहाँ?''

''छाया जी ने आपको बुलाया है। मैं बहुत देर से आपको ढूँढ़ रहा हूँ।''

''आखिर बात क्या है?''

''आज उन्हें फिर मारा गया है। आपने शायद कंगन का कोई जोड़ा दिया था उन्हें। उनके पिता जी को वह सब पप्पू के जरिए मालूम हो गया और उन्होंने बेंत से उन्हें खूब मारा। कंगन छाया जी ने वापस किया है।''

मैं इस तरह खड़ा था, जैसे बिजली का कोई कोड़ा मुझे सड़ाक् से लगा हो और चीखने से पहले ही मेरा दम निकल गया हो!

"इस वक्त उनके पिताजी फिर कहीं गए हुए हैं, चलिए, मिल लीजिए जल्दी से। कल शायद चली भी जाएँगी वे। आपको वे एक बार देखना चाहती हैं। और ये कंगन अपने रख लीजिए।"

मैंने कंगन उसके हाथ से ले लिये।

"नहीं। मैं अब नहीं जाऊँगा वहाँ। छाया को मेरा प्यार कह देना। बस।"

और मैं मुट्ठियों में कंगन दबाए कोलतार की उस गर्म सड़क पर किसी मरियल कुत्ते की तरह रेंगने लगा—पिटे हुए, अपमानित और लांछित मन से।

मेरे हाथों में नकली कंगन का एक जोड़ा था।

प्यार की एक मरी हुई चिड़िया थी।

सपनों का एक अधबना ताजिया था।

कंगन के उस जोड़े को मैंने, हॉस्टल के पास पहुँचकर, सामनेवाले खेत में दफन कर दिया।

अपनी छाया को मैंने मार डाला था।

अपना ताजिया मैंने सिरा दिया था।

गर्मी बढ़ गई थी और वातावरण में एक अजीब-सी मनहूसियत फैल गई थी। पूरी बस्ती एक अन्तहीन सन्नाटे में डूबी हुई थी।

छाया चली गई थी।

मैं हॉस्टल से निकलकर बहन के घर चला आया।

दरअसल मेरे प्यार की चर्चा धीरे-धीरे पूरी बस्ती में फैल गई थी और शायद इसीलिए हॉस्टल छोड़ने के मेरे निर्णय पर प्रिंसिपल साहब ने कोई प्रतिवाद नहीं किया।

मैंने अपने प्यार की कहानी मोहम्मद भैया को भी बता दी और उन्होंने मुझे ढाढ़स बँधाया। यही नहीं, मेरे दिल को ठंडा करने के लिए ही शायद उन्होंने अपने जीवन की भी एक घटना उदाहरण के रूप में मुझे बताई और प्रेम को लेकर कुछ दार्शनिक वाक्य भी वे बोल गए। लाउड-स्पीकरों में

आनेवाले चन्द गानों से भी उन्होंने मुझे शिक्षा देने का प्रयास किया और इस प्रकार मेरे प्यार को चूँ-चूँ का मुरब्बा बनाकर रख दिया।

उस रोज मैं कोठे पर लेटा हुआ था। रात गहरी हो गई थी और बस्ती के तमाम लोग नींद में डूबे हुए थे, लेकिन मेरी आँखों में एक छाया तैर रही थी। कभी वह खिलखिलाती हुई गोता लगाती तो कभी अपने बिखरे हुए बालों और वस्त्रों को सँभालती हुई ऊपर आ जाती। मेरी आँखें देर तक उसके खिलवाड़ को झेलती रहीं और फिर वे छलक उठीं। छाया उदास हो गई। होंठों से कुछ दर्द-भरे शब्द फूटे, 'नहीं-नहीं, रोओ नहीं! मैं जा रही हूँ।'

और मैं बुरी तरह सुबकने लगा।

'मत जाओ छाया, मुझे छोड़कर तुम मत जाओ!'

और मुझे एहसास हुआ कि मेरे सिरहाने मोहम्मद भैया बैठे हैं। वे मेरे बालों को धीरे-धीरे सहला रहे हैं और बोल रहे हैं :

"याद आ रही है क्या?"

"हाँ।"

मैंने रोते-रोते ही जवाब दिया और जलते हुए आँसुओं को उँगलियों से पोंछने लगा।

"भूल जाओ उसे। समझ लो, वह तुम्हारी नहीं थी।" भैया ने एक बार फिर मुझे समझाने की कोशिश की और उठकर चले गए।

मैं देर तक छाया को भूलने की असफल कोशिश करता रहा। उस कोशिश में मुझे नींद भी नहीं आई।

लेकिन रात-भर जागने के बाद भोर में थोड़ी नींद आ गई थी। इसलिए सुबह जरा देर से उठा और उठते-उठते सूरज काफी ऊपर चढ़ आया। बहन मेरे आगमन से वैसे भी खुश नहीं थीं, फिर देर तक सोते रहने से तो उस रोज उनका पारा ही चढ़ गया। उनका नकबाँसा बुरी तरह खिंच गया और वे चीखने लगीं।

नतीजा यह हुआ कि भैया ने मुझे लालगंज से लगभग दस किलोमीटर दूर हरदीघाट के जंगल में भेज दिया, जहाँ उन दिनों उनकी पाही बनी हुई थी।

वहाँ एक बाँध के किनारे उन्होंने पट्टे पर कुछ जमीन ले रखी थी जिसमें गेहूँ बोया गया था। उन दिनों गेहूँ की कटाई-दँवाई चल रही थी।

शाम तक मैं हरदीघाट के उस जंगल में पहुँच गया, जहाँ एक झोंपड़ी बनी हुई थी। उस झोंपड़ी में एक तरफ कपड़े आदि टाँगने की व्यवस्था थी। फर्श पर पुआल बिछा हुआ था, बिस्तर को नर्म बनाने के लिए। रात में तो खलिहान में पड़े गेहूँ के बोझों पर ही सोया जाता था।

मौसम के वे अजीब-से अनिश्चय-भरे दिन थे। दिन में खूब गर्मी पड़ती, अन्धड़ चलते और रात में हल्की-हल्की सर्दी महसूस होती। झोंपड़ी में इस कदर धूल भर जाती कि सारी चीजें धूसरित हो उठती थीं।

वहाँ मेरे साथ दो खेत-मजदूर भी रहते थे। भोजन आदि वे लोग ही बनाते, मैं सिर्फ बाँध से पानी लाता था। इसके अतिरिक्त दँवाई के वक्त बैलों को हाँकने का काम भी मेरे ही जिम्मे था। कभी-कभी तो दिन में अनुकूल हवा न होने के कारण काम ठप्प रहता और दँवाई का काम रात में किया जाता। उस रोज हम सो नहीं पाते थे। लेकिन बदले में हमें दिन को भी आराम न मिलता और कोई-न--कोई काम लगा ही रहता, क्योंकि सुबह-सुबह मोहम्मद भैया का बड़ा लड़का साइकिल से वहाँ पहुँच जाता और अनेक प्रकार के सवालों से हमें जूझना होता था।

फिर भी मेरे साथ रहनेवाले मजदूर मेरा बहुत खयाल रखते थे। वे लोग प्रायः मुझे छुट्टी दे देते और मैं बाँध के किनारे जाकर जल के विस्तार को एकटक देखता हुआ घंटों वहीं बैठा रहता। गर्मी के कारण बाँध का जल कुछ घट गया था और छोटे-छोटे पत्थरों की एक भरी-पूरी दुनिया किनारे-किनारे फैली हुई थी। मैं उसी दुनिया में बैठा मरे हुए घोंघों से खेलता रहता और जीवन के अर्थ को सुलझाने के यत्न में स्वयं को व्यस्त किए रहता।

एक दिन अचानक मुझे ऐसा लगा कि मैं कुछ लिखना चाहता हूँ। क्या लिखना चाहता हूँ, यह सवाल उस वक्त उतना महत्त्वपूर्ण प्रतीत नहीं हुआ जितना यह कि कैसे लिखना चाहिए। और मैं लेखन-सामग्री की तलाश में जुट गया।

उस जंगल में यह बेहद कठिन काम था, जहाँ जरूरत पड़ने पर नमक भी नहीं मिल सकता था। लेकिन नमक की पुड़ियावाला सादा कागज तो मिल ही सकता था। और वह मुझे झोंपड़ी से बाहर, घास के एक झुरमुट में फँसा हुआ

मिल गया। उसमें नमक के चन्द छोटे-छोटे कण चिपके हुए थे, जिन्हें मैंने सावधानी से साफ किया और अपनी कमीज की जेब में खुँसी रहनेवाली कलम को पानी से तर करके वह सब लिखने बैठ गया, जो भीतर बहुत देर से उमड़ रहा था।

मैंने लिखा :

'प्रिय, आज मुझे तुम याद आए।'

बस, इस एक पंक्ति ने ही मुझे बावला बना दिया और मुझे लगा कि मैं कविता में वह सब व्यक्त कर सकता हूँ जिसे अन्य किसी तरीके से प्रकट नहीं कर सकता।

और उस बियाबान में मेरे शब्द गूँजने लगे।

लेकिन बियाबान उसी तरह साँय-साँय करता रहा। लू बहती रही। बाँध का जल सूखता रहा। और मेरा वह कागजी दोस्त दगा दे गया, उसके पास अब एक भी शब्द के लिए जगह नहीं थी और मैं था कि मन में शब्दों की पूरी दुनिया बसाए बैठा था।

अतः घबराकर मैं पैदल ही वहाँ से चल पड़ा।

लेकिन घर आने पर बहन ने मेरे साथ जो बर्ताव किया, उससे मेरी दुनिया पुनः बिखर गई और एक बार फिर मुझे ऐसा लगा कि मैं सड़क के बीचोबीच खड़ा हूँ और दुर्घटना मेरे चारों ओर मँडरा रही है।

फिर भी, मैं उन दुर्घटनाओं से लड़ना चाहता था और खुद को जिन्दा रखना चाहता था। अतः अगले दिन ही वहाँ से मैं कूच कर गया।

अब मेरी चिन्ता का विषय यह था कि अपनी शिक्षा को आगे बढ़ाने के लिए मुझे क्या करना चाहिए। इस सवाल का जवाब ढूँढ़ने के लिए मैंने मिर्जापुर के एकमात्र डिग्री कॉलेज से सम्बन्ध स्थापित किया तो पता चला कि बी.ए. के दाखिले में ही लगभग अस्सी रुपए लगेंगे। सुनकर मैं दहल गया। लेकिन मैं हारना नहीं चाहता था, इसलिए रुपयों के इन्तजाम में निकल गया। उस वक्त मैंने यही सोचा था कि अपने सभी रिश्तेदारों के यहाँ जाऊँगा, अगर वे दस-दस रुपए भी देंगे तो अस्सी रुपए जुट जाएँगे। लेकिन मैंने गलत सोचा था। दस रुपए की बड़ी कीमत थी। रुपए के मुकाबले मेरी जिन्दगी बहुत सस्ती थी। अतः रुपया जीत गया, मैं हार गया।

और अपना हारा हुआ मन लिये मैं एक बार पुन: बलापुर पहुँचा, जहाँ उम्मीद के मुताबिक भाभी ने मुँह बनाकर मेरा स्वागत किया और भैया ने अपना सिर खुजलाते हुए मेरा हालचाल पूछा। टोले के लोग मुझे मदारी की तरह घूरते रहे।

"कहो, कैसे चले?"

रात में खाना खाने के बाद भैया ने मुझसे यह सवाल पूछा तो मैंने रुक-रुककर लेकिन सधे हुए शब्दों में अपना मंतव्य स्पष्ट कर दिया। भाभी बड़े झमाके के साथ उठकर भीतर चली गईं, जैसे मेरा जवाब अचानक गलत हो गया हो! और मैं थरथराने लगा।

थोड़ी देर बाद भैया भी भीतर चले गए।

"इनसे कह दो, अपना रास्ता नापें, हमें फुसलाने के चक्कर में न पड़ें। और अगर तुम्हारे पास भरा हो तो दे दो अस्सी रुपया। मैं तो एक डब्बल न दूँगी, समझ लो।"

भाभी कुढ़े जा रही थीं और बोले जा रही थीं। भैया खामोश थे। जब वे बोल चुकीं तो उन्होंने बड़ी गम्भीरता से एक सलाह दी :

"ऐसा करते हैं, उसकी अम्माँ का जो एक जेवर रखा है हमारे पास, उसी को दे देते हैं। कह दें, इसी को बेचकर अपना काम चला लो।"

भाभी के पास इस समाधान का शायद कोई जवाब नहीं था। वे चुप हो गईं।

सुबह उन्होंने जेवर लाकर मेरे सामने पटक दिया।

मैं एक विचित्र-सी मन:स्थिति में करछना के रेलवे स्टेशन की ओर बढ़ा जा रहा था। अपने पाजामे की जेबों में मैंने जेवर के उस जोड़े को छिपा लिया था, जिसे अब्बा 'भोपाली गजरा' कहा करते थे और बड़ी हसरत से जिसे उन्होंने अम्माँ के लिए खरीदा था। चाँदी के उन कंगनों के साथ मेरी अम्माँ की अनेक रंगीन कल्पनाएँ जुड़ी थीं। वे प्राय: उन्हें लेकर अपनी भावी बहू की चर्चा किया करतीं और उन्हें कुछ क्षणों तक पहनने के बाद बक्से में सहेजकर रख देतीं। अम्माँ की इन भावनाओं के कारण ही अब्बा ने ये कंगन गाढ़े वक्त में भी बचाकर रखे थे। लेकिन आज वे मेरे पाजामे की जेबों में इस

प्रकार ठुँसे हुए थे, जैसे किसी बकरी के बच्चों को चिकवे की झाँपी में बन्द कर दिया गया हो! भोपाली गजरे के उस जोड़े का भविष्य मेरे जीवन के भविष्य के साथ जुड़ गया था और गजरे के भविष्य को जीवन के भविष्य के लिए अब कुर्बान होना ही था। इसके अलावा कोई रास्ता नहीं था।

गाड़ी मुझे शाम को मिली और मिर्जापुर वह रात में पहुँची। उस वक्त तक लालगंज की आखिरी बस भी जा चुकी थी और वहाँ रुके रहने के अलावा दूसरा कोई उपाय नहीं था मेरे लिए। अतः स्टेशन से बाहर आकर दूसरे दर्जे के प्रतीक्षालय में मैं खड़ा हो गया। उस छोटे-से उजड़े हुए प्रतीक्षालय में एक मरियल-सा बल्ब टिमटिमा रहा था और फर्श पर चारों ओर 'जनता' लेटी थी—बहुत आराम और इत्मीनान के साथ, बावजूद इसके कि चारों ओर भीषण गन्दगी छाई थी और भीषण गर्मी में भी छत से लटकनेवाले सभी पंखे बन्द पड़े थे।

थोड़ी देर तक वहाँ खड़ा-खड़ा मैं सोचता रहा कि क्या करूँ, फिर एक खाली स्थान पर जाकर बैठ गया, हालाँकि वहीं पास में किसी ने खँखारकर थूक दिया था और बगल में एक अधनंगी-सी स्त्री भी लेटी थी, जिसके ब्लाउज के दो-तीन बटन शायद अच्चक्के में खुल गए थे। वहाँ अपना आसन जमाना मुझे कतई अच्छा नहीं लगा, लेकिन उसके अलावा कहीं और जगह बची ही नहीं थी जहाँ लेटा जा सके। अतः चारों ओर से खुद को काटकर और पाजामे की जेबों को जाँघों के बीच भली-भाँति दबाकर मैं उसी जगह लेट गया—जैसे कोई खजहा कुत्ता अपने जिस्म को चिंगोरकर बैठ जाए!

और मैं सपना देखने लगा। उस सपने में मेरी पढ़ाई की योजनाएँ थीं, नौकरी थी, विवाह था, बच्चे थे और उस सबके बीच थी छाया की एक रुपहली तस्वीर, जो रह-रहकर आँखों में झिलमिला उठती और मैं गमगीन हो जाता। हालाँकि वह गम भी मजेदार था और उसे मैं देर तक झेलते रहना चाहता था; लेकिन एक ठोस, खुरदरी ठोकर ने मुझे चौंका दिया। मैं उठ बैठा।

सामने एक खाकी वर्दी खड़ी थी।

"कहाँ से आए हो?"

"इलाहाबाद से।"

"मैं पूछता हूँ, इस समय कहाँ से आ रहे हो?"

"इलाहाबाद से।"

''इलाहाबाद जानते हो, कहाँ हैं?''

''हाँ, जानता हूँ।''

''कहाँ है?''

''पश्चिम में है, वहाँ मेरा घर है।''

''मुझे पूरब-पश्चिम न समझाओ, मैं तुम जैसों को खूब पहचानता हूँ। कहता है साला, मैं इलाहाबाद से आ रहा हूँ...''

''देखिए साहब, मैं चोर-उचक्का नहीं हूँ। मैं एक विद्यार्थी हूँ। हाँ, मैं गरीब जरूर हूँ। आप मुझे परेशान न कीजिए, आराम करने दीजिए, मैं सुबह यहाँ से चला जाऊँगा।''

''कहाँ जाना है?''

''मुझे लालगंज जाना है, वहाँ मेरी बहन रहती है।''

''अच्छा, वहाँ के दरोगा को जानते हो? आजकल कौन दरोगा है वहाँ? सुना है, लालगंज का थाना बड़ा खूबसूरत बना है?''

''जी हाँ, बढ़िया तो जरूर है। पूरी इमारत पत्थरों की बनी है।''

''दरोगा साहब को नहीं जानते?''

''नहीं, मैं उनका नाम तो नहीं जानता, पर आपके यदि वे परिचित हों और उनके लिए कोई सन्देश हो तो कहिए, मैं कह दूँगा उनसे।''

''नहीं, नहीं, ऐसी कोई बात नहीं, सोओ तुम। लेकिन देखो, कोई शरारत मत करना।''

''नहीं साहब, विश्वास कीजिए आप।''

''अच्छा, बताओ, तुम्हारे पास कोई ऐसी-वैसी चीज तो नहीं है?''

''कैसी चीज?''

''मतलब कोई गैर-कानूनी चीज?''

''नहीं साहब, मैंने बताया न कि मैं एक गरीब विद्यार्थी हूँ।''

''अच्छा, खैर, कुछ चाय-वाय पीने के लिए निकालो।''

इतना कहकर खाकी वर्दी छत की ओर देखने लगी।

मैंने कंगन के जोड़ों को जाँघों के बीच बुरी तरह दबा लिया।

''माफ कीजिए साहब, मेरे पास बस के किराए-भर को पैसे हैं। मेरे भाई साहब ने इतने ही पैसे मुझे दिये थे। इस वक्त तो मैंने खाना भी नहीं खाया है, वरना चाय की क्या बात थी! आप मेरा विश्वास कीजिए।''

"अच्छा, खैर, सोओ तुम, लेकिन देखो, कोई गड़बड़ मत करना..."

और खाकी वर्दी मेरे पास लेटी औरत की ओर बढ़ गई। मैं फिर खजहे कुत्ते की तरह चिंगोरकर लेट गया।

अम्माँ का 'भोपाली गजरा' एक सौ पचीस रुपए में बिका और लगभग अस्सी रुपए देकर मैंने बी.ए. में अपना दाखिला करा लिया।

जिस रोज मैंने दाखिला कराया, उसी रोज मिर्जापुर के मुकेरी बाजार में रहमतुल्ला से मेरी भेंट हो गई। मुझे देखकर वह खिल गया।

"यहाँ कैसे टहल रहे हो?" उसने सवाल किया तो जवाब में मैंने दूसरा सवाल ठोंक दिया, "और तुम कहाँ घूम रहे हो?"

"मेरी तो यहाँ ससुराल ही है... और तुम?"

"मैंने यहाँ नाम लिखा लिया है यार, के. बी. डी. सी. में।"

"किस दर्जे में?"

"बी.ए. में।"

"ये बी.ए. क्या होता है? बारा तो पास कर चुके हो न?"

"हाँ, अब तेरा में नाम लिखाया है।"

"अच्छा, तो ऐसा बोलो। यहाँ रहते कहाँ हो?"

"कहीं नहीं। आज ही तो नाम लिखाया है। अभी तो लालगंज चल रहा हूँ, फिर देखा जाएगा।"

"मेरी ससुराल में रहोगे?"

"क्या वहाँ जगह मिल जाएगी?"

"कोशिश करने में क्या हर्ज है? चलो।"

और हम एक सँकरी-सी गली में प्रविष्ट हो गए।

मिर्जापुर के उस इलाके को 'इमलहा' कहा जाता है, जहाँ हमें पहुँचना था। गली के दोनों ओर मल और मूत्र समान भाव से अपनी जगह बनाए हुए थे और उन पर जो मक्खियाँ भिनभिना रही थीं, वे उड़-उड़कर आगंतुकों का स्वागत कर रही थीं। चारों ओर नंग-धड़ंग बच्चे छुन्नी हिलाते

हुए दौड़ रहे थे और टाट या पुरानी साड़ियों के पर्दों से अनेकानेक चेहरे उन्हें पुकार रहे थे अथवा सब्जी के किसी ठेले से जूझ रहे थे...इस प्रकार अपनी पूरी संरचना के साथ वह इलाका शुद्ध रूप से कोई मुस्लिम मुहल्ला प्रतीत हो रहा था। संस्कृति और सभ्यता का इतना शुद्ध रूप किसी और मुहल्ले में कदापि देखने को नहीं मिलता।

मेरा अनुमान सही था। उस इलाके के सभी वाशिंदे मुसलमान थे और ये बीड़ियाँ बनाने से लेकर गलीचा बुनने या टिन के बर्तन बनाने तक का सारा काम बड़ी मेहनत से करते थे। रहमतुल्ला के ससुर साहब भी गलीचा बुनते और एक कमरे के मकान में दो पुत्रों और पत्नी के साथ रहते थे।

कमरे की दीवार में लकड़ियाँ खोंसकर उन्होंने एक मचान-सा बना लिया था, जिसे वे स्टोर की तरह इस्तेमाल करते थे। उनकी पूरी गृहस्थी उसी स्टोर में थी। नीचे एक ओर पुरानी बाल्टी से बनाए गए चूल्हे पर छोटी-छोटी चैलियाँ जलाकर खाना पकता था और उसी चूल्हे के पास अल्यूमिनियम के चन्द काले-कलूटे बर्तन हरिजनों की भाँति पड़े थे। दूसरी ओर जमीन पर ही उनका बिस्तर था—मचान के ठीक नीचे, जिस पर वे सब समान भाव से सोया करते। मचान के नीचे ही एक डोरा भी बँधा था, जिस पर कुछ कथरियाँ, पुरानी साड़ियाँ और लुंगियाँ टँगी थीं।

हम लोगों ने उसी मचान के नीचे बैठकर काँच की एक मटमैली-सी तश्तरी में रखी चीनी खाई और पानी पिया। रहमतुल्ला ने मेरे लिए जब जगह की बात की तो मैं संकोच से गड़ गया, लेकिन उसके ससुर ने एक हल निकाल ही लिया।

उस कमरे के पास ही एक छोटी-सी कोठरी भी थी, जिसमें उनकी एक बकरी बँधा करती थी। उसी कोठरी में रहमतुल्ला की सास के अब्बा हुजूर भी रहते थे, जिन्हें सब लोग 'नन्ना' कहकर पुकारते और जो बेहद बूढ़े थे। उनके मुँह में एक भी दाँत शेष नहीं था और उनकी आँखें नष्ट हो चुकी थीं। वे रहमतुल्ला के छोटे साले को लेकर भीख माँगने दूर-दूर तक निकल जाते और इस तरह अभी तक अपनी ही कमाई का अन्न खा रहे थे।

उसी कोठरी में एक ओर मुझे भी जगह दे दी गई।

मैंने पन्द्रह पैसे में टिन की एक ढिबरी खरीदी और उसमें बीस पैसे का तेल भरवाकर पहली बार उस कोठरी में प्रकाश किया। नन्ना ने बताया कि

आज बिलकुल पहली बार ऐसा हुआ है कि इस कोठरी में ढिबरी जली है। उन्हें रोशनी की जरूरत ही नहीं पड़ती थी।

"आप खाना कैसे खाते थे?"

"क्यों? खाते वक्त क्या मुँह दिखाई पड़ता है? निवाला तो मुँह में ही जाता है न!"

"फिर भी प्लेट की चीजें..."

"वह तो मुझे वैसे भी दिखाई नहीं पड़तीं।"

"लेकिन ढिबरी जलने से कोई फ़र्क़ नहीं लगता आपको?"

वे मुस्कराए और बोले, "हाँ, लगता है, जैसे कुछ चमक रहा हो!" और वे कुछ टटोलने लगे।

"क्या चाहिए?"

"यहीं कहीं चिलम होगी; माफ करना, मैं गाँजा पीता हूँ।"

और वे चिलम ढूँढ़ने में सफल हो गए। मैं अपने नाममात्र के बिस्तर पर जबर्दस्ती पसरने की कोशिश में व्यस्त हो गया।

तभी हवा का एक तेज झोंका आया और ढिबरी बुझ गई।

"डिबरी बुझ गई क्या?"

नन्ना ने पूछा तो मैं चौंका।

"आप को कैसे पता चला?"

"वह चमक गायब हो गई।" उन्होंने अत्यन्त उदास मन से कहा और लेट गए।

"जाओ, जला लाओ।

"जाने दीजिए, सब सो गए होंगे।"

"यहाँ तो बड़ी गर्मी है, लेकिन बाहर गली में कैसे सोओगे?" उन्होंने चिन्ता के स्वर में कहा और खामोश हो गए।

"कोई बात नहीं, मैं यहीं सो लूँगा।"

मैंने उनकी चिन्ता कम करने की कोशिश की और नींद को बुलाने में व्यस्त हो गया। लेकिन उमस की भयंकरता ने उसे नहीं आने दिया। मैं जागता रहा। फिर थोड़ी देर बाद उठकर मैं बाहर पहुँच गया। गली बेहद सँकरी थी और वहाँ कोई ऐसी जगह नहीं थी जहाँ सोया जा सके। बगल में एक सँकरा-सा खँडहर जरूर था, पर उससे सटी हुई जो एक टूटी-सी खुड्ढी थी, उसमें

मनों मल सड़ रहा था और उसकी बदबू के भभके रह-रहकर मन को विकृत कर रहे थे। मैं पुनः भीतर आ गया।

"गर्मी ज्यादा लग रही है न?"

एक बूढ़ा-स्वर उदासी में डूबा हुआ मेरे कानों से टकराया और 'हाँ' कहता हुआ मैं बिस्तर पर बैठ गया।

"नींद तो आती न होगी?"

"आपको भी तो नहीं आ रही है नींद।"

"मेरी बात मत करो, मुझे तो जागने की आदत पड़ गई है। मैं आज से थोड़े जाग रहा हूँ।"

"मतलब?"

"मतलब तुम नहीं समझ सकते।"

"क्यों?"

"यूँ ही।"

"आप कुछ बताएँ तो।"

नन्ना उठ बैठे। वे दुबारा चिलम टटोलने लगे।

"तुमने कमरू कमच्छा का नाम सुना है?"

"हाँ।"

"वहाँ मैं बहुत दिनों तक रह चुका हूँ।"

"किसी काम के सिलसिले में?"

"नहीं।"

"तब?"

"तुमने किसी से मुहब्बत की है?"

उस बूढ़े मुँह से निकलने वाला यह एक अद्भुत प्रश्न था, जिसका उत्तर देने के लिए मेरे पास न साहस था, न शक्ति थी। मैं अँधेरे में उस चेहरे को घूरता हुआ चुपचाप बैठा रहा।

"वहाँ मैं घूमने गया था, पर किसी की मुहब्बत में फँस गया।"

नन्ना ने एक बहुत लम्बी, ठंडी साँस ली और चुप हो गए। मेरी आँखों के सामने एक धुँधली-सी छाया आई और चली गई।

"वहाँ तो लोग तंत्र-मंत्र भी सीखते हैं?"

"हाँ।"

"आपने सीखा?"

"थोड़ा-बहुत।"

"क्या आप ऐसी विद्या जानते हैं कि कोई लड़की अपने-आप आशिक के पास चली आए?"

"क्या तुम्हारा तअल्लुक किसी ऐसी लड़की से है?"

उन्होंने सवाल किया तो मैं भीतर-ही-भीतर काँपने लगा। मैं खामोश रहा।

"अगर हो भी तो तंत्र-मंत्र के चक्कर में नहीं पड़ना चाहिए। यह सब बेवकूफ बनाने की चीजें हैं। फिर मुहब्बत जैसी चीज को लेकर बहुत संजीदा नहीं होना चाहिए, इसमें पूरी जिन्दगी साली खराब हो जाती। हमीं को देखो, तबाह हो गए कि नहीं आखिर...।"

नन्ना बोल रहे थे और मैं सोच रहा था—अपनी उन तमाम बेवकूफियों के बारे में, जो मैं अब तक करता रहा था। छाया को प्राप्त करने के लिए एक तांत्रिक को मैंने दस रुपए दिये थे, और एक ज्योतिषी को पाँच रुपए भेंट चढ़ाए थे। उन लोगों ने मेरा हाथ देखकर और मेरे मनपसन्द फूल का नाम पूछकर, गणित लगाकर मुझे बताया था कि मेरी मनोकामना पूरी होगी और मैं उस दिन की कल्पना में डूब-उतरा रहा था...नन्ना की बातों ने मुझे लहरों से उठाकर धरती पर फेंक दिया। धरती जरूरत से ज्यादा सख्त थी।

"सो गए क्या?"

"नहीं, कहिए।"

"तुमसे एक बात कहनी है।"

"कहिए।"

"तुम यहाँ जब तक चाहो, रहो, लेकिन कभी-कभी तुम्हें थोड़ी देर के लिए बाहर जाना होगा, जब मैं कहूँगा।"

"ठीक है।"

"तुमने पूछा नहीं कि क्यों?"

"बताइए।"

"मैं तुमसे सच-सच बता देना चाहता हूँ, कभी-कभी मेरे पास एक औरत आती है। मैं उससे मुहब्बत करता हूँ।"

मुझे लगा कि धरती मेरे नीचे से खिसक गई है।

प्यार की कोई उम्र नहीं होती और दिल कभी बूढ़ा नहीं होता, यह बात

उस रोज मुझे पहली बार मालूम हुई। उस दिन पहली बार एक ऐसी दुनिया से मेरा परिचय हुआ, जिसमें प्यार करनेवाले, प्यार में टूटनेवाले, प्यार में मरनेवाले और प्यार में जीनेवाले ऐसे तमाम लोग थे जो अपनी-अपनी पीठ पर अपनी-अपनी रामकहानी बाँधे घूम रहे हैं। अपनी-अपनी जिन्दगी से हारे हुए और उस हार को खुशी बनाकर जीते हुए ये लोग उस दुनिया में भटक रहे हैं और अपनी गलतफहमियों को सचाई समझकर हँस रहे हैं।

मैं उस दुनिया में रो रहा था...।

मैं सो गया।

और सुबह जब मैं उठा तो मेरा बिस्तर भीगा हुआ है। मैंने अपने आँसुओं को याद करने की कोशिश की, लेकिन मालूम हुआ कि बिस्तर बकरी के मूत से भीगा है।

मैं लोटा लेकर बंपुलिस की तरफ चल पड़ा।

वह बंपुलिस नहीं बल्कि एक छोटी-सी दुनिया थी, जहाँ दीवारों का एक बड़ा-सा बाड़ा बना हुआ था और भीतर खूब लम्बा-चौड़ा तथा गहरा गड्ढा था। गड्ढे के चारों ओर चबूतरे-जैसे भूमि के टुकड़े टँके थे जिनमें ईंटों के पावदान बने हुए थे और उन पावदानों के बीच पर्दे की कोई दीवार नहीं थी। लोग पावदानों पर चूतड़ खोले, आँखें झुकाए, लोटा पकड़े बैठे थे और काँख-काँखकर मुक्त होने की कोशिश कर रहे थे। मुक्त सिर्फ अपने भीतर के तनाव से ही नहीं, बल्कि उस पूरी नग्नता से, शर्म से और दुर्गंध से भी, जो वहाँ उन्मुक्त भाव से बिखरी हुई थी।

मैंने थोड़ी देर के लिए अपना इरादा बदल दिया था, लेकिन अन्ततः उस नग्नता में, शर्म की उस धारा में, मैंने भी खुद को बहा दिया...।

और मुझे लगा कि बंपुलिस के रूप में यह एक छोटा-सा देश है, जहाँ तमाम उरियानित, शर्म, बेहयाई और बदबू के बावजूद लोग बैठे हुए हैं, बीड़ियाँ पी रहे हैं, थूक रहे हैं, हग रहे हैं, मूत रहे हैं, और अपनी आजादी का मखौल उड़ा रहे हैं। यह देश किस कदर महान देश का पर्याय बना हुआ है? क्या यह देश बदल नहीं सकता? क्या ये लोग बदल नहीं सकते?

लेकिन उन दिनों इन सवालों का जवाब तलाशने के लिए मेरे पास न वक्त था, न ताकत थी। मैं एक ट्यूशन के सहारे—ट्यूशन के बदले में एक

वक्त खाना खाकर जी रहा था, नंगे पाँवों चलकर इमलहा से नारघाट तक का चक्कर लगा रहा था, नन्ना और बकरी के साथ सो रहा था, प्रेम की बूढ़ी कहानियाँ सुन रहा था और उस बेपर्दा बंपुलिस में जाकर अपनी जिन्दगी की एक अहम जरूरत से लड़ रहा था।

माफ कीजिएगा, मैं इस घिनौने दृश्य का वर्णन नहीं करना चाहता था, लेकिन कुछ घिनौनी चीजें इस किताब के नायक के साथ इस तरह जुड़ी हुई हैं कि उनका वर्णन किए बगैर नायक की जिन्दगी का वह हिस्सा बिलकुल अधूरा छूट जाएगा, जिसने उसे बेहद प्रभावित किया। जिन्दगी में जो कुछ भी घिनौना है, कुरूप है, असुन्दर है, बीभत्स है, उन सबसे हम प्रायः नफरत करते हैं और उन्हें प्रकट करने में शर्म महसूस करते हैं। लेकिन जिसे हम सुन्दर और पवित्र समझते हैं, जीवन को सुन्दर और पवित्र बनाने में वह बहुधा व्यर्थ सिद्ध होता है। जीवन की सम्पूर्ण सुन्दरता और पवित्रता सम्भवतः उसके घिनौनेपन और उसकी बीभत्सता की प्रेरणा से ही जन्म लेती है।

इमलहा के कच्चे-पक्के मकानों पर धीरे-धीरे शाम उतर रही थी और सड़कों पर मनचले लौंडों का जमाव बढ़ने लगा था। उन दिनों मेरा सम्बन्ध भी कुछ ऐसे लड़कों से हो गया था, जो दिन-रात सिगरेटें फूँकते और लड़कियों के पीछे भागते थे। वे हमेशा अपने रकीबों के खिलाफ योजनाएँ बनाते और उच्च स्तर की वार्ता में निमग्न रहते थे। उनमें वह लड़का भी था जिसके छोटे भाई का मैं ट्यूशन किया करता था। और उस गैंग में मुझे ले जाने का श्रेय उसी को था। दरअसल इस बहाने वह मेरी एक नायाब चीज हथियाना चाहता था और अपनी योजना में वह जल्दी ही सफल हो गया। वह चीज थी अब्बा की एक दुधारू करौली, जो मेरी किताबों के साथ छिपी रहती थी। उस करौली से मैं अपने पिता के व्यक्तित्व को पहचानने की कोशिश किया करता और इसी बहाने उनके उत्थान और पतन को याद कर लिया करता था। लेकिन उस याद को मैंने एक आवारा लड़के के हाथों में सौंप दिया था और इस बात का मुझे बेहद दुःख था। उस रोज मैं उदास था। साँझ के धुँधलके में घुलकर मेरी उदासी और ज्यादा गहरी हो गई थी और उसी उदास गहराई में डूबा हुआ मैं किसी बिल्ली के बच्चे की तरह अपनी कोठरी में घुसा।

लेकिन तत्काल हड़बड़ाकर मैं पीछे मुड़ गया।

उस एकान्त कोठरी में उस वक्त नन्ना अपनी प्रेमिका के साथ लिपटे बैठे थे और अपने पोपले मुँह से उसे प्यार करने की कोशिश कर रहे थे। वह काली-कलूटी अधेड़-सी स्त्री अपने गन्दे जिस्म को उनकी झुर्रियों से सटाए थी और इस हालत में वह निहायत भद्दी लग रही थी। कोने में बँधी हुई बकरी अवाक् थी।

मैं चुपचाप सिर झुकाए लालडिग्गी की तरफ निकल गया।

वहाँ एक पार्क में घूमते हुए मैंने तय किया कि अपने लिए मुझे दूसरा स्थान तलाश लेना चाहिए। प्यार की जरूरत जवानों की अपेक्षा बूढ़ों को ज्यादा है और बूढ़े जब प्यार कर रहे हों तो जवानों को उसमें बाधक नहीं बनना चाहिए।

और तीन-चार रोज बाद ही मैं वहाँ से चला गया। नन्ना अपनी नीली-नीली ज्योतिविहीन आँखों से मुझे घूरते रहे। शायद वे समझ गए थे कि मैं उन्हीं की वजह से जा रहा हूँ। लेकिन वे खामोश थे। पूरी कोठरी खामोश थी। यहाँ तक कि कोने में बँधी हुई बकरी भी खामोश थी।

सुन्दरघाट के चौराहे के पास एक मस्जिद के हुजरे में मुझे रहने की जगह मिल गई थी। हिन्दुओं का मुहल्ला होने और नीचे की दुकान में हिन्दू किराएदारों के रहने से मस्जिद की सुरक्षा का सवाल गम्भीर बना हुआ था और कोई भी मुसलमान वहाँ मुस्तकिल तौर पर नहीं रहना चाहता था। ऐसी स्थिति में मेरे लिए यह सुनहरा अवसर था। मस्जिद के कारकुनों ने 'मीना' साहब की गुजारिश पर हुजरे का वह कमरा मुझे बिना किसी शुल्क के दे दिया। सिर्फ दो जिम्मेदारियाँ मुझे सौंपी गई थीं—मस्जिद में झाड़ू देना और नमाज पढ़ना। इसके अलावा कभी-कभी मुझे अजान भी देनी पड़ती थी।

मीना साहब सुन्दरघाट और घंटाघर के बीच बृजराज कटरा में रहते थे। पेशे से वे डॉक्टर थे, पर शायरी का शगल रखते थे। शायरी में मेरी दिलचस्पी से वे प्रभावित हुए और उन्होंने मुझे न केवल रहने की जगह दिलवाई बल्कि अपने बच्चों का ट्यूशन भी दे दिया। फीस के बदले उनके यहाँ मुझे दोनों वक्त का खाना मिल जाता और धीरे-धीरे उनके साथ मेरे तअल्लुकात बिलकुल

घरेलू हो गए। उन्हें मैं पितृवत् मानता था और उनकी बीवी को माँ के समान आदर देता था। लड़के मुझे भाई समझते थे। इस तरह मैं एक पारिवारिक माहौल में रहकर पढ़ने लगा।

कुछ ही दिनों के बाद मुझे दो ट्यूशनें और मिल गईं। एक ट्यूशन मीना साहब के दोस्त के यहाँ थी और दूसरी एक सरदार जी के यहाँ, जो उस क्षेत्र की राशन की दुकान के प्रोप्राइटर थे और घंटाघरवाली लाइब्रेरी के सेक्रेटरी भी थे।

क्षमा कीजिएगा, यहाँ आकर मैं नामों में कुछ हेरफेर करना चाहता हूँ।

बशीर साहब की लड़की का नाम खातून था और सरदार जोगिन्दर सिंह की लड़की का नाम बलवंत कौर, जिसे सब शीला कहकर पुकारते थे। खातून के साथ एक लड़का भी पढ़ने के लिए बैठता था और शीला के साथ उसके भाई के अलावा उसकी छोटी बहनें भी बैठती थीं।

खातून जवान थी और शीला जवान हो रही थी। दोनों ही सुन्दर थीं और दोनों से ही प्यार किया जा सकता था। लेकिन यह जैसे बिलकुल अन्तरात्मा से सम्बन्ध रखनेवाली बात है कि हर किसी से प्यार नहीं किया जा सकता। उसके लिए खूबसूरती या जवानी की भी कोई शर्त नहीं होती।

शायद यही बात है कि शीला मेरी बहन बन गई और खातून के वजूद में छाया का वजूद साकार हो उठा।

मैं खातून के पास कुछ ज्यादा ही देर तक बैठने लगा।

'मीना' साहब को यह बात नागवार गुजरी और एक रोज उन्होंने मुझे टोक दिया।

मैं अगले दिन से ही सतर्क हो गया। हालाँकि मेरे पास घड़ी नहीं थी, पर अन्दाज से ही अब मैं जल्दी उठने लगा। कभी-कभी तो अधूरी पढ़ाई छोड़कर ही उठ जाता। मैं नहीं चाहता था कि यहाँ भी मेरे बारे में अफवाहें फैलें। मैं किसी को नाराज नहीं करना चाहता था। मैं पढ़ना चाहता था और पढ़ाई के लिए लोगों का सहारा बहुत जरूरी था। मैं उन सहारों से लड़ने के पक्ष में नहीं था।

लेकिन लड़ाई से बचना मेरे बस की बात नहीं थी।

शायद वह महीने की पन्द्रह तारीख थी। उस रोज बाबू का मॉर्निंग स्कूल था, इसलिए वह खातून के साथ नहीं बैठा था। खातून अकेली थी।

उस रोज खातून ने हरे साटन का सूट पहन रखा था और सिर पर ओढ़नी लपेटकर वह पलंग पर सिकुड़ी-सिमटी बैठी थी। मैं सामने की कुर्सी में धँसा हुआ था।

खातून आठवें में पढ़ती थी। पढ़ने में वह बेहद कमजोर थी और कई साल से फेल हो रही थी। लेकिन तरुणाई की दहलीज पर वह कदम रख चुकी थी और उसकी काली नुकीली आँखों में लाल डोरे उभर आए थे। वह बोलती थी तो उसके नन्हे-नन्हे सफेद दाँत सितारों की भाँति चमक उठते थे।

"आजकल आप जल्दी क्यों चले जाते हैं?"

उस रोज उस एकांत कमरे में जब उसके सितारे चमके तो मैं काँप उठा।

मैं खामोश रहा।

"बताइए।"

सितारे फिर चमके और मैं खड़ा हो गया।

"कल बताऊँगा।"

मैंने काँपते हुए कहा और चल दिया।

खातून एक हरे सितारे की भाँति कमरे में दमकती रही। सन्नाटा उसे निहारता रहा।

मैं दिन-भर इधर-उधर घूमता रहा। खातून को मैं सारी बातें बता दूँ या गोलमोल जवाब दे दूँ? बस, यही एक सवाल था जिसका जवाब मैं ढूँढ़ रहा था। उस जवाब की तलाश में मैं बहुत देर तक घंटाघर के लॉन में बैठा रहा, गंगा के किनारे टहलता रहा, सड़कों पर घूमता रहा, हुजरे के एकांत में पड़ा रहा, लेकिन जवाब मुझे नहीं मिला।

यह तो ध्रुवसत्य था कि खातून को मैं चाहने लगा था। ठीक उसी तरह जैसे मैं छाया को चाहने लगा था। लेकिन छाया के प्रति अपने प्यार को प्रकट करके मैं बहुत कुछ भोग चुका था, अत: दूसरी बार यह स्थिति नहीं आने देना चाहता था। फिर यहाँ एक सामाजिक संकट भी था। मैं खातून का शिक्षक था

और समाज में शिक्षक का स्थान बहुत ऊँचा होता है। वह समाज का आदर्श माना जाता है। और जाहिर है कि जो आदर्श होता है, उसे प्यार करने का कोई अधिकार नहीं होता।

मैं अनधिकार चेष्टा कर रहा था।

लेकिन मैं मजबूर था। छाया के बिछोह ने मुझे बुरी तरह तोड़ दिया था और खातून की उपस्थिति उस टूटन को जोड़ रही थी। वह जुड़ना मुझे सुखद लग रहा था। खातून में मैं छाया को पा रहा था। छाया और खातून मिलकर एक हो गई थीं। मैं उस एक लड़की को अपने मन में बसा लेना चाहता था। खातून इसीलिए एक जरूरी लड़की हो गई थी मेरे लिए। और अपने एहसास को मैं अधिक दिनों तक नहीं छिपा सकता था।

मैंने लिखा :

'प्रिय खातून!

तुम्हारे सवाल का जवाब मैं लिखकर ही दे सकता हूँ बोलने की मुझमें हिम्मत नहीं है। बुरा मत मानना।

तुम्हारे पास मेरे देर तक बैठने से लोग तरह-तरह का मतलब लगा रहे हैं, इसीलिए अब मैं जल्दी चला जाता हूँ।

अगर मेरे बस में होता तो मैं आज ही तुमसे शादी कर लेता और जलनेवालों पर मिट्टी-तेल का पूरा कनस्तर उँड़ेल देता।

लेकिन मैं बेबस हूँ।'

वह पर्चा मैंने खातून को थमा दिया दूसरे दिन, और बगैर पढ़ाए ही वापस आ गया।

उस रोज भी मैं दिन-भर इधर-उधर घूमता रहा।

अगले दिन हम अजनबियों की तरह आमने-सामने बैठे थे। खातून शरमा रही थी और मैं उससे नजरें नहीं मिला पा रहा था। उसका छोटा भाई बाबू हमारी इस स्थिति से बेहद खुश था और न जाने क्यों बेमतलब हँसे जा रहा था।

खातून ने उसे भगा दिया।

"तुम शरमा रही हो?"

मैंने बात करने की कोशिश की तो खातून का चेहरा घुटनों के बीच बुरी तरह गड़ गया।

"उस आखिरी वाक्य के कारण तुम लजा रही हो न? लेकिन अगर वह सच हो गया तो?"

खातून ने अब घुटनों के बीच से आँखें उठाईं और मेरी तरफ इस तरह देखा, जैसे कोई बिल्ली अँधेरे में कुछ ढूँढ़ रही हो! उसका अधर दाँतों के नीचे दबा हुआ था। कपोलों पर लालिमा खून की तरह बिखरने लगी थी।

मैंने उसकी एक उँगली थाम ली। उस उँगली पर एक काला-सा तिल उगा हुआ था। नाखून पर लगा मेहँदी का रंग उड़ने लगा था।

खातून ने उँगली छुड़ाने की कोशिश नहीं की।

"खातून! मैं तुमसे मुहब्बत करता हूँ।"

यह वाक्य कमरे के आयतन में किसी तरल पदार्थ की भाँति तैरने लगा और हम उस तरलता में डूबने लगे। समय अपनी निश्चित रेखा से काफी आगे बढ़ चुका था।

और रात-भर मैं कविताएँ लिखता रहा। ऐसी कविताएँ जिनमें छाया और खातून के प्यार की छटपटाहट थी, उनके सौंदर्य के मनोहारी चित्र थे और हृदय की मर्मांतक वेदना थी। जाहिर है कि वे कविताएँ मैंने खातून के लिए लिखी थीं। वे सपने, जो उन कविताओं में उभरे थे, मैंने खातून के लिए देखे थे। और उस कॉपी के ऊपर लिखा था—'सपना'। सपना मेरी एक किताब थी। सपना एक खातून थी। वह एक छाया थी। और 'सपना' मेरे सपनों की एक दुनिया थी।

लेकिन खातून ने उस दुनिया को लेने से इनकार कर दिया।

उसने लिखा :

'हम आपको बहुत ज्यादा चाहते हैं। लेकिन जो आप सोच रहे हैं, वह नामुमकिन है। हमारी और आपकी जाति में फर्क़ है, इसलिए हमारे घरवाले इस रिश्ते को मंजूर नहीं करेंगे। हम सोच नहीं पा रहे हैं कि क्या करें! बस, यही कहेंगे कि आप अपने दिल से हमें निकाले दें।

आपकी—

खातून'

वह एक खत था—सिर्फ एक खत, जिसे मोहब्बतनामा नहीं कहा जा सकता। लेकिन उसने मेरे दिल को मरोड़ दिया। मैं उस खत को पढ़ रहा था और सोच रहा था। सोच रहा था कि हमारे देश में जो जाति-परिवर्तन हुए, उनके मूल में राजनीति कितनी थी और समाज कितना था। मुसलमान जब इस देश में आए तो यहाँ के भोले-भाले लोगों को उन्होंने बरगलाया। जाति-प्रथा के कोढ़ से ग्रस्त लोगों को इस्लामी मसावात (समतावाद) की तकरीर पिलाई गई और समाज में बराबरी का दर्जा पाने के लिए वे मुसलमान हो गए। लेकिन मसावात कुरआन और हदीस की किताबों से बाहर नहीं निकला। मुसलमानों में भी जातियाँ और उपजातियाँ बन गईं। हिन्दू समाज में जो नाई था, वह मुस्लिम समाज में भी नाई ही रहा। सिर्फ वह रामप्रसाद की जगह रहमान हो गया। हिन्दुइया नाऊ बदला तो मुसलमनिया नाऊ बन गया। ठाकुर सब पठान हो गए। जो ब्राह्मण बदले, वे सैयद हो गए। ऊँच-नीच का भेद बना रहा। मसावात चला गया भाड में।

उस भाड़ में एक खातून का दिल जल रहा था।

खत मुझे उसी कॉपी में रखकर दिया गया था, जिसमें मैंने 'सपना' शीर्षक से कविताएँ लिखी थीं और मेरे बहुत इसरार करने पर खातून ने जिसे अपने तकिए के नीचे एक दिन तक चोरी-छिपे रखा था।

खत मैंने वहीं बैठे-बैठे पढ़ा, बावजूद उसके मना करने के। और 'सपना' को मैंने चिंदियों में बदल दिया।

खातून की आँखें शरदकालीन बादलों की भाँति डबडबा आईं। उसका छोटा भाई बाबू अवाक् मुझे देख रहा था।

मैं गुस्से और क्षोभ में भरा हुआ वहाँ से चला आया—चिंदियाँ मेरी जेब में भरी थीं।

हुजरे में पहुँचकर मैंने चिंदियों को निकाला और उन्हें जमीन पर फैलाकर देर तक कुछ सोचता रहा। सोचता रहा खातून के अस्वीकार के बारे में, उसकी डबडबाई आँखों के बारे में, समाज के बेतुके विधान के बारे में और अपने सपने के इस तरह बिखर जाने के बारे में।

और मैं रो पड़ा। मैं दीवार पर जोर-जोर से अपना सिर पटक रहा था और चीख रहा था।

मैं रो रहा था और हाथ फैलाकर खुदा से एक छोटी-सी भीख माँग रहा था—या खुदा! मेरी झोली में तू खातून को डाल दे। तूने मुझसे छाया को छीन लिया, पर खातून को मत छीन। या खुदा! मैंने जिन्दगी में बहुत दुःख भोगे हैं, अब मुझे सुकून दे।

लेकिन जिस खुदा से मैं इस तरह की बातें कर रहा था, वह सनकी था। जिन्दगी के तकाजों की समझ उसमें नहीं थी।

दूसरे दिन खातून के पास पहुँचकर मैं अचानक बेहद उदास हो गया। उस रोज मेरे मन में न कोई सवाल था और न कोई भावना थी। मैं उसके सामने नदी किनारे पड़े मरे हुए घोंघे के समान बैठा था और उसके सामने रखी कोर्स की किताब उलट-पलट रहा था। खातून मेरी आँखों को निहार रही थी।

"आप उदास क्यों हैं?"

उसने बिलकुल अनपेक्षित रूप से यह प्रश्न पूछा तो मैं भीतर-ही-भीतर सिहर उठा। उस सवाल में जो आत्मीयता थी, उसने मुझे डिगा दिया।

"बोलिए!"

"सोच रहा हूँ, कभी तुम्हारे घर पहुँचूँगा तो तुम मुझे पहचानोगी भी या नहीं?"

"हम तो आप ही के घर रहेंगे।"

अत्यन्त भोलेपन से यह बात कहकर खातून लजा गई। उसकी आँखें नीचे झुक गईं और गालों पर गाढ़ी लालिमा छलक आई।

वह उठ गई।

मैं भी उठ गया।

बाबू हँस पड़ा।

"जोड़ी अच्छी है," कहता हुआ वह भीतर चला गया। खातून ने अपने होंठ काट लिये।

मैंने खातून के दोनों कन्धे थाम लिये और उसके चेहरे को निहारता रहा, जैसे आँखों के भीतरवाले होंठ प्यास से सूख गए हों और सामनेवाले चेहरे में कोई शीतल निर्मल झील लहरा रही हो!

मैंने उस झील को हिलकोर दिया।

"खातून!"

"हूँ?"

"तुम बहुत सुन्दर हो।"

"हट्ट!"

और वह भाग गई।

जैसे कोई दरिया मौसम के गर्म होते ही आगे सरक जाए।

किनारे, वही मरा हुआ घोंघा पड़ा था।

रोजे के दिन शुरू हो गए थे और मस्जिद में चहल-पहल बढ़ गई थी। नमाजियों की संख्या भी लगभग दूनी हो गई थी। बृजराज कटरा के वे सभी लड़के जो साल-भर तक खड़े होकर पेशाब करते रहे थे, अब बैठकर पेशाब करने लगे थे और पैंट की जगह उन्होंने तंग मोहरियों का पाजामा पहनना शुरू कर दिया था। पेशाब के बाद अब वे पानी भी लेने लगे थे। उनके सिरों पर अब तेल से चीकट टोपियाँ भी सुशोभित हो रही थीं और कुल मिलाकर वे पवित्र दिखाई पड़ने के लिए बेताब हो उठे थे। 'सहरी' के लिए वे सयानों से भी पहले उठ जाते और नमाज में भी अधिक रुचि लेने लगे थे। सुबह-सवेरे वे कुरान का पाठ भी झूम-झूमकर बड़े शौक से किया करते थे। और दिन में दातौन न करने के कारण मुँह से निकलनेवाली बदबू को खुशबू समझकर खुश हो रहे थे। उनकी स्पष्ट धारणा थी कि रोजदारों के मुँह से रूहानी खुशबू निकला करती है और फरिश्ते उसे पसन्द करते हैं।

सयानों का उत्साह कुछ दूसरी ही किस्म का था। वे लोग नमाज और तलावत से खाली होते तो ईद की तैयारियों में अपना समय व्यतीत करते थे, या जो लोग रोजे से नहीं होते थे, वे टाट-पड़े होटलों में बैठकर चाय पीते और इस्लाम की बारीकियों पर जिरह करते।

मस्जिद में मगरिब के वक्त ज्यादा भीड़ होती थी, क्योंकि उस वक्त लोग सिर्फ नमाज पढ़ने के लिए नहीं बल्कि अफ्तार के लिए भी आते थे। मुहल्ले के लड़के शाम होते ही तामचीन की प्लेटों में चने-मटर की घुघनी, गुलगुले, खजूर या सेब के कतरे सजाए, कढ़े हुए रूमालों से उन्हें ढँके मस्जिद में आने

लगते और दरवाजे पर आस-पास की हिन्दू स्त्रियाँ और मुस्लिम लड़कियाँ छोटे-छोटे बच्चों को नमाजियों से फुँकाने के लिए एकत्र होने लगतीं। मस्जिद के बरामदे में सभी लोग जब करीने से बैठ जाते तो बिस्मिल्लाह साहब और नसीर मियाँ मिट्टी के सकोरों में अफ्तार का हिस्सा लगाने में व्यस्त हो जाते।

बिस्मिल्लाह साहब निहायत मजेदार आदमी थे। घंटाघर में उनकी एक छोटी-सी दुकान थी, जिसमें बैठकर वे पुराने छाते, टॉर्च और लालटेन आदि बनाया करते थे। शरीर से वे तगड़े थे, पर स्वभाव से बेहद नरम। चेहरे पर घनी सफेद दाढ़ी थी और मुँह में पीले-पीले दाँत मानो ठुँसे हुए थे। वे बोलते या हँसते तो सामनेवालों को अपनी नाक बन्द कर लेनी पड़ती। उनकी अँगुलियाँ मोटी थीं और नाखूनों में हमेशा मैल भरी होती थी। कपड़े भी वे गन्दे ही पहनते थे। लेकिन चूँकि वे इस्तिंजे से रहते थे और पाँचों वक्त के नमाजी थे, अतः मस्जिद में उनका काफी सम्मान था और अफ्तार-सामग्री का बँटवारा बहुधा उन्हीं के जिम्मे रहता। सहायता के लिए नसीर साहब उनका हाथ बँटा दिया करते थे।

पहले एक बड़े बर्तन में घर-घर से आई घुघनी, छोले और भिगोई हुई दाल को मिला दिया जाता, फिर उसे सबके सकोरों में बराबर-बराबर रखा जाता। नसीर मियाँ चूँकि पेशइमाम थे, अतः उनका सकोरा कुछ बड़ा था और गुलगुले या फल वगैरह जब बराबर-बराबर न बँट पाते तो उन्हें पेशइमाम के सकोरे में रख दिया जाता। इस प्रकार वह कार्यक्रम तब तक चलता रहता जब तक कि अजान का वक्त न होता था। और होते ही लोग अपने सकोरे पर टूट पड़ते। सिर्फ बेचारा अजान देनेवाला ही रह जाता। उसे तो नमाज के बाद ही खाने को मिलता था। और नमाज के बाद जब वह मस्जिद के बरामदे में बैठकर अपना हिस्सा खाता होता और अन्य लोग सीढ़ियाँ उतरते होते, तब बिस्मिल्लाह साहब और नसीर मियाँ सड़क की तरफवाले बारजे पर चढ़कर बैठ जाते और बीड़ियाँ सुलगाकर मुहल्ले की खबरों पर तब्सरा करने में मशगूल हो जाते थे।

मैं इस पूरे तमाशे से खुद को अलग करके अपने हुजरे में घुस जाता और खातून के लिए गीत रचने में व्यस्त हो जाता :

इस छोटे से निर्धन घर में
मधु व्यंजन कैसे पाते।
ओ डोली में जाने वाले
तुम पैदल कैसे आते।

तुमने घावों को कुचला है
प्रिय! किसी तरह सह लूँगा।
मैं तेरे मन के उपवन का
इक फूल नहीं कुचलूँगा।

उस दिन भी मैं गीत लिखने में ही व्यस्त था कि खातून का भाई बाबू प्रकट हो गया।

"आपको बुलाई हैं।"

"क्यों?"

"कुछ काम होगा।"

"तुम्हें नहीं मालूम है?"

"मालूम है।"

"तो तुम्हीं बता दो।"

"कह रही थीं कि ईद नजदीक आ गई है, शायद आपको पैसों की जरूरत हो। आपने कुछ कहा नहीं। इधर दो रोज से आप आए भी नहीं। और अम्मीं ने कहलाया है कि ईद के रोज आपकी दावत रहेगी।"

बाबू एक साँस में सब कुछ बोल गया और मैं उसका मुँह ताकता रहा।

"चलिए, आपको बुलाई हैं।"

उसने फिर अपनी बात दुहराई और मेरी कॉपी को घूरने लगा। मैंने कॉपी बन्द कर दी।

"तुम चलो, मैं अभी आता हूँ।"

मैंने झटके से कहा और बाबू चला गया। तब मुझे सोचने का मौका मिला कि पिछले दो दिन से मैं क्यों खातून के पास नहीं गया। शायद किसी बात पर हमारे बीच अनबन हो गई थी और हमारी बोलचाल बन्द थी। बात कोई खास

नहीं थी, शायद शीला को लेकर उसने मुझसे मजाक किया था और मैं उखड़ गया। उसे मजा आया था।

लेकिन इतनी जल्दी वह घबरा जाएगी, मैंने नहीं सोचा था।

मैं उठकर तैयार होने लगा और खातून की बहानेबाजी को सोचकर मुस्कराने लगा। उसका आरोप था कि मैं सारे पैसे इधर-उधर खर्च कर देता हूँ, अत: अपने यहाँ मिलनेवाली फीस के पैसे वह अपने पास रख लिया करती और माँगने पर बहुत पूछताछ के बाद उतना ही पैसा देती जितने की मुझे जरूरत होती थी। खातून का यह रूप मुझे इतना अच्छा लगा कि मैं उसके भँवर में एकदम खो गया। मैं जब भी उसके पास बैठता, वह मुझे पत्नी के समान दिखाई पड़ती और एक अकथनीय अनुभूति से मैं भर उठता।

ईद के मौके पर उसी पैसे की याद दिलाना निश्चय ही मुझे बुलाने का एक सुन्दर बहाना था।

मैं उस बहाने की मिठास में डूब गया।

खातून मेरे इन्तजार में बैठी थी।

हम दोनों ही एक-दूसरे को देखकर मुस्करा उठे।

बाबू भी मुस्करा उठा।

"बाबू, अम्मीं ने तुम्हें बाजार जाने को कहा था न? जाओ, नहीं तो मारेंगी तो हम नहीं जानते।"

उसने बाबू को हटाना चाहा और वह कामयाब हो गई। बाबू वहाँ से चला गया।

"नाराज हो गए थे?"

उसने इस तरह आँखें तरेरीं कि मैं आहत हो गया।

"नहीं तो।"

"तब?"

"तुम्हें यूँ ही परेशान कर रहा था।"

"मुझे परेशान करने में मजा आता है न!"

"तुम तो बस बुरा मान गईं! पगली कहीं की!"

मैंने उसकी उँगली थाम ली। उँगली पर, नाखून के नीचे एक किनारे

पर काला-सा एक तिल था। वह तिल मेरी आँखों में तैरने लगा। खातून सिहर उठी।

''रात में हमने एक ख्वाब देखा है।''

खातून की आवाज काँप रही थी।

''क्या देखा है?''

''देखा है कि हम लोगों की शादी हो गई है और...''

''और क्या?''

''कुछ नहीं।''

''कुछ तो।''

खातून काँपने लगी। उसकी वह उँगली मेरी उँगलियों में बुरी तरह दबी थी, पर पूरा हाथ उसका काँप रहा था। होंठ काँप रहे थे। आँखें काँप रही थीं। पूरा शरीर काँप रहा था।

''बताओ, और क्या देखा?''

अब मेरी भी आवाज काँपने लगी और उसकी उँगली को मैं तेजी से मसलने लगा। वह सिसियाने लगी।

''खातून!''

''ऊँ?''

आगे मैं क्या कहना चाहता था? वह क्या बोलना चाहती थी? वहाँ क्या घटित होना चाहता था? हमें कुछ भी पता नहीं चल सका, क्योंकि ठीक उसी वक्त वहाँ दूधवाला आ गया था।

मैं उसे इतिहास पढ़ाने में व्यस्त हो गया।

चन्द दिनों के बाद ही ईद अपनी तमाम रंगीनियों के साथ उपस्थित हो गई। बृजराज कटरा के घरों में सेवइयाँ भुनने लगीं, मेवे तराशे जाने लगे, नए कपड़ों को इत्र से गमकाया जाने लगा और बच्चे अपने पिताओं तथा भाइयों से त्योहारी वसूलने में व्यस्त हो गए। लड़कियाँ अपने गरारे-ओढ़नियाँ सँभालती हुई गलियों में उछल रही थीं। पूरा माहौल जैसे खुशबू में तर हो रहा था और किसी मीठे नशे में झूम रहा था।

और मैं अपने हुजरे में बैठा उस खुशबू को, उस नशे को, महसूस करने

की कोशिश कर रहा था। लेकिन वहाँ न कोई खुशबू थी, न कोई नशा; था तो बस एक सन्नाटा, जो चारों ओर बिखरा हुआ था और उस सन्नाटे में मैं जिन्दगी के ग्रामर को हल करने की चेष्टा कर रहा था।

मेरे लिए कहीं कोई त्योहार नहीं था, क्योंकि मेरे पास ऐसा कोई घर नहीं था जिसमें सेवइयाँ भुन रही हों, मेवे कट रहे हों, लड़कियाँ अपनी ओढ़नियाँ सँभाल रही हों और मैं किसी से त्योहारी के लिए मचल रहा होऊँ। मेरे पास सिर्फ एक हुजरा था, जिसमें चन्द किताबें थीं, एक छोटा-सा काठ का बक्सा था और चन्दे से बनी एक रजाई थी जो उस वक्त मेरा बिस्तर बनी हुई थी।

ट्यूशन के पैसों से मैंने एक कमीज और एक पाजामा सिला लिया था। चप्पल मेरे पास पुरानी थी। एक रूमाल अलबत्ता नया था। बस, यही मेरी ईद थी।

मैं अपनी इस ईद को अपने ढंग से मना रहा था और अगली ईद के बारे में सोच रहा था। इसलिए सोच रहा था कि इस ईद में तो दावत देने के लिए एक खातून कहीं बैठी है, मगर उस ईद तक क्या होगा? अगर खातून मुझसे बिछड़ गई तो? कहीं वह दूसरे के साथ ईद मनाने को बाध्य कर दी गई, तब? तब क्या होगा?

और जो गीत मुझे अगली ईद पर लिखना चाहिए था, वह मैंने इसी ईद पर लिख डाला :

चाँद ईद का चमका होगा उसी गगन पर फिर से सजनी,
पिछले बरस मनाई हमने ईद मुबारक जिसके नीचे!

इस तरह ईद का वह दिन गीत लिखने, नमाज पढ़ने और 'मीना' साहब के साथ पड़ोस के कुछ घरों में जाकर सेवईं खाने में व्यतीत हुआ। और धीरे-धीरे शाम हो गई।

शाम को मुझे खातून के पास जाना था, लेकिन वहाँ जाने के लिए मेरे पास ढंग के कपड़े नहीं थे और मैं मन-ही-मन लज्जित हो रहा था। जो कमीज-पाजामा मैंने बनवाया था, वह पैंट-बुश्शर्ट के उस युग में बहुत भोंडा लग रहा था और उसके पास मैं भोंडा बनकर नहीं जाना चाहता था। नतीजतन एक पुरानी पैंट और बुश्शर्ट पहनकर मैं वहाँ हाजिर हुआ, तो मुझे सबसे पहले जिस सवाल का सामना करना पड़ा, वह कपड़ों को लेकर ही था।

"नए कपड़े नहीं बने हैं क्या?"

"बने हैं।"

"तब पुराने कपड़ों में क्यों आए हैं?"

मैंने देखा, खातून ने उस रोज सलमे-सितारे टँका हुआ एक बेहद खूबसूरत गरारा पहन रखा था और कमीज उसकी बिजली की रोशनी में कुन्दन की तरह दमक रही थी। अत्यन्त कोमल होने के कारण ओढ़नी बार-बार सरकी जा रही थी। कलाइयों में हरे रंग की चूड़ियाँ थीं और गले में एक रजतवर्णी हार झूल रहा था।

मैं लज्जा और वेदना से विचलित हो उठा। गला मेरा अवरुद्ध हो गया था। "आप खामोश क्यों हैं? बोलिए!"

"वे कपड़े तुम्हारे पास आने लायक नहीं हैं खातून!" कहते-कहते मेरा हलक भरभरा गया। खातून उठकर चली गई। उसके अब्बा घर पर नहीं थे और भाई भीतर मेहमानों में व्यस्त थे। बाबू मुझे खाना खिला रहा था।

"वह कहाँ गई?"

"पता नहीं। पुलाव और लीजिए!"

"नहीं। बस, हो गया। खातून को बुला दो। अब मैं चलूँगा।"

और बाबू बर्तन उठाकर चला गया और खातून भीतर से इलायची छीलती हुई निकली। उसके जिस्म पर उस वक्त एक पुरानी सलवार और हरे रंग की एक पुरानी कमीज थी। ओढ़नी भी पुरानी थी और हार उसने उतार दिया था। सिर्फ चूड़ियाँ ही नई रह गई थीं जो उसके व्यक्तित्व की पहचान करा रही थीं।

मैं तड़प उठा।

"यह क्या खातून?"

"क्या?"

"तुमने कपड़े क्यों बदल लिये?"

"आपके सामने मुझे उन कपड़ों में नहीं आना चाहिए था। मुझे माफ कर दीजिएगा।"

और उसने मेरा मुँह उठाकर उसमें इलायची के दाने डाल दिये।

शायद उसकी भी और मेरी भी आँखों में कुछ उमड़ आया था उस क्षण और हम इस स्थिति में नहीं थे कि कुछ बोल सकें। वह मेरे सामने आँखें झुकाए खड़ी थी और मैं उसके सामने छत को ताकता हुआ खड़ा था। भीतर से किसी के हँसने की आवाज सुनाई पड़ रही थी और कमरे में कोई चूहा इधर-उधर उछल रहा था।

मैंने खातून के हाथ में पाँच का एक नोट थमाया—ईद का उपहार, और एक झटके के साथ वहाँ से गायब हो गया।

दूसरे दिन मैं लालगंज में था। जाते समय एक आशा मन में थी कि शायद वहाँ ईद की थोड़ी-बहुत खुशी बाकी हो और मैं उसमें अपना हिस्सा लगा सकूँ। लेकिन मेरी आशा दुराशा मात्र थी। वहाँ का जनजीवन सामान्य हो गया था और लोग अपने-अपने कामों में लग गए थे। बहन भी, भैया भी, उनके लड़के भी और रहमतुल्ला भी। कोई ऐसा व्यक्ति नहीं था जो मेरे साथ बैठकर मुझे थोड़ी-सी खुशी दे सके। फिर भी मैं वहाँ तीन-चार दिन रहा।

और वहाँ से लौटा तो सूचना मिली कि खातून की शादी कहीं तय हो गई है। मैं स्तब्ध रह गया।

"क्या यह सच है?"

मैंने खातून से पूछा। वह खामोश रही।

"तुमने विरोध नहीं किया?"

मैंने दूसरा सवाल किया तो फिर भी वह खामोश रही।

"तो इसका मतलब यह है कि तुम मुहब्बत नहीं, मुहब्बत का नाटक कर रही थीं?" मैंने एक मर्मभेदी वाक्य कहा, मगर इस बार भी वह खामोश रही। मैं भी कुछ और कहने की स्थिति में नहीं रह गया था।

मैं उठ गया।

इसके अलावा उस वक्त मैं और कुछ भी नहीं कर सकता था।

मैं दिन-भर इधर-उधर टहलता रहा। कभी घंटाघर के पार्क में तो कभी गंगा के तट पर और कभी बाजार में। यूँ ही निरुद्देश्य और बेकार। इस दरमियान मेरे बी.ए. का एक साल पूरा हो गया था, पर लगता नहीं था कि अब यह अन्तिम साल है। कॉलेज की पढ़ाई से मेरा दिल टूट चुका था। जिन्दगी के प्रति एक अजीब-सी उदासीनता पैदा हो गई थी...।

घूमता-घूमता मैं एक ज्योतिषी के पास पहुँच गया। उसके सामने मैंने

अपनी समस्या रखी और उसने बताया कि सारे व्यवधान समाप्त हो जाएँगे और कार्य में सफलता अवश्य प्राप्त होगी...।

मैं हुजरे में लौट आया।

उस वक्त शाम हो रही थी और नमाज पढ़कर मुझे शीला के यहाँ जाना था। मैंने नमाज का विचार उस रोज त्याग दिया और कुछ पहले ही शीला के यहाँ पहुँच गया।

वहाँ जल्दी से कुछ पढ़ा-लिखाकर मैंने सबको भगा दिया, सिर्फ शीला को रोके लिया।

शीला मेरे बदहवास चेहरे को देख रही थी और मैं बोलने के लिए अपने भीतर शब्द टटोल रहा था।

"शीला!"

"हूँ?"

"तुम कुछ जानती हो?"

"क्या?"

"मेरे और खातून के बारे में?"

'हाँ।"

"क्या?"

वह चुप हो गई।

"तुमसे उसने सबकुछ बता दिया है?"

"हाँ।"

"कब?"

"हाल ही में। जब से उसे शादी की बात मालूम हुई है। शायद ईद के दूसरे दिन ही कोई बात तय हुई है।"

"उसका क्या इरादा है?"

"वह अपने बाप और भाई का विरोध नहीं कर सकती।"

"तब, शीला?"

"आप उसे भूल जाइए भैया, अपने को ज्यादा तकलीफ मत दीजिए।" और वह रो पड़ी।

"तुम रो क्यों रही हो, शीला?"

"कुछ नहीं भैया! आपने बहुत दुःख झेला है, आपका दुःख मुझसे नहीं देखा जाता।" और वह पुनः सिसकने लगी।

मैं खड़ा हो गया।

"तुम चुप रहो शीला, मैं उसे भूलने की कोशिश करूँगा।"

और अगले दिन से मैं उसे भूलने की कोशिश में जुट गया।

अब मैं वहाँ जाकर सिर्फ पढ़ाई की बातें करता और चुपचाप वहाँ से चल देता। लेकिन इस तरह मैं सफल नहीं हो पा रहा था, अतः मैंने खातून से बोलना ही बन्द कर दिया।

अब मैं बाबू के ज़रिए उसे कोई सवाल दे देता और बाबू को पढ़ाता रहता। वह कुछ पूछती तो मैं चुप रहता और उठकर वहाँ से चल देता।

धीरे-धीरे खामोशी का दायरा बढ़ता गया और खातून मेरी रुटीन से गायब हो गई।

लेकिन मैं नहीं जानता था कि मेरे और खातून के बीच व्याप्त होती जा रही खामोशी का असर बुरा होगा।

बाबू ने यह बात शायद अपनी माँ को बता दी थी और खातून की पढ़ाई रुक गई थी।

अगले दिन जब मैं वहाँ पहुँचा, सामने सिर्फ बाबू बैठा था, खातून की जगह खाली थी।

"वह कहाँ है?"

"अब वे नहीं आएँगी।"

"क्यों?"

"अब वे नहीं पढ़ेंगी, अम्माँ ने उन्हें रोक दिया है।"

"तुम बुला सकते हो?"

"अम्माँ बिगड़ेंगी।"

और मैं उठ गया।

"पढ़ाएँगे नहीं क्या?"

"नहीं।"

मैं सीढ़ियों की तरफ खुलनेवाले दरवाजे तक पहुँच गया।

खातून सीढ़ियों पर झाड़ू दे रही थी।

मुझे देखकर वह खड़ी हो गई।

''खातून, मैं जा रहा हूँ, अब इस घर में नहीं आऊँगा।''

खातून सिसक रही थी।

मैं सीढ़ियाँ उतर गया।

बाहर सड़क थी और सड़क पर एक अकेला कुत्ता सिर झुकाए चला जा रहा था।

इस तरह मेरे उस चुतियापे का भी खात्मा हो गया।

प्रेम के लिए मैंने 'चुतियापे' शब्द का प्रयोग जानबूझकर किया है और ऐसा करते समय मेरे मन में प्रेम के लिए किसी गाली का नहीं बल्कि एक मजाक का भाव रहा है, क्योंकि प्रेम अन्ततः एक खूबसूरत मजाक के अलावा और कुछ नहीं है।

दरअसल पुरुष का प्रेम जिस 'लड़की' नाम के मादा जीव से होता है, वह इतनी लाचार, कायर और नासमझ होती है कि प्रेम के लिए कतई उपयुक्त नहीं होती। यही नहीं, प्रेम करनेवाला जरूरत से ज्यादा भावुक हो जाता है और हमेशा मूर्खतापूर्ण बातें करता है। वह स्त्रियों की तरह बात-बात पर रोने भी लगता है। और किसी कायर तथा नासमझ जीव के लिए अपने बहुमूल्य आँसुओं को बहाना आदमी की सबसे बड़ी नादानी है।

मुझसे यह नादानी दो बार हो गई थी। लेकिन आश्चर्य कि अपनी नादानियों के लिए मैं प्रायश्चित्त नहीं कर रहा था। मैं अपने चुतियापे को लेकर रो रहा था।

लेकिन मेरे सारे के सारे आँसू उस रोज सूख गए जब खातून ने अपने पास रखे हुए मेरे बचे-खुचे पैसे वापस भिजवा दिये।

बाबू वे पैसे मेरे बिस्तर पर रखकर इतनी तेजी से बाहर निकला कि मैं उससे एक भी सवाल नहीं पूछ सका।

और मेरे भीतर सवालों का पूरा जंगल ही उग आया था। उस जंगल में खातून भी थी और छाया भी : ज्योतिषी भी थे और अल्ला मियाँ भी! बावजूद ज्योतिषियों की अनुकूल भविष्यवाणियों और कंतित शरीफ के बाबा से माँगी गई मुरादों के, न मुझे छाया मिली थी और न खातून। नमाज में माँगी गई दुआएँ भी बेअसर ही रही थीं।

और मेरे भीतर इन्हीं चीजों को लेकर ढेर सारे सवाल उठ रहे थे। छाया और खातून में से किसका प्यार असली था? क्या दोनों का प्यार नकली था? या, क्या मेरा ही प्यार नकली था? क्या तुलसीदास की बात गलत है : 'जेहि के जेहि पर सत्य सनेहू, सो तेहि मिलइ न कछु सन्देहू?' क्या दुनिया में सिर्फ राम और सीता का ही प्रेम सत्य था? क्या सारे-के-सारे ज्योतिषी ठग होते हैं? क्या कंतित शरीफ के बाबा अब कंतित छोड़कर अन्यत्र चले गए हैं? क्या नमाज एक खूबसूरत फ्रॉड के अलावा कुछ नहीं है? क्या अल्लामियाँ बिलकुल अंधे और बहरे हैं?

आप चिढ़ रहे होंगे, क्योंकि एक व्यक्तिगत असफलता के कारण, एक ऐसे मामले की असफलता के कारण, जिसे मैं स्वयं चुतियापा मानता हूँ; मैं तुलसीदास से लेकर अल्लामियाँ तक की खिंचाई कर रहा हूँ। लेकिन आप गलत न समझें। दरअसल इस तरह मैं अपनी ही खिंचाई कर रहा हूँ। खिंचाई इस बात को लेकर, कि मैं थोथे आदर्शों और रूढ़ियों पर विश्वास कर रहा था। मैं किताबी विद्या और मुल्लाओं द्वारा प्रचारित ढकोसलों को सच मान रहा था।

मैंने अपनी सड़ी-गली आस्थाओं को उठाकर घूरे पर फेंक दिया, और परीक्षा समाप्त होते ही मैं वातावरण बदलने के खयाल से लालगंज चला गया।

लेकिन लालगंज में बेहद गर्मी थी और मेरे भीतर की उमस उससे मिलकर दुगुनी हो गई थी। मैं उस भीषण गर्म अलाव में जल रहा था।

और उस अलाव की विभीषिका से जब मैं बुरी तरह त्रस्त हो उठा तो मैंने लालगंज को भी त्याग दिया।

मैं वहाँ से जबलपुर चला गया।

एक बार फिर उसी गाँव, फिर उसी बाजार में, जहाँ मैंने बचपन के दिन बिताए थे, जहाँ मैं अम्माँ के पीछे-पीछे घूमा था और जहाँ बेगम के साथ-साथ खेला था।

बेगम मेरे सपनों की गुड़िया होती थी उन दिनों।

वह गुड़िया अब ब्याही जा चुकी थी। उस रोज वह अपने पति के साथ ससुराल जा रही थी। लेकिन इत्तफाक से कुछ ज्यादा ही लेट हो गई थी।

मेरे आने की सूचना उसे मिल गई थी।

और कुछ देर बाद ही मैंने देखा कि एक सुगठित देहवाली लड़की घूँघट काढ़े दौड़ती, पत्थरों से टकराती चली आ रही है।

वह लड़की मुझसे लिपटकर चीखने लगी।

अगर मैं कहूँ कि उस क्षण मैं शान्त भाव से खड़ा था तो इससे बड़ा झूठ शायद कोई न होगा।

बेगम की हिचकियाँ बँध गई थीं।

लेकिन उसे चुप कराने में मैं असमर्थ था।

आश्चर्य तो यह कि घर के और लोग भी पत्थरों की मानिन्द खामोश बैठे थे, जैसे सबको काठ मार गया हो!

बेगम का अधेड़वय, मोटा, थुलथुल पति उस दृश्य को देखकर हत्प्रभ हो गया था।

मैंने कुछ कहने के बजाय, बेगम का मुँह उठाकर उसके आँसुओं को पोंछ दिया और सहारा देकर उसे चारपाई पर बैठा दिया। अपने आँसुओं को पोंछना मैं भूल गया था।

बेगम उस रोज रुकना चाहती थी, लेकिन उसका पति इसके लिए तैयार नहीं हुआ और आखिरी बस से वे लोग चले गए।

मैं एक झोंपड़े में घुसकर सो गया।

दूसरे दिन सुबह से ही आसमान पर काले-काले बादल घिरने लगे थे और दोपहर तक तेज बारिश शुरू हो गई थी।

उस बारिश ने मेरे मन के द्वंद्व को तेज कर दिया। छाया, खातून और बेगम—सब-की-सब उस द्वंद्व में शामिल हो गई थीं।

मैं उनसे लड़ने में असमर्थ था।

अत: अगले ही दिन वह जगह मैंने छोड़ दी।

सोचा था कि अब लालगंज चलकर विश्राम करूँगा और रहमतुल्ला से कहूँगा कि मुर्दा पड़ी नौटंकी-मंडली को वह पुन: जिन्दा करे, ताकि ऊब के ये दिन काटे जा सकें।

लेकिन बारिश सिर्फ जबलपुर से नब्बे मील दूर उस कस्बे में ही नहीं हुई थी, मिर्जापुर के दक्षिणांचल में भी अपने पूरे जोश के साथ आई थी और उस

जोश में रहमतुल्ला का घर धराशायी हो गया था। वह अब स्कूल के सामने सड़क के किनारे एक झोंपड़ी डालकर रह रहा था। उसकी बीवी ने इस बीच दो बच्चे और पैदा कर लिये थे और उस पर कर्ज की एक मोटी परत और चढ़ गई थी।

भूल गया फाग और भूल गई कजरी,
तीन चीज याद रहीं, नून तेल लकड़ी।

रहमतुल्ला नून, तेल, लकड़ी की चिन्ता में लकड़ी हो गया था।

हालाँकि पहाड़ पर और धरती पर भी चारों ओर हरियाली छा गई थी तथा नदियों से एक रसभरा संगीत फूटा पड़ रहा था, लेकिन रहमतुल्ला के लिए और उस जैसे उन तमाम लोगों के लिए भी, जो प्रकृति के क्रूर हाथों से बेघरबार हो गए थे, पावस का वह मनोहर दृश्य सिर्फ झींगुरों की झन्नाहट से भरा हुआ था। मैं उस झन्नाहट को भीतर तक महसूस कर रहा था और रहमतुल्ला के पास बैठा हुआ उसकी बीवी के मुँह से उनकी रामकहानी सुन रहा था। रहमतुल्ला के नंगधड़ंग बच्चे मछली मारने के लिए कटिया बनाने में व्यस्त थे।

जिन्दगी की उस अश्लीलता ने मुझे नंगा कर दिया और मैं लालगंज से मिर्जापुर भाग गया।

"ए भाई, सुनो!"

मस्जिद के दरवाजे पर पहुँचते ही एक गुरुगम्भीर स्वर ने मुझे टोका और मैं ठिठक गया।

उस मस्जिद के सामने एक ऐसे सज्जन रहते थे जो हनुमान जी के पक्के भक्त थे और जीवन को आध्यात्मिकता के साथ जीने में विश्वास रखते थे। मुझे टोकनेवाले वही सज्जन थे।

"वे लोग आपका सामान फेंक रहे थे तो मैंने माँगकर अपने यहाँ रख लिया है। आइए। उधर मत जाइए। वे लोग बहुत नीच हैं।"

और मैं देर तक उनके तख्त पर गुमसुम बैठा रहा। आखिर वह हो ही गया, जो होना चाहिए था। संसार ने मुझे खुद से अलग कर दिया और मैं छिपकली की कटी हुई पूँछ की भाँति छटपटा रहा था।

मैं उठ गया।

"क्या कुछ दिनों तक मेरा सामान आप अपने यहाँ रख सकते हैं?"

"अवश्य। क्यों नहीं!"

उन्होंने मुझे ढाढ़स बँधाया और फिलहाल मैं आश्वस्त हो गया।

मैं मीना साहब के यहाँ गया, लेकिन किसी ने वहाँ मुझसे बात तक नहीं की। शायद वे लोग भी मेरी 'हरकतों' से वाकिफ हो चुके थे।

मैं बृजराज कटरे की गली से घंटाघर की सड़क पर निकल आया।

सामने, गिरजाघर के भीतर प्रभु यीशु काँटों का ताज पहने अपने क्रॉस पर लटके हुए थे। मैं शीला के घर की ओर घूम गया।

शीला आँगन में बैठी कोयले तोड़ रही थी। उसकी कलाइयों और गालों पर काली-काली लकीरें खिंची थीं और वह कुल मिलाकर बेहद अच्छी लग रही थी।

मुझे देखते ही वह सकपका गई।

गले में कसे हुए दुपट्टे को उसने खोल लिया और दाँतों के सहारे से आस्तीनों को ढीला करने लगी। वह इस प्रकार लजा रही थी, जैसे बहन-भाई के रिश्ते में कहीं कोई दरार बन गई हो! मैंने भीतर-ही-भीतर अपनी नीयत को टटोला, लेकिन वहाँ कोई फर्क मुझे नहीं महसूस हुआ। तब ऐसा क्यों हो रहा है?

मैंने अपने-आप से ही सवाल किया और उसका उत्तर खोजने की कोशिश कर ही रहा था कि शीला की माँ धड़धड़ाती हुई नीचे पहुँच गईं।

"आप अब क्या करने आए हैं यहाँ? खातून के साथ आपने जो किया है, वह सब हमें पता चल गया है। हमारे घर में भी जवान लड़की है, कृपा करके आप यहाँ से चले जाइए और भविष्य में अगर आप यहाँ न आएँ तो अच्छा होगा।"

और मेरे पाँव किसी यंत्रचालित मशीन की भाँति पीछे की ओर घूम गए।

यह था मेरी जिन्दगी का वह हिस्सा, जिसमें मैं सही अर्थों में पूरी तरह अकेला था। यह वह क्षण था जबकि सारी दुनिया मुझसे अलग हो गई

थी और मैं किसी लम्बे-चौड़े पठार में खड़े एकाकी वृक्ष की भाँति अपने अस्तित्व को परिभाषित करने की कोशिश कर रहा था। मेरी स्थिति उस टापू के समान हो गई थी, जिसके चारों ओर जल सूख गया हो और जिसकी पीठ पर उगी घास को जंगल के बेरहम जानवर रात में आकर चर गए हों।

मैं अपनी नंगी पीठ खोले सड़क पर खड़ा था और कोई अदृश्य शक्ति गिन-गिनकर उस पर कोड़े बरसा रही थी।

मैं उस शक्ति की गिनती सुधार रहा था।

चीखना मैं भूल गया।

•

अपना बोरिया-बिस्तर सँभाले, भीतर एक टूटे हुए मन को सहेजे और उमड़ते हुए बवंडर को दबाए जब मैं बलापुर पहुँचा तो उस वक्त दोपहर हो चुकी थी और धूप बहुत तेज थी। लेकिन धूप में चलने का मेरा अभ्यास काफी गहरा हो चुका था, अतः सूर्य की किरणें मेरे जिस्म के साथ जब जरूरत से कुछ ज्यादा ही लगाव प्रकट करने लगतीं तो मेरे होंठों पर एक विद्रूप-सी मुस्कान उभर आती और अपनी चाल मैं तेज कर देता।

तालाब के भीठे से ही अपने उस घर को मैंने देख लिया, जो अब मेरा नहीं था, जिसमें एक अदद बीमार भैया थे और एक अदद खूँखार भाभी थीं। जो घर, घर न होकर मेरे लिए एक मुअम्मा था और जिसे हल करना मेरे बस से बाहर था।

अब, जबकि मैं हर जगह से कट चुका था और अपने शरीर को जिन्दा रखने के लिए मेरे पास कोई विकल्प नहीं रह गया था; इस घर में मेरे साथ क्या बर्ताव किया जाएगा, यह सवाल गम्भीर था। और घर के सामने पहुँचकर मैं ठिठक गया। मेरी आँखें उस आदमी को खोज रही थीं जो उस मुअम्मे को हल करने में, मेरा एकमात्र सहायक था। मैं उसके सामने ही उस घर में प्रविष्ट होना चाहता था।

लेकिन भैया वहाँ नहीं थे।

सामने सफेद वस्त्रों में लिपटी मेरी खूँखार भाभी बैठी थीं।

मुझे देखते ही वे चीख उठीं।

उनकी चीख उनके वैधव्य का बयान कर रही थी।

जैसे कोई सफेद पत्थर पिघल-पिघलकर बह रहा हो!

मैं उस बहाव में खड़ा एक पत्थर का पिघलना देख रहा था।

थकान के कारण मुझे जल्दी ही नींद आ गई और मैं बिस्तर पर लुढ़कते ही सो गया। यद्यपि दिन में तेज गर्मी थी, पर शाम से ही चूँकि काले-काले बादल आकाश में घिर गए थे, अत: हम सब भीतर ही सोए थे। भीतर उमस थी, लेकिन उस उमस में भी मैं गहरी नींद में सो रहा था।

अचानक मुझे लगा कि मेरे सिरहाने बैठा कोई रो रहा है।

मेरी नींद टूट गई।

रात का वह तीसरा पहर था और चारों ओर एक भयानक सन्नाटा छाया हुआ था। वह रुदन उस सन्नाटे में बड़ा बीभत्स लग रहा था।

मैं घबरा उठा।

मेरे सिरहाने भाभी बैठी थीं।

"क्या हुआ भाभी?"

मैंने लेटे-लेटे ही अत्यन्त सहज भाव से प्रश्न किया तो उत्तर में उनका रुदन और तेज हो गया।

मुझे लगा कि शायद उन्हें भैया की याद आ रही है और वे बर्दाश्त नहीं कर पा रही हैं। अत: मैंने उन्हें समझाना चाहा।

"सब्र कीजिए भाभी, अब तो जो होना था, हो गया। आपके चार-चार लड़के हैं। मैं हूँ। आपको किस बात की कमी है!"

लेकिन वे बुरी तरह हिचकने लगीं और लगा कि सन्नाटे की बुनावट अभी तड़क जाएगी।

"चुप रहिए भाभी! जाइए, सो जाइए!"

"हम एक बात कहना चाहते हैं।"

उन्होंने आँचल से अपनी आँखें पोंछते हुए और सिसकते हुए अत्यन्त रहस्य-भरी आवाज में यह बात कही तो मैं भीतर-ही-भीतर धड़क उठा।

भाभी कौन-सी बात कहना चाहती हैं?

"कहिए!"

मैंने हकलाते हुए कहा तो क्षण-भर के लिए वे खामोश हो गईं। फिर

अपनी नाक से बहते हुए पानी को उन्होंने उँगलियों से साफ किया और अत्यन्त रुँधे हुए गले से बोलीं, ''हमें यही कहना है कि आप हमें माफ कर दीजिए। हमने आपके साथ बहुत बुरा बर्ताव किया है और हमारा दिल हमको आज धिक्कार रहा है। हम अल्लामियाँ के सामने क्या मुँह दिखाएँगे ? हम आपसे माफी माँगने के लिए इस वक्त यहाँ आए हैं। यकीन मानिए, हमारा रोआँ-रोआँ तड़प रहा है इस वक्त। भैया, हमें माफ कर दीजिए!''

और मेरा सिर पकड़कर वे पुनः रोने लगीं। उनके आँसू मेरें माथे पर टप-टप टपकने लगे। मैं अपने आँसुओं को रोकने में असमर्थ हो गया।

रात का सन्नाटा उस दृश्य को देखकर मुस्करा उठा।

''आपका कोई कसूर नहीं है भाभी, मेरे वक्त का ही सारा कसूर था। आप बड़ी हैं। आपको माफ करने की मुझमें हिम्मत नहीं है। लेकिन आपके लिए मेरे दिल में कोई नाराजगी भी नहीं है। जो हो चुका, उसे भूल जाइए।''

''नहीं, आप हमें माफ कीजिए।''

''अच्छा, चलिए, माफ किया। अब जाकर सो जाइए।''

और सन्नाटा एक बार फिर मुस्करा उठा।

खपड़े पर बड़ी-बड़ी बूँदें पड़पड़ा रही थीं।

सुबह मौसम बदल गया था। आसमान साफ हो गया था और धूप फिर तेज हो गई थी। लेकिन वातावरण में एक अजीब-सी खूबसूरती बिखरी हुई थी। भाभी ने मेरे लिए उम्दा नाश्ता तैयार कराया और मेरे सामने पंखा लेकर बैठ गईं। मैं अवाक् था।

यह भाभी उस भाभी से बिलकुल भिन्न थीं। मुझे ऐसा लगा कि मैं दो भाभियों के सम्पर्क में आया हूँ। एक वह थीं जो मेरी शक्ल से ही चिढ़ती थीं और मेरी सूरत से ही जिन्हें नफरत थी, जिन्होंने मुझे तरह-तरह की यंत्रणाएँ दी थीं और घर से निकाल दिया था। और एक यह भाभी हैं जो मुझे बेटे की तरह नाश्ता करा रही हैं, स्नेह दे रही हैं, मुस्करा रही हैं।

इनमें से कौन-सी भाभी असली है ?

यह प्रश्न अचानक ही मेरे भीतर उमड़ा और भाभी के चेहरे को मैं ध्यानपूर्वक देखने लगा। भैया की मृत्यु के कारण उनकी मुखाकृति धूमिल पड़

गई थी और कपोलों की झाइयाँ कुछ ज्यादा ही स्याह लगने लगी थीं। फिर भी माथे पर एक अलौकिक दीप्ति थी, जो इस बात की निशानी थी कि भीतर से अभी वे टूटी नहीं हैं। सामने, बालों का एक छोटा-सा गुच्छा अब सफेद हो गया था जो काले पत्थर पर बर्फ के कतरे की भाँति चमक रहा था और इस वक्त का वेश-विन्यास भी विधवा स्त्री से थोड़ा भिन्न हो गया था। शायद उनका हृदय सान्त्वना से आर्द्र हो उठा था और अपनी चेतना में वे खिल उठी थीं।

भाभी मुझे आगे पढ़ाने के लिए तैयार हो गईं। यही नहीं, विश्वविद्यालय के छात्र की गरिमा को ध्यान में रखते हुए उन्होंने मुझे एक घड़ी और एक साइकिल भी दिला दी और मुझे विश्वास दिलाया कि पढ़ाई का सारा खर्च वे वहन करेंगी।

मैंने इलाहाबाद विश्वविद्यालय में अपना दाखिला करा लिया।

मेरी जिन्दगी का मौसम बदल गया था। मुझे अतरसुइया और हसन मंजिल के बीच में एक छोटा-सा कमरा मिल गया, जहाँ मैंने अपनी एक नई गृहस्थी जमा ली। उस गृहस्थी में एक अदद बँसखट थी, एक अँगीठी थी, एक कनस्तर था, अल्यूमिनियम के चन्द बर्तन थे और लकड़ी के कोयलों की एक बोरिया थी। कुछ शीशियाँ थीं, एक बाल्टी थी, एक हैंगर था और इन सबके अलावा बँसखट पर बिछाने के लिए एक चादर भी थी। और हाँ, एक चीज गिनाना तो मैं भूल ही गया। अब मैं जवान हो गया था और जाँघिया पहनकर कमरे में रहने-सोने में दूसरों को मुझसे शर्म लगती थी, अत: मैंने एक लुंगी भी खरीद ली थी; हालाँकि लुंगी पहनने का सलीका मुझे कभी नहीं मालूम हो सका।

हर शनिवार को मैं गाँव के लिए रवाना हो जाता और सोमवार को सुबह साइकिल के कैरियर पर आटा, चावल, दाल आदि बाँधकर शहर लौट आता। जेब में कुछ पैसे भी भाभी रख दिया करती थीं।

लेकिन उन शनिवारों में एक ऐसा शनिवार भी आया जो मेरे लिए शनिवार न होकर सनीचर हो गया और मैं उस सनीचर के चक्कर में बुरी तरह फँस गया।

घर का माहौल मेरे खिलाफ हो गया था।

मुहल्ले के कुछ समझदार लोगों ने भाभी के लड़कों को समझा दिया था कि लक्षण ठीक नहीं हैं। कहीं ऐसा न हो कि यह तुम्हारी अम्माँ से निकाह कर ले और सारी जायदाद इसके नाम हो जाए। इसलिए इसे अभी से हटा देना बेहतर होगा।

और उनके लड़कों ने इस बात पर विश्वास कर लिया था।

आसपास के रिश्तेदारों ने इस आग को थोड़ी और हवा दी और बलापुर का वह घर उस आग में धू-धू करके जलने लगा था।

वह भी एक जलता हुआ शनिवार ही था।

खाने के वक्त मेरे सामने जैसे ही भाभी ने दूध का कटोरा रखा, उनका मँझला लड़का बरामदे से उठकर भीतर चला गया। आवाज आई, ''हम लोगों को दूध का कटोरा कभी नहीं दिया गया...न जाने कहाँ से मरते-बिलाते हरामखोरी करने यहाँ चले आते हैं, शर्म भी नहीं आती...''

और मेरे हाथ का निवाला प्लेट में गिर गया। लोटा उठाकर मैंने बगल में ही हाथ धो लिया।

भाभी के होंठ मरे हुए कौवे की चोंच की भाँति खुले और खुले ही रह गए।

''हमने तो कुछ नहीं कहा, आप खाइए।''

''नहीं भाभी, मैं खा चुका। आप बुरा मत मानिएगा, सुबह मैं यहाँ से चला जाऊँगा। आप अपने लड़कों को मिलाकर रखिए। खामखा मेरी वजह से वे नाराज हो रहे हैं।''

''तो नाराज होकर क्या करेंगे? जब तक हम जिन्दा हैं, आप यहाँ आएँगे और रहेंगे। इस घर में आपका भी हिस्सा है। बाग-बगीचे पर जितना हक इनका है, उतना ही आपका भी है। हम सब दिलवाएँगे आपको।''

वे उस वक्त तैश में बोल रही थीं। उनका चेहरा खिंचा हुआ था।

अचानक उनके दोनों बड़े लड़के वहाँ नाजिल हो गए।

मँझले ने कहा, ''कौन मादर...लेता है हिस्सा, हम भी देखेंगे।'' और दाँत पीसता हुआ आँगन में चला गया।

मैं खड़ा हो गया। उसकी गाली से मुझे गुस्सा आ गया था।

''मैं इन लोगों की गालियाँ तो नहीं सहूँगा, मैं जा रहा हूँ।''

भाभी ने मेरा हाथ पकड़ लिया।

“नहीं, यह नहीं होगा।”

“यही नहीं होगा तो इसका हम खून पी जाएँगे।”

भीतर से मँझला गरजा और बड़का मुस्करा उठा।

मैं चुपचाप दहलीज पर खड़ा रहा।

बाहर भीड़ लग गई थी।

कुछ मुहल्लेवाले भी गरज रहे थे।

भाभी ने वाक्युद्ध प्रारंभ कर दिया था।

देर रात तक महाभारत मचा रहा। सुबह माहौल गर्म था। मेरी घड़ी छीन ली गई थी। साइकिल गायब कर दी गई थी।

भाभी ने उलझने की कोशिश की तो मँझले ने उन पर ईंट के टुकड़े से प्रहार किया और उनके सिर से खून बहने लगा।

द्वार पर छोटे लड़के भी तने हुए खड़े थे।

मैं दु:ख और अपमान के धुएँ से भीतर-ही-भीतर लड़ता हुआ शहर की ओर चल पड़ा।

कमरे में एक अन्तहीन मनहूसियत छा गई थी।

गाँव से लौटने के बाद मैं एकदम से अन्तर्मुखी बन गया था और आवाज मेरी पाताल में दफन हो गई थी। मैं हमेशा चुपचाप-सा रहने लगा।

दरअसल मैं एक बार फिर पहाड़ से धकेल दिया गया था।

अब मेरे सामने पेट का सवाल फिर हाजिर हो गया।

लेकिन इलाहाबाद इतना सीधा शहर नहीं था कि लोग मुझे बुला-बुलाकर ट्यूशन थमाते। और इस शहर के बारे में जैसे यह मशहूर है कि यहाँ का अमरूद बहुत बड़ा और मीठा होता है, उसी तरह यह भी मशहूर हो जाना चाहिए कि इस शहर के अभिभावक अपने पाल्यों के लिए सिर्फ परीक्षाफल में ही ट्यूटर तलाशते हैं। बाकी दिनों में वे स्वयं देखभाल करते हैं।

अत: मैं बन्द गली के आखिरी मकान की भाँति अतरसुइया और हसन मंजिल के बीच फँसकर बुरी तरह छटपटा रहा था। ट्यूशन के नाम पर सिर्फ दो नन्हे-मुन्ने बच्चे मुझे मिले थे, जिन्हें ए-बी-सी-डी पढ़ाने के एवज में जो कुछ मुझे प्राप्त होता, वह महीने-भर के आटे के लिए भी नाकाफी था।

फिर कुछ ही दिनों के बाद उनमें से भी एक ट्यूशन छूट गया, क्योंकि मैंने बच्चे का कान ऐंठ दिया था और उसका कान खास किस्म का बना हुआ था। उमेठ देने से शायद उसकी मौलिकता में कोई फर्क आ गया था।

मैं भूख से जूझने के लिए मजबूर हो गया।

उस दिन सुबह-सुबह मेरे कनस्तर ने मुझे अँगूठा दिखा दिया।

उसके तल में आटे के जो चन्द कण चिपके हुए थे, वे बेचारे कुछ भी कर सकने में असमर्थ थे।

कनस्तर मैंने बन्द कर दिया।

अँगीठी खामोश थी।

मैं यूनिवर्सिटी चला गया।

यूनिवर्सिटी में छात्रसंघ का चुनाव हो रहा था। माहौल गर्म बना हुआ था। पुलिस और पी.ए.सी. की गाड़ियाँ लाठीचार्ज के लिए उतावली हो रही थीं।

मैं लौट आया।

मेरे पेट में चूहे कूद रहे थे।

शाम को मैंने दाल का डिब्बा खोला तो चन्द दाने मुझे मुस्कराते हुए मिले। मैंने उन्हें उबाल लिया।

दाल इस प्रकार तैयार हुई थी कि वह दाल भी लग रही थी और भात भी।

मेरे पेट के चूहे उस विचित्र पदार्थ से थोड़ी देर के लिए शान्त हो गए।

रात में मुझे नींद नहीं आई। मैं छाया, खातून, बेगम, शीला, भाभी, रहमतुल्ला और न जाने किस-किसके बारे में सोचता रहा।

सुबह तक मेरे पेट की दाल हजम हो चुकी थी। पेट खाली हो गया था। कमरा उदास था।

मेरी चिपकी मोहरीवाली पैंट खूँटी पर टँगी थी। उसकी खुली हुई जेब को मैंने हसरत से देखा और खड़ा हो गया। मैंने आव देखा न ताव, अपना दाहिना हाथ उसके छिद्र में घुसेड़ दिया। वहाँ पाँच पैसे का एक दरिद्र-सा सिक्का सहमा हुआ पड़ा था और जेब से बाहर निकलकर वह लज्जित हो गया। फिर मेरी निगाह हैंगर पर टँगी कमीज की ओर गई, पर उसमें कोई जेब ही नहीं थी, क्योंकि कमीजों में जेब लगाने का कोई फैशन उन दिनों नहीं था।

और मैं वापस आकर बँसखट पर लेट गया।

शाम आई और बाहर-ही-बाहर टहलती हुई वापस चली गई।

कमरे में अँधेरा छा गया। लेकिन लाइट जलाने का कोई औचित्य समझ में नहीं आया, तो मैं पूर्ववत् लेटा रहा।

कमरे के सामने सड़क थी और सड़क के पार कब्रिस्तान था। कब्रिस्तान में लोफरों का शोर बढ़ गया था और शायद उस शोर से घबराकर ही कब्रिस्तान मेरे कमरे में घुस आया था।

मैं रात-भर अजनबी प्रेतों के साथ घूमता रहा।

जो स्वप्न उस रात में मैंने देखे, वे निहायत भयंकर थे। उनमें एक बहुत गहरी नदी थी और उसके कगार से सटा हुआ एक गगनचुंबी पहाड़ था। मैं उस पहाड़ पर खड़ा था और पीछे से मुझे कोई ढकेल रहा था। एक पुल था जिसका कोई अन्त नहीं था, और एक ऊबड़-खाबड़ जंगली रास्ता था जिसका कोई ओर-छोर नहीं था। एक नाव थी जो नदी में नहीं, जंगल में चल रही थी और एक जंगल था जो मुझे खाए जा रहा था। मैं एक लड़की के साथ नहा रहा था। लड़की नंगी थी और वह मेरे कपड़े उतार रही थी। वह हँस रही थी। हँसते-हँसते वह रोने लगी, फिर वह चुड़ैल बन गई। चुड़ैल एक ट्रेन की शक्ल में बदल गई थी। एक लम्बा-सा सफेद साँप मुझे खदेड़ने लगा था।

मैं भाग रहा था।

लेकिन आगे का रास्ता बन्द था।

और उस बन्द रास्ते के फाटक पर एक लाल-लाल सूरज चमक रहा था।

सुबह हो गई।

खिड़की में से सुनहरे रंग की किरणें भीतर प्रविष्ट होकर मेरे गन्दे कमरे को सँवारने की अथक कोशिशें कर रही थीं। लेकिन कमरा बेहद गन्दा था और सूर्य में इतनी शक्ति नहीं थी कि उस गन्दगी को वह साफ कर सके।

मुझे उसकी जरूरत भी नहीं थी।

मेरी लुंगी कमर से खिसककर पैताने पहुँच चुकी थी और जाँघिए ने भी अपनी मर्यादा तोड़ दी थी।

लेकिन मुझे कोई शर्म नहीं थी।

मेरी कमर के पास ही जो मेरा पेट था, वह बुरी तरह पिचका हुआ था और दुनिया की सारी सभ्यताएँ उस गड्ढे में समा गई थीं।

मैं दिन-भर उसी तरह पड़ा रहा।

शाम एक बार फिर टहलती-टहलती आई और चली गई।

मैं स्वप्न देखने के लिए तैयार था।

लेकिन उसने मुझे धोखा दे दिया।

दरअसल स्वप्न देखने-भर की ताकत भी अब मेरे पास नहीं थी।

मेरे हाथ-पाँव सुन्न हो गए और सिर में बुरी तरह चक्कर आ रहे थे। रह-रहकर मेरे होंठ सूख जाते और पेट में एक अजीब किस्म की मरोड़ उठकर इधर-उधर लुढ़कने लगती। आँखें बह रही थीं और कमर फट रही थी। लेकिन उस दर्द को मैं झेल रहा था।

इसी छटपटाहट में सुबह हो गई।

मैंने बगल में रहनेवाले सज्जन से उधार के रूप में एक रुपया माँगा, लेकिन उन्होंने इनकार कर दिया और मैं दरवाजा बन्द करके पुनः लेट गया।

लेटे-लेटे मैं यों ही एक कल्पना कर रहा था कि आज शायद कोई आएगा और मुझसे मेरी खैरियत पूछेगा, लेकिन ऐसा कुछ नहीं हुआ।

पूरा दिन उस कल्पना की रक्षा में ही बीत गया।

फिर रात हो गई।

और मेरे भीतर एक अजीब-सी छटपटाहट पैदा हो गई थी। मैं उलटने-पलटने लगा। लगता था कि आँखें अब बाहर निकल आएँगी और मेरा प्राणांत हो जाएगा।

लेकिन ऐसा कुछ नहीं हुआ।

वह रात भी व्यतीत हो गई।

सुबह मैं बेहोशी की हालत में पड़ा हुआ था। सड़क पर स्कूली लड़कियों की खिलखिलाहट गूँजती तो ऐसा लगता, मानो कहीं आतिशबाजी छूट रही हो और मैं चौंक-चौंक उठता। कमरे में भी बदबू का एहसास तो मुझे हो रहा था, लेकिन मेरे भीतर वह कोई जुगुप्सा नहीं पैदा कर रही थी।

मैं किसी बीमार बकरी की मानिन्द लेटा हुआ था।

फिर अचानक ऐसा लगा, जैसे कोई मुझे पुकार रहा हो! मैंने ध्यान से वह आवाज सुनने की कोशिश की। शायद कोई रद्दीवाला था। मैं उसकी आवाज से उत्साहित हो उठ बैठा।

अभी तक इस दृष्टिकोण से तो मैंने कुछ सोचा ही नहीं था। मेरे पास ढेर सारी पत्रिकाएँ और पुरानी किताबें पड़ी हुई थीं, जिनका इससे अच्छा इस्तेमाल और नहीं हो सकता है कि वे मेरे पेट के काम आएँ।

मैंने रद्दीवाले को रोक लिया और सारी-की-सारी पत्रिकाएँ तथा किताबें उसे सौंप दीं।

वे मेरे देखते-देखते ही उस मामूली-से तराजू पर तुल गईं।

रद्दीवाला चला गया। मेरी सूखी हुई भूखी हथेली पर चन्द चमकते सिक्के खनखना उठे।

मैं लड़खड़ाता हुआ बाजार की ओर निकल गया।

भूख से मैं जीत गया था।

कई दिनों तक निरन्तर लड़ते रहने के बाद भूख मुझसे हार गई थी।

उस रोज मैंने पूरे कमरे को साफ किया और अत्यन्त रुचि लेकर अपना भोजन तैयार किया। सब्जी और चन्द रोटियाँ।

और अब मैं खाने की तैयारी कर रहा था।

तभी उस कमरे में एक बेहद सीधे-सादे लड़के ने प्रवेश किया।

मैं उसे पहचान गया। वह लालगंज में मेरे ही स्कूल में पढ़ता था और मुझसे दो वर्ष पीछे था।

उसने बड़े उत्साह के साथ मुझे सलाम किया और चारपाई पर आकर बैठ गया।

"मैं समझता हूँ, पहले खाना खा लिया जाए, तब फिर फुरसत से बातें की जाएँ।" मैंने बिना किसी लाग-लपेट के कहा और अल्यूमिनियम की थाली में सब्जी तथा रोटियाँ निकालकर बैठ गया।

"आओ।"

"नहीं, आप बिस्मिल्ला कीजिए।"

"क्यों?"

"मैं खाकर चला हूँ।"

"तो इससे क्या होता है? साथ दो।"

और वह चुपचाप खाने लगा। लेकिन उसकी दृष्टि बराबर मेरे चेहरे पर गड़ी थी।

"और सुनाओ, लालगंज के क्या हाल हैं?"

''ठीक ही हैं।''

''बहन के यहाँ कभी गए थे? मोहम्मद भैया से भेंट हुई थी?''

''हाँ, हुई थी। सब ठीकठाक है।''

''मेरे बारे में कुछ कह रहे थे?''

''नहीं।''

''और रहमतुल्ला का क्या हाल है?''

''परेशान रहता है बेचारा। किसी तरह जी रहे हैं वे लोग। सुना है, स्कूल के सामने से हटाए जा रहे हैं। कहीं और झोंपड़ी डालने का इरादा है।''

''क्यों?''

''व्यवस्था का तंत्र है, और क्या?''

मैं खामोश हो गया।

''आप कैसे हैं?''

''देख तो रहे हो।''

''यहाँ किस तरह चल रहा है?''

''मतलब?''

''मिर्जापुर में तो सुना था कि ट्यूशन वगैरह कर रहे थे आप। क्या यहाँ भी पर्याप्त ट्यूशनें मिल गई हैं?''

''नहीं।''

''तब?''

''तब क्या?''

''तब कैसे चल रहा है?''

''जैसे चलना चाहिए, वैसे चल रहा है।'' और मैं हँस पड़ा।

शायद बहुत दिनों के बाद मैं हँसा था, इसलिए उसमें बनावट आ गई थी। वह उस बनावट को ताड़ गया।

''आप मुझसे कुछ छिपा रहे हैं। मैं आपका छोटा भाई हूँ। खुदा के लिए आप मुझसे तो कुछ न छिपाइए।''

''खैर, खुदा-वुदा का वास्ता तो मैं जानता नहीं, हाँ, छोटे भाई के रूप में अपना अधिकार तुम जरूर बना सकते हो। लेकिन मैं नहीं समझता कि मेरी जिन्दगी में ऐसा कोई रहस्य है जिसे छिपाया जा सके। और जिसे मैं अब तक छिपाए रहा हूँ, उसे अब उद्घाटित करने से कोई लाभ नहीं है।''

और हम दोनों ही खामोश हो गए। रोटियाँ खत्म हो गई थीं। और हम हाथ धोने के लिए उठ गए थे।

इस समय मेरे भीतर एक हरी-भरी तरावट जन्म ले चुकी थी और मैं तृप्ति के नशे में झूमने लगा था। मैं लेट गया।

वह मेरे पैताने आकर बैठ गया।

और फिर :

बड़े शौक से सुन रहा था जमाना।
हमीं सो गए दास्ताँ कहते-कहते।

जाने-अनजाने में इस शे'र में अगर कुछ फेरबदल हो गया हो तो आदरणीय शायर महोदय मुझे क्षमा करेंगे।

उस रात वह लड़का भी मेरी चारपाई पर लुढ़ककर सो गया था।

इलाहाबाद वह बी.ए. करने की नीयत से आया था और यूनिवर्सिटी में दाखिला लेने के बाद कमरे की तलाश में घूम रहा था। उसे कोई कमरा तो नहीं मिला, लेकिन एक दास्तान मिल गई थी जिसे सुनकर वह रो पड़ा था।

सुबह वह उदास था, लेकिन मैं खिला हुआ था। जैसे देर तक घुमड़ते रहने के बाद कोई बादल किसी खेत में बरस जाए और वह भीतर से बहुत हलका तथा बाहर से बहुत उज्ज्वल हो उठे!

"तुम उदास क्यों हो?"

मैंने सवाल किया तो वह खामोश रहा।

"तुम भावुक हो! और सुनो, इस जिन्दगी को भावुकता के साथ नहीं काटा जा सकता। यह जिन्दगी लोहे की तरह सख्त है, इसे काटने के लिए आदमी को लोहा बनना पड़ता है।"

वह मेरे चेहरे को देखता रहा।

"जो कहानी तुमने सुनी, वह अधूरी है और उतनी दर्दनाक नहीं है जितनी हो सकती थी। संसार में इससे भी बढ़कर दर्दनाक कहानियाँ घटित हो चुकी हैं और भविष्य में घटित होती रहेंगी। यह अधूरी कहानी भी अपनी पूर्णता की सीमा तक पता नहीं किन-किन दुर्गम रास्तों से गुजरेगी! अत: इस कहानी को

दर्द की अन्तिम रेखा मानकर तुम्हें इस कदर चिंतित नहीं होना चाहिए। तुम्हें यह जान लेना चाहिए कि इस बेचैन जिन्दगी को मैंने चैन के साथ जिया है। और शायद यही कारण है कि मैं इसे जी गया हूँ। उठो, चलो, कहीं घूम आएँ!"

और हम बाहर निकल गए।

अभी तक उस लड़के को मैंने कोई नाम नहीं दिया है। लेकिन मेरी इच्छा है कि उसे अनाम ही रहने दूँ क्योंकि किताब के हीरो का ही जब कोई नाम नहीं है, तो किताब के बिलकुल अन्त में आनेवाले एक साधारण-से पात्र को अनाम रखने में कौन बड़ा जुर्म हो जाएगा? जैसे लोग 'मैं' को उसके व्यवहार के आधार पर पहचान लेंगे, उसी तरह 'वह' को भी पारखी जन समझ जाएँगे। क्योंकि अन्ततः यह बात बहुत सीमा तक सच है कि नाम किसी व्यक्तित्व की पहचान के लिए आवश्यक नहीं होता। नाम तो सिर्फ शरीर की पहचान कराते हैं। और 'वह' संज्ञावाला यह पात्र अपने शरीर से नहीं, अपने सम्पूर्ण व्यक्तित्व के साथ इस किताब में उपस्थित है।

हालाँकि 'मैं' का जैसे कोई दुराग्रह नहीं था कि उसकी कहानी लिखी जाए या न लिखी जाए, उसी तरह 'वह' की भी कोई शर्त नहीं थी कि उसका नाम दिया जाए या न दिया जाए। लेकिन यहाँ ऐसा प्रतीत हो रहा है कि उसका नाम देना उसे छोटा बनाना होगा, क्योंकि वह किसी भी नाम से परे है।

कि जो दोस्त होता है, वह किसी भी संज्ञा से परे होता है। और संसार में प्रायः कोई किसी का दोस्त नहीं होता।

लेकिन 'मैं' और 'वह' में एक गम्भीर मैत्री स्थापित हो गई थी।

वह अब मेरे ही साथ रहने लगा।

जिन्दगी एक नए रास्ते पर चल पड़ी।

जल्दी ही यूनिवर्सिटी में छुट्टियाँ हो गईं और वह गाँव चला गया।

कमरा फिर अकेला हो गया। जिन्दगी फिर उदास हो गई।

चारों ओर एक अधूरापन बिखर गया था और तन के साथ ही मन भी जैसे खाली हो गया था। मैं उस खालीपन को घूम-घूमकर भर रहा था।

लेकिन अचानक ही एक भयंकर शोर से पूरा माहौल भर उठा।

पश्चिमी पाकिस्तान और पूर्वी पाकिस्तान में युद्ध छिड़ गया था।

जनरल याहिया का तांडव नृत्य आरम्भ हो गया था और विरोध में शेख मुजीबुर्रहमान की बुलंद आवाज गूँजने लगी थी। हमारा देश उस आवाज को समर्थन दे रहा था। आजाद बांग्लादेश की माँग तीव्र हो गई थी। उस तीव्रता से रेडियो और अखबार के पन्ने फड़फड़ा उठे थे।

जगह-जगह हमले से बचाव के अभ्यास आरम्भ हो गए। मुहल्ले में खतरनाक खबरें सनसनाने लगीं, और भयंकर युद्ध शुरू हो गया था।

पूर्वी पाकिस्तान के उजड़े हुए लोग बिहार और उत्तर-प्रदेश की ओर बढ़ने लगे। जगह-जगह शरणार्थी कैम्प खुलवा दिये गए और राशन से लेकर जिस्म तक का सौदा बिलकुल नए अन्दाज में शुरू हो गया।

शरणार्थी कैम्प भ्रष्टाचार के अड्डे बन गए।

इस तरह इस देश की जिन्दगी में एक नई हरकत का जन्म हुआ और मुझ जैसे एक अत्यन्त सामान्य आदमी की जिन्दगी का उस हरकत के आगे कोई मूल्य नहीं था।

लेकिन मूल्यहीनता के उस दौर में भी अपनी जिन्दगी को मैं जी रहा था। ठीक उसी तरह, जैसे बांग्लादेश के शरणार्थी अपनी उजड़ी हुई जिन्दगियों को जी रहे थे। न उनका कोई घर-बार था, न मेरा। न उनकी कोई धरती थी, न मेरी। जैसे उनके पेट का सौदा होता था, वैसे ही मेरे भी पेट का हो रहा था। हालाँकि उन दिनों मेरा पेट खाली नहीं था, जैसे शरणार्थियों के पेट खाली नहीं थे। लेकिन क्या यह सच है कि हमारे पेट खाली नहीं थे? पेट के लिए क्या सिर्फ रोटियाँ ही जरूरी हैं? क्या तृप्ति का आधार मात्र भौतिक सम्पन्नता ही है? मेरा पेट अब इसलिए खाली था कि उसमें कोई हरकत नहीं थी। जिन्दगी की सारी हरकतें अकेलेपन के समुद्र में लुप्त हो गई थीं।

मैं बीमार पड़ गया।

और यह कोई मामूली बीमारी नहीं थी। न मैं उठ सकता था, न बैठ सकता था। जिस्म के एक खास हिस्से में इस कदर दर्द था कि बहुत बर्दाश्त करने के बाद भी कभी-कभी मैं चीख उठता था।

चीखें बढ़ती ही गईं।

अब मैं पेशाब करने के लिए भी नहीं उठ पाता था और जिस रोज

मैंने बिस्तर पर पहली बार पेशाब किया, तो लगा कि जिन्दगी में मैंने कोई बहुत बड़ा पाप किया होगा। बावजूद इसके कि पाप और पुण्य को लेकर भी मेरी कुछ उसी प्रकार की मान्यताएँ रही हैं, जैसे प्रेम को लेकर कभी बनी थीं।

खैर, मैंने बगल से एक कॉपी उठाई और कुछ लिखा। लिखा और कॉपी मैंने सिरहाने रख ली।

उस हालत में रहते मुझे कई दिन गुजर गए थे, पर कहीं कोई अन्तर नहीं आया था। सिर्फ इतनी-सी बात बदली थी कि मकान-मालिक के आने पर दरवाजा जो खुला तो वह खुला ही रह गया। उसे बन्द कर लेने की हिम्मत मैं नहीं जुटा सका था।

अक्सर ऐसा हुआ है कि आस-पड़ोस के लोग सामने से गुजरे और मैंने सोचा कि मुझे कराहते देखकर शायद कोई इधर देखे, लेकिन इस शहर के अपने निजी चरित्र की वजह से ही शायद ऐसा मुमकिन नहीं हो सका। लोग बदस्तूर बाहर निकलते रहे, सड़क पर चलते हुए बांग्लादेश के सम्बन्ध में बातें करते रहे, कब्रिस्तान में बैठकर लड़कियों को छेड़ते रहे, पर उस कमरे के भीतर गूँजती कराह पर ध्यान देने की जरूरत किसी को महसूस नहीं हुई। लिहाजा मैं कराहता रहा और शहर अपनी पुरानी रफ्तार से टहलता रहा।

फिर एक रोज जब मैं प्यास से व्याकुल हो उठा तो सड़क से गुजरती एक स्कूली लड़की को मैंने पुकारा, कि मेरी बाल्टी से निकालकर वह मुझे एक गिलास पानी पिला दे। लेकिन वह बगैर कोई जवाब दिये आगे बढ़ गई।

मैं भीतर-ही-भीतर फट पड़ा।

लेकिन फटकर बिखरने के लिए मेरे पास ताकत ही नहीं थी। मैंने उठकर बाल्टी तक पहुँचने की कोशिश की, लेकिन उठते-उठते ही मैं गिर पड़ा। दर्द तेज हो गया और मैं रोने लगा।

हालाँकि मैं रोना नहीं चाहता था, क्योंकि रोने से मुझे अभी तक तो कुछ मिला नहीं था। जिन्दगी का बेशतर हिस्सा मैंने रोकर ही गुजारा, लेकिन अपने ही आँसुओं ने मेरा मजाक उड़ाया। उन्होंने मुझे बुजदिल करार दिया और मैंने पाया कि चाहे कितना ही क्यों न रोया जाए, आँखों से हमेशा खारे आँसू ही निकलते हैं।

और जिन्दगी को जब जीना ही है तो खारा करके क्यों जिया जाए?

लेकिन उस रोज मैं रो रहा था।

रो रहा था क्योंकि कोई चुपानेवाला नहीं था, कोई वजह पूछनेवाला नहीं था, उस बुजदिली के लिए कोई डाँटनेवाला नहीं था।

कोई चुपाए, कोई वजह पूछे, कोई डाँटे—बस, उसी 'कोई' की तलाश में जिन्दगी का इतना बड़ा हिस्सा खत्म हो गया था और मैं उस वक्त भी उस अँधेरी कोठरी में अकेला पड़ा था—रेगिस्तान में मुँह गाड़े हुए शुतुरमुर्ग की तरह। और मेरी हालत उस सूखे और चुपके हुए फल-जैसी हो रही थी, जो तोतों के द्वारा कुचला जाकर पेड़ की डाल में ही फँसा रह गया हो।

वह एक पहर रात गए आया, और आते ही मुझसे लिपटकर रोने लगा। मैं उसकी पीठ थपथपाता रहा।

"मत रोओ। अब तुम आ गए हो न, अब मैं ठीक हो जाऊँगा।"

मैंने अपनी खारी आँखें मिचमिचाते हुए कहा और वह मेरे चेहरे का भूगोल पढ़ने में व्यस्त हो गया।

"तुम बहुत घबरा गए हो, लेकिन तुम्हें इस तरह नहीं घबराना चाहिए। मैं अभी नहीं मरूँगा। अभी और भी बहुत कुछ झेलने की ताकत मुझमें है। और मौत तो उन्हीं का वरण करती है जो कुछ भी झेल सकने में असमर्थ हो जाते हैं। मैं अपने को कहीं से भी असमर्थ नहीं पाता। अत: मैं जिन्दा रहूँगा।"

"हाँ, आप जरूर जिन्दा रहेंगे। जैसे आप भूख से जीत गए हैं, वैसे ही आप मौत से भी जीत जाएँगे। निश्चय ही आप जीतेंगे।"

"लेकिन अपने पापों से मैं हार गया हूँ।"

"पाप? आप और पाप के प्रति आस्था?"

"आस्था की बात नहीं है यह। यह तो सिर्फ एक नजरिया है। मैं समझता हूँ जो कुछ मैंने बढ़-चढ़कर चाहा, वही मेरा पाप था। और इसीलिए उसमें मैं पराजित हुआ। बदले में प्रकृति ने उन तमाम लोगों को मुझसे छीन लिया, जिन्हें मैंने अपना हमसफर बनाया। आज मेरा कोई हमसफर नहीं है।"

"मैं भी नहीं?"

"पता नहीं। अगर हमसफर की परिभाषा में तुम आते होगे तो जरूर मेरी

धारणा गलत होगी, पर हमसफर शायद वही होता है जो तन और मन दोनों के सफर में साथ-साथ चले। और मन का साथी तो कोई-कोई ही होता है न! मुझे उम्मीद है कि तुम बुरा नहीं मानोगे। नहीं माना न?''

''नहीं।''

''तो मेरी एक प्रार्थना है...।''

''क्या?''

''जो कुछ मैं कहना चाहता था, शायद मैं भूल गया। खैर...मुझे कोई चीज सुनाओ तुम!''

''क्या?''

''यहाँ सिरहाने एक कॉपी है। इसके पहले पृष्ठ पर जो लिखा है, उसी को सुनाओ। मैं शायद उसी को सुनना चाहता हूँ इस वक्त।''

और मैंने करवट बदलने की कोशिश की, लेकिन असमर्थ रहा।

वह पढ़ने लगा :

और माई वन!
ऐज यू हैव प्लंडर्ड
माई फेवरिट्स
दस आलसो
प्लंडर माई
सम इविल्स!

''यह किसकी रचना है?''

''किसी मनुष्य की ही होगी! तुम्हारा ईश्वर तो ऐसी रचना करेगा नहीं!''

और मैं हँस पड़ा। एक तकलीफजदा हँसी।

वह खामोश रहा।

रात ने अगले पहर में पहुँचने के लिए अँगड़ाई ली और बाहर कब्रिस्तान के पेड़ पर कोई बड़ा-सा परिंदा फड़फड़ा उठा।

कमरा निस्पन्द बना रहा।

•

सुबह मैं अस्पताल ले जाया गया, जहाँ डॉक्टर ने घोषित किया कि ऑपरेशन जरूरी है।

और उस महत्त्वपूर्ण क्षण की प्रतीक्षा में मैं लीन हो गया।

मैं वार्ड नं. एक के एक उज्ज्वल धवल बिस्तर पर लेटा था और अपनी जीवन-यात्रा के उन समस्त प्रसंगों को अपनी चेतना में पुनः जीवित करने की चेष्टा कर रहा था जो खट्टे-मीठे अनुभवों से भरे थे और स्मृतियों का पूरा एक संसार जिनमें डूबा हुआ था। मैं उन अनुभवों को, उन स्मृतियों को और उस पूरी-की-पूरी जिन्दगी को एक बार पुनः जीना चाह रहा था।

और उस जाल में मैं प्रवेश कर गया था।

मैं दिन-भर उसके तंतुओं से खेलता रहा।

शाम को उस वार्ड में एक आकस्मिक घटना घटी। यूनिवर्सिटी का एक बदमाश किस्म का छात्र जबर्दस्ती वहाँ भरती होने के लिए आया था। शायद उसने कोई केस कर दिया था।

वह अपने पेट को थामे हुए आया और वहाँ पहुँचकर जोर-जोर से चीखने लगा। डॉक्टर ने उसका परीक्षण किया तो वह स्वस्थ निकला और उसने उसे भरती करने से इनकार कर दिया। लेकिन वह जबरदस्ती मेरे वार्ड में घुस आया और मेरे सामनेवाले बिस्तर पर पसर गया। डॉक्टर उसे रोकने के लिए आया तो वह मच्छरदानी का डंडा लेकर खड़ा हो गया और अस्पताल में एक खौफनाक माहौल चीखने लगा।

तभी किसी का फोन आया और वह छात्र भरती कर लिया गया।

वातावरण शान्त हो गया।

रात में मुझे नींद की गोलियाँ दी गईं, जिनका असर यह रहा कि उस रोज मैंने जो सपने देखे, वे मुझे याद नहीं रहे।

सुबह, ग्यारह बजे का वक्त ऑपरेशन के लिए तय हुआ। वह मेरे बिस्तर पर घड़ी देखता बैठा रहा।

और जब मैं स्ट्रेचर पर लिटाया गया तो एक बार वह पुनः रो पड़ा। मैंने उसे मना किया तो वह और सुबकने लगा। उसे बाहर रोक दिया गया।

मैंने बगैर कोई बेहोशी की दवा लिये ही ऑपरेशन कराना स्वीकार कर

लिया और ग्यारह बजते ही ऑपरेशन थिएटर के औजार मेरी ओर लपकने लगे। मैं उन्हें खाली-खाली आँखों से निहारता रहा।

और थोड़ी देर बाद मैं बेहोश हो गया।

होश आया तो खुद को मैंने बेड पर पाया। मेरा ऑपरेशन हो चुका था और अब मैं चैन का अनुभव कर रहा था। अब दर्द की वह शिद्दत नहीं थी, सिर्फ एक एहसास था जिसे मैं घड़ी-भर पहले झेल चुका था और जिसे झेलने के तुरन्त बाद मैं बेहोश हो गया था।

अब मेरी आँखों में सिर्फ वार्ड का वह बीमार चेहरा ही नहीं था, उसके बाहर की वह प्रकृति भी थी जो दीवार पर बनी बड़ी-बड़ी खिड़कियों के रास्ते भीतर पहुँच रही थी। बाहर फूलों से लदी बोगनबेलिया की जो झाड़ियाँ थीं, अब वे भीतर भी दिखाई दे रही थीं। मेरी आँखों में बोगनबेलिया के असंख्य फूल खिल उठे थे। मैं मुस्करा उठा।

"सुनो।"

"जी, पानी चाहिए क्या?"

"नहीं, मैं यह जानना चाहता हूँ कि बसन्त क्या आ गया है?"

"पता नहीं।"

"तुम कैसे आदमी हो जी, कि तुम्हें ऋतुओं का भी ज्ञान नहीं है!"

वह खामोश रहा।

"मुझे ऐसा लगता है कि बसन्त आ गया है।"

"हाँ, शायद आ गया है।"

"बसन्त पतझड़ से पहले आता है या बाद में?"

"मुझे मालूम नहीं।"

"पता करके बताना।"

"अच्छा।"

"क्या वह पेट-दर्द वाला छात्र चला गया?"

"हाँ, चला गया। उसका काम पूरा हो गया।"

"हूँ।"

"आपको कुछ चाहिए?"

"नहीं।"

और वह इजाजत लेकर कमरे पर चला गया।

मैं अपने जाल के तंतुओं से पुनः खेलने लगा था।

उसने शायद बलापुर भी खबर भेज दी थी।

शाम को भाभी आईं। साथ में उनका बड़ा लड़का भी था। वे बेड के सामने बेंच पर बैठ गईं और लड़का बाहर चला गया।

मैं सुबकने लगा।

"उँहूँ, रोइए मत! चुप हो जाइए। खुदा को याद कीजिए। सब ठीक हो जाएगा।"

"आप मुझे भूल गई थीं क्या भाभी?"

"नहीं तो...।"

और आगे वे नहीं बोल सकीं। उनकी आँखें बड़ी-बड़ी बूँदों से भर गई थीं।

वार्ड में एक लम्बी-चौड़ी चुप्पी तन गई।

वे चली गईं और मैं फिर अपने जाल में उलझ गया।

बाहर रात गहरी हो रही थी।

वह एक बार मुझे देख गया था और वार्ड में अब मैं अकेला था।

मेरा टेंपरेचर शायद बढ़ गया था। युवा कम्पाउंडर चिंतित था।

रात और ज्यादा गहरी हो गई थी और मेरा जाल और ज्यादा उलझ गया था। मैं उसे सुलझाने में व्यस्त था।

'तकलीफ ज्यादा है क्या?'

'हाँ।'

'कितने दिन से बीमार हैं?'

'अब क्या करोगी पूछकर? मुझे जो भोगना है, भोग रहा हूँ। तुम तो ठीक हो न?'

'शर्मिंदा न कीजिए, मैं कैसी हूँ, कैसी नहीं हूँ, यह तो सिर्फ मैं ही जानती हूँ।'

'क्या मेरी याद आती है कभी?'

'मेरे पास कोई सबूत तो नहीं है।'

'अगर मैं मर जाता तो तुम आतीं?'

जवाब में उसने अपनी हथेली से मेरा मुँह बन्द कर दिया और मेरी छाती पर सिर रखकर सिसकने लगी।

मेरी नींद टूट गई। मैं यह भी नहीं जान सका कि वह छाया थी या खातून। लेकिन एक चेहरा था जो उस पूरे वार्ड में सिसक रहा था।

बाहर पक्षियों की चहचहाहट तेज हो गई थी।

सुबह जरा देर से आया वह।

मैंने उसे अर्थ-भरी आँखों से देखा तो वह छत की ओर ताकने लगा।

"कहो, क्या बात है?"

"मैं आज घर जाना चाहता हूँ।"

"जाओ।"

"मैंने आपसे बताया नहीं था, क्योंकि आप तकलीफ़ में थे। आज मेरी शादी है। आपको छोड़कर मैं जाना चाहता हूँ, यह बात नीचतापूर्ण है, लेकिन..."

"लेकिन-वेकिन कुछ नहीं, तुम जाओ। मेरा मुबारकबाद लो। अपनी सहधर्मिणी को भी मेरा मुबारकबाद देना।"

और मैं मुसकरा उठा।

वह पूर्ववत् छत की ओर ताकता रहा।

"आपके इम्तहान की तारीख आ गई है!"

"वह तारीख तो बहुत दिनों से चल रही है।"

और मैं हँस पड़ा।

"मैंने आपकी ओर से प्रार्थनापत्र दे दिया है और उम्मीद है कि अस्पताल में ही परीक्षा देने की अनुमति आपको मिल जाएगी।"

"क्या यह सम्भव है?"

"हाँ, डॉक्टर का रिमार्क आपके प्रति अनुकूल है।"

और मैं उस लड़के के बारे में एक बार पुनः सोचने लगा, जो एक शाम मेरे कमरे में यों ही घूमता-घूमता पहुँच गया था। उस वक्त वही लड़का मेरे सामने किसी देवदूत की भाँति खड़ा था।

मुझे लगा कि बोगनबेलिया की कोई खिली हुई झाड़ी ठीक मेरे सामने उग आई है और उसके फूल मेरे सारे वजूद पर लहरा रहे हैं।

वह चला गया था।

शाम का इंजेक्शन देकर कंपाउंडर भी चला गया था। उस रोज उसे किसी को लेकर पिक्चर जाना था।

बगलवाले वार्ड में उसी रोज एक लड़की भरती हुई थी, जिसकी कराहें रह-रहकर मेरे वार्ड में सुनाई पड़ रही थीं और मैं उस लड़की के चेहरे की कल्पना में डूबा हुआ था।

बाहर सूर्य भगवान डूब रहे थे।

वार्ड में अन्धकार ने अपना डेरा जमाना आरम्भ कर दिया था।

और देखते-ही-देखते पूरे अस्पताल पर रात्रि की काली-कलूटी देह काबिज हो गई।

भीतर, जीरो वाट का एक मटमैला-सा बल्ब जल रहा था जो उस देह को बाहर की ओर धकेल रहा था।

छत पर एक पुरातात्त्विक पंखा घरर-घरर घूम रहा था।

मैं अपने जाल में उलझा हुआ था।

एक खूब लम्बी-चौड़ी पहाड़ी नदी थी जिसमें मैं मछली मार रहा था। उस पार कोई लड़की नहा रही थी। एक दूसरी लड़की रेत पर खड़ी होकर अँगड़ाई ले रही थी। थोड़ी दूर पर एक खेत था, जिसमें फूलों की खेती लहरा रही थी

और उन फूलों के बीच खड़ा एक बूढ़ा आदमी बाँसुरी बजा रहा था। फिर देखते-ही-देखते कई ऐसे लोग वहाँ पहुँच गए जिनके हाथों में तरह-तरह के झंडे थे और वे कोई प्यारा-सा गीत गाने में लीन थे। उस गीत में खुद को शामिल कर लेने के खयाल से मैं खड़ा हो गया।

लेकिन असलियत यह थी कि मैं जाग गया था। पंखा बन्द हो गया था और बिजली बुझ चुकी थी। बाहर एक भयानक तूफान था, जो पूरे शहर को झकझोर रहा था। बादल रह-रहकर गड़गड़ा उठते थे और रह-रहकर कुछ मोटी-ताजी बूँदें पड़पड़ा उठती थीं। पूरे माहौल में जैसे प्रलय की भयंकरता छाई हुई थी।

बाहर कोई विशालकाय वृक्ष अररा कर गिरा तो मैं भयभीत हो गया। वार्ड की छत मुझे ज्यादा मजबूत नहीं लगती थी।

सम्भवत: अस्पताल के कैम्पस में खड़ा बिजली का एक खम्भा भी धराशायी हो गया और आसपास की जमीन काँप उठी।

मैंने अपनी आँखें बन्द कर लीं।

मैं देर तक उसी तरह शून्य के आकार और वर्ण को परिभाषित करता हुआ पड़ा रहा।

सहसा सब कुछ शान्त हो गया। बादल खामोश हो गए और हवाएँ गायब हो गईं। जैसे थोड़ी देर पहले जो हो रहा था, वह एक बहुत बड़ा झूठ था।

मैं उस झूठ को अपनी जिन्दगी के साथ रखकर तौलना चाह रहा था। मैं फिर कोई सपना देखना चाह रहा था, जो उसी झूठ की तरह खूबसूरत और निरर्थक हो।

लेकिन कमरे में उमस बहुत बढ़ गई थी और खिड़कियों के रास्ते मच्छरों की पूरी एक बटालियन भीतर घुस आई थी।

मैं उन नन्हे सैनिकों से भिड़ गया।

लेकिन मैं सिर्फ एक व्यक्ति था और वह झुंड एक संगठन था। अत: मैं हार गया। संगठन बहरहाल संगठन होता है, चाहे वह मच्छरों का ही क्यों न हो!

मैं दर्द, उमस और प्रकृति के उन सूक्ष्म जन्तुओं से जूझता-जूझता थक गया था।

लेकिन सचाई यह थी कि मैं बिलकुल नहीं थका था।